U0057028

瑞蘭國際

美語發音寶典
第一篇：單音節的字

Unlocking the Alphabet
with the Chen Method
Part 1: Monosyllabic Words

陳淑貞 Shu-jen Chen Liu　著

跟著陳老師入門就對了

我的同學陳淑貞老師旅美多年，回臺定居之後，二十餘年來一直受家長敦請教授兒童和青少年英語，成績斐然。她將多年教學的材料編寫成書，公諸於世，我有幸先睹為快。

陳老師的書，如果只是粗略翻閱，或以為只是自然發音法的練習簿（phonetics worksheets），但實際上本書比一般同類的書籍舉例更多，而更重要的是，它與臺灣通行的 K.K. 音標相結合，並有意地加入美語發音的一般規則，使得本書更加實用。其最大的目的之一就是陳老師所強調的，在訓練學生「見字會讀、聽音會拼」的能力。

我總覺得學習任何一種外國語都是費力費時的事，而有心學好英語也必然得下一番功夫。基本上，英文是一種表音文字（phonogram），文字是用來代表聲音的，也就是說字形根據字音得來。而中文是一種表意文字（ideogram），字形並非以二十幾個字母來表示，反倒是，字形相異者數以千計，以六書來追溯其來源，可以說造字之初形與意反而比較接近了。正因為英文是一種表音文字，所以陳老師一再強調的「見字會讀、聽音會拼」對使用漢語的人來說就更加有意義了。

藉此機會，我想依我多年讀書的經驗，特別提出兩個對學習英文應當是很有幫助的方法。

其一是適當地留意字源，尤其是比較長的單字。英文字的主要來源為盎格魯－撒克遜語，希臘語，和拉丁語。一般的英英字典都會標明字源，但坊間或網路的英漢字典卻將其忽略，實有待加強。英語中比較正式的或學術性的用語多源於希臘語或拉丁語，所以專門討論英文字源的書籍主要在列舉那些重要的源於希臘語或拉丁語的字首、字尾、和字根（或稱字幹）。知道字源對了解和記憶這些單字很有幫助，譬如，geography（地理）為源自希臘文

的 geo-（地）與源自希臘文的 -graphy（書寫，描繪）兩部分所組成。這樣就容易記了。

第二，做一點翻譯。翻譯使人容易看出中英文的差異。英文是一種主語突顯的語言（subject-prominent language），在語法（syntax）上，除了一些小句（minor sentences）之外，結構完整的句子基本上都是主語－謂語句（subject-predicate sentences），所以在閱讀長句的時候，找出句子的主詞和動詞就對正確了解整句的意義有很大的幫助。相對於英文句子嚴謹的結構，中文的語法就顯得比較鬆散，文法規則也相對較少。一般而言，使用漢語為母語的人，句子（sentence）的觀念相對薄弱。而中文又是一種話題突顯的語言（topic-prominent language），除了主語－謂語句之外，我們還常使用話題－評釋句（topic-comment sentences），譬如：「功課做完了嗎？」是很自然常說的句子。在這一句中，「功課」是話題，「做完了嗎？」是評釋。在英文中就要轉換成主語－謂語句 "Have you finished your homework yet?"

透過翻譯也可以讓我們意識到在讀英文文法時要特別注意動詞、關係代名詞、介詞、連接詞等部分。有的是，英文比漢語複雜（如，英文動詞中的時態，語態，現在分詞，過去分詞，動名詞等的變化與應用）；有的是英語有而漢語沒有的（如，關係代名詞）；有的是，英文中大量應用又與中文差別甚大的（如，英文中的前置介詞（prepositions）；有的是，在中文中或可省略，而在英語中不可或缺的（如在課堂上經常為老師和學生所忽略的英語連接詞）。

以上謹提出兩種我覺得頗有助益英文學習的方法。其實，每個人在學習一段時間的英文之後都可能發現對自己最有幫助的學習方法。

英文是一種非常重要的溝通與求知的工具。學會英文，大概到世界各國

旅行都不成問題。以英文出版的書籍之多涵蓋各行各業，是知識的最佳來源。當今這個網路時代，以英文書寫的資訊大概比任何其他的語言都來得豐富。

今年恰逢我們自台灣師範大學英語系畢業第五十周年，陳淑貞老師猶不得其閒，受家長之請託，為莘莘學子授課，足證其美語發音學習寶典非常實用。而學好英語發音正是學好英文最重要的起步，所以我覺得要學好英文，跟著陳老師入門就對了。

周
昭
明 序

台灣師範大學英語系退休教授

2017 年 7 月

自序

學會發音及拼字‧享受學習美語的樂趣

1967 年我從師大英語系結業，隨即在台北市私立延平中學教了 3 年英語。之後，我於 1970 年赴美。在美 21 年當中，雖然脫離了課堂上的英語教學，但並沒有脫離語言教學，一直孜孜不倦地教導以美語為母語的孩子們及成年人學習中文，還教導過日裔人士學習英語，甚至教導美國鄰居唸英語字等。（你不要以為美國人都識字。）此外，我在大學做家教時，也曾經教導美國人學習閩南語。上述這些難得的教學經驗讓我有機會觀察到非母語學習者的一些通性，從而使我逐步發展出更有效的英語學習方案。

1992 年一月底回台，發現台灣英語教育蓬勃發展，書店裡有各種國內外英語教材，美語補習班也舉目皆是，令我目不暇給。

1992 年三月下旬，我當年在台北延平中學教過的學生請我為她的小孩及他們的同學們舉辦家教班。那些小孩全都在某些補習班學了數年。但是一考之下，居然連三、四個字母的短字都讀不出來，除非是學過的。也就是說，每個單字都要一個一個記誦。他們記單字時，也是一個一個字母死記，而不是以音節為單位記憶。我也看到注音符號佈滿書本。這樣事倍功半，未免太辛苦了。回想 1957 年，我自己剛進北一女初中時，又何嘗不也曾依賴注音符號呢？可是此一時也，彼一時也。怎麼到了近 20 世紀末，台灣的小孩子學英語單字還要這樣死背呢？歸根究底就是缺乏一套真正合適、有效的教材來為英語學習打下最扎實的基礎。

於是，我編了這套教法。它類似目前所流行的「自然拼音法」，但是我的教法與眾不同。一般的教法是：一個母音或子音的讀法講過一次，舉幾個例子，就不再講了。但是我的教法則是將這些規則或讀音一再使用，成為「反射動作」，讓你想忘都忘不了。英語不是「拼音文字」嗎？大部份的英語單字是照著規則來拼的。即使規則有例外，但並不像大家所普遍相信的那麼多。

本書除了介紹這些規則以外，還會把我想得到的例外字也列出來。

這些發音規則簡單易學，而且是學習英語的堅實基礎。你學過後，首先，看到字就會讀，其次，聽到美語就能正確地拼出三分之二以上的常用字來。有了這個「見字會讀、聽音會拼」的基礎，你會有「入門」的感覺，會發現學習英語變得容易很多，進步也快得多。

本教法已在數百名大人和小孩身上實際應用過。應用對象的年齡自六歲至六十幾歲不等，甚至有家長遠從台中及新竹帶小孩來台北向我學習。對在學的學生，幫助尤其明顯。曾經有學生學到一半時，就因之而得了校際比賽冠軍，而有些本來英語不及格的學生甚至可轉為經常得到九十幾分。由於對字母有了「感覺」，拼字、記字省下很多時間，所以能把時間用來搞清楚文法觀念。至於大人嘛，一致的反應是：「到現在才總算知道英語字是怎麼讀的！」而不管大人或小孩，都是隨時隨地看到英語字就想讀，聽到英語字就想拼出來。對英語字再也沒有恐懼感了，甚至覺得這些字母變化很好玩。

匆匆 25 年過去了，現在的小孩從小學一年級就開始學英語。可是，我看到有很多小孩選擇放棄英語，因為國小的英語教學還是沒花很多時間在基礎發音上，大多數的人總是覺得進不了英語的「門」。

所幸，專業出版語言學習書籍的瑞蘭國際出版社看到了這一點，願意出版此書，擔負起這項神聖的美語啟蒙工作。她們細心、專業、熱情、優秀的編輯團隊，使得本書更臻完美。在此，我要獻上我最誠摯的感激。當然，我也要感謝我中華口琴會的學妹王文娟（《品格音樂劇場》系列書的作者）。因為她的推薦，瑞蘭出版社才會認識我。

十分感謝我師大英語系的同學周昭明教授為大家推薦這本書，他專精英

美詩歌、藝術英語、和比較詩學，並且還在序中和大家分享學習英語的心得。

　　另外，我感謝我的另一半，劉沅，以他豐富的經驗幫助我架構、撰寫本書。而且由於他精通電腦，我寫稿的過程才能如此順利。我還要謝謝我兩個兒子，劉青和劉方，他們生長於美國，而且美語程度、表達能力都很優異。他們總是耐心地回答我一些瑣碎的問題，還幫我了解一些美國人的觀點，並提供他們的觀察，是我的好顧問。

　　最後，我要特別、特別感謝我的學生。是他們給了我開發這套教法的動機、給了我研究和從實際經驗中改進的機會。他們更以他們的進步和成就給我歡欣和鼓勵。我特別感謝他們當中有好幾位願意與本書讀者分享他們自己的親身體驗及心得。

　　多年來我親眼見到許多學習者通過「見字會讀、聽音會拼」快速進入了英語學習之門。你也快來享受學習英語的樂趣吧！

1992 年底初稿、2017 年最後修訂

美語發音寶典分冊序

時間過得真快！從 1 月 22 日紅寶典（我對《美語發音寶典》的暱稱）上架至今已 10 個月，而且在書市凋零的情況下，這個 1.5 公斤的龐然大物居然還可以得到 4000 多人的青睞！

令我欣慰的是，這本紅寶典已經使得很多很多人由懼怕英文轉變為喜愛英文了，而令我感動的事則有一大堆：

1. 一位公司老闆為了提高員工的英語能力，買了 30 本紅寶典，並請我去他公司指導他們。其中年齡最大的是 53 歲，她呼籲大家要「活到老，學到老」。

2. 幾位公司管理階層或大學教師，因為覺得紅寶典太好了，所以各買了 10 本左右送給屬下或學生。

3. 一位全美語補習班主任，因為覺得紅寶典的學習法能幫到她的學生，所以請我去她的補習班中授課，同時也為成人讀者開班。而學員中竟有遠從新竹來的，而且每次都是第一個到。

4. 一位軍官，眼看著妻子和女兒跟著紅寶典學習後的進步，在機緣巧合下，得以向上級推薦，請我去某軍區教導 30 個學員。他們各個學得興高采烈的。學員中，最高層級為少將。他們好學不倦，令我佩服！

5. 有一位讀者說她公司有個部門是在台中港碼頭從事裝卸作業，因此她很常上船去檢查作業人員安全。之前她都只能比手畫腳地與船上的外國人溝通，但是現在她至少能以完整的英語句子來對外國人表達她上船的目的，外國人也聽得懂她的表達。光這點她就感到非常開心。

6. 到 2018 年 12 月 10 日為止，已有 35 位讀者在博客來網路書店為紅寶典寫了評鑑，而且全部給了它最高的 5 星。

7. 一位 42 歲的讀者本來因為英語不好，所以無法獲得外派出國的機會。可是跟著紅寶典的方法學習後，說「英文，我來了！我不怕你了！你將成為我第二個流利的語言。」。

8. 一位國中英語教師用紅寶典來幫助一些需要補救教學的小學生，使得他們對英語學習充滿信心。

9. 一位高中英語教師，本來一直為如何教導發音所苦，但買到紅寶典，然後在自己的女兒身上實驗後，覺得效果驚人，所以立即在本書讀者園地中誠摯地推薦紅寶典。後來甚至相約幾位好友的小孩一起請我去為他們上課。再後來，她還大力地向孩子讀經班的家長們推薦紅寶典。

然而，很多讀者反映，書太厚重了，攜帶不便，所以在與出版社討論後，我們決定這一版將紅寶典分為兩冊，使得攜帶方便很多。同時，將這一版改為平裝本，再減輕一點重量，也減輕一些負擔。

分成兩冊後，第一冊《美語發音寶典 第一篇：單音節的字》教你最基礎的發音，並仍以 A 到 Z 的字母順序編排。在每一字母的單元裡，除了會導入新的發音規則以外，也會複習原已教過的規則，讓你想忘都忘不了；第二冊《美語發音寶典 第二篇：多音節的字》則是在第一篇的基礎之上，進一步學習如何抓重音與次重音。

這個分冊版雖然把原來的《美語發音寶典》分成了兩冊，但核心的目標沒變，仍然是「見字會讀、拼音會拼」。

至於有些讀者反應，希望有電子版，我們將開始積極規劃，以提供最方便有效的學習工具。

我希望這樣可以帶動整個台灣將學習英語的習慣改變成為：先打好發音及拼字的基礎，從此快樂有效地學英語，從而提升整體英語水準。

2018 年 12 月 10 日

平裝本第一篇新版序

　　這個新版的內容基本上沒有改變，頁碼、章節等都和前一版相同，我們把「如何使用本書」裡的「給老師的建議」改為「給老師的話」，並且修正了一些小小的瑕疵。

　　從 2018 年 1 月出版《美語發音寶典》精裝本到現在，已經有大約 9,500 人擁有了這本書。而我，更是親自看到一個又一個孩子因為學會了基礎發音，英語的成績從落後或沒開竅，突然成為班上的佼佼者。這是一個奇妙並使我非常開心的經歷。

　　這本書當初是為了自學者而設計的。因為學習發音的訣竅在於練習、練習、再練習，反覆地練習，直到能夠見字就「脫口而出」。而需要老師教的，非常有限。完全可以看說明、聽錄音，自學。透過這幾十年的教學經驗，我更加堅信基礎發音可以自學完成。

　　為了幫助你自學，我設置了 Line 群組「紅寶典共學群」，開放給有書的同學們加入。我還把我線上課程的一些錄影放在裡面，讓你跟著學。你可以瞭解別人是怎麼學的。也可以知道自己的一些「毛病」其實不是毛病，都是能克服的。

　　還有，我原本在 Facebook 就一直有「美語發音寶典讀者園地」社團，給有書的人參加。幾年來累積了豐富的內容，包括一些孩子學習過程的影片，也有兩位成人學員學習「R 的 13 種讀法」的影片，還有我回答讀者的問題以及文法的補充等等。值得你進去逛逛。

　　我提供這些「售後服務」，是因為我希望有一天，有幾十萬、幾百萬學英語的人都先學好基礎發音，然後直接用英語學習聽說讀寫。這樣學到的是真正的英語，而不是透過中文看到的英語。台灣的英語水準就自然大幅提昇了。

　　另外，博客來網站上，《美語發音寶典第一篇》已經累積了 146 條五星級「讀者評鑑」。這些都是讀者（包括英語老師）所分享的寶貴意見。可以參考。

最後，我更希望老師們跟我一起來推廣基礎發音的教學。對於自律性不足的人，老師在過程中能使其學習更為順遂。而老師在同學們學好發音之後的英語教學中會發現，同學們進步非常快，帶起來很有成就感。老師可以參看書中「給老師的話」，也可以透過以上 Line 和 Facebook 跟我聯絡。如果能幫助到尚未接觸到寶典的英語老師，那會是我另一個奇妙和開心的經歷。

陳淑貞

2023 年 08 月

陳老師與我

陳冠宇（學習期間：1992.03.20~1996.02.28）

前幾天聽到媽媽（陳淑貞老師 50 年前在台北市延平中學教英語時的學生）說陳老師要出書了！好親切的名字！記憶開始回到 25 年前——還記得在公司的會議室裡面，幾個工業區的家長和小孩一起，每週一次利用晚上的時間跟陳老師學英語。

我那個時候才小學五年級。只記得好勝心很強的我總想表現得最出色，總是大聲地回應陳老師的每一個問題，每次的互動總是非常地熱絡！那個時候學英語總覺得很開心很快樂！不像本來在某美語班學習時，因為不喜歡背單字，而常常跟媽媽爭吵。

往後的初中、高中，在英語學習上，也因為陳老師教導的基礎所奠定的字正腔圓的發音及超強的拼字能力，所以非常順遂，唸英語就是比其他同學好聽！

陳老師的教法讓我就算是不認識的字也能夠把每個音節唸對。還記得那個時候她還教了我一些字的拉丁語、或法語的原始字義，讓我在背字彙的過程中更容易記得字彙的意思！

這次老師要出書，自己跟家人們真是覺得與有榮焉！因為這套教法是陳老師為了教我們這一群孩子而發明出來的。恭喜未來的學子！你們有福了！

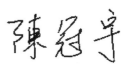

運時通（中國）家具有限公司 後勤部總經理

2017 年 1 月 27 日

陳仁鴻（學習期間：1996.09.17~1999.08.26）

相信在臺灣 10 個人中有 8 個以上學習英語是從音標開始學習，就像嬰兒牙牙學語一樣。但是我相信很多人跟我一樣，學了音標，但是下次見了面卻是它認識我，我不認識它！看著一串字母組成的單字，嘴巴張半天卻是說不出口，就只好放棄英語了。

升上高中後，發現數理的優勢如果沒有加上語言的輔助，對於未來的很多挑戰會更加地嚴峻。父母親為了幫助我克服這個困難，特地跟陳淑貞老師聯繫，幫我的英語重新由地基打起。

陳淑貞老師利用豐富的教學經驗，以及掌握學習英語時常會混淆的發音謬誤，從 A 開始每一個字母不厭其煩地教起，並逐步拓展相關的字彙。每週的教學時間中，她苦口婆心地矯正我的錯誤，然後再教我新的字母字詞發音，接著讓我利用課餘的時間一而再、再而三不斷地自我練習，讓我扎扎實實掌握對基礎 26 字母的發音學習的技巧和能力。經過陳老師辛勤的教導之後，終於讓我從聽雷的鴨子，蛻變成不再懼怕英語的雄鷹，把英語當作我的數理能力之外的利器而得以展翅高飛。

陳淑貞老師這一套發音教法，不僅僅幫助了我在求學階段英語文成績有大幅度的提升，而且對於我後來擔任工程師以及國際業務開發的工作，都有相當大的助益。因為這一套發音教法，使得我的發音與音調，跟以英語為母語的人沒有差異，常常會被誤認是 ABC，其實我是完全的 MIT。

很高興聽聞陳淑貞老師這一套發音教法終於要正式付梓出版。這是經過許多許多人親身使用，並且有著相當高評價的一套發音教法。不論你是剛剛

開始接觸英語，還是像我一樣下定決心要砍掉重練，這一本武功祕笈一定會
帶給你不一樣的學習感受，幫助你學習好英語，不再懼怕英語！

陳仁逸

安葦工業有限公司 總經理

2017 年 2 月 1 日

謝春怡

（學習期間：1997.06.25~1999.08.31 及 2000.09.29~2006.04.22）

　　小學高年級時，初識英語的我，想要跟上薇閣國小其他很早就接觸英語的同學，但是覺得很吃力。在親友的轉介下認識了陳淑貞老師，並開始每週一次一對三（我們家三姊妹）的教學。

　　透過陳老師的自然發音法教材，我不只在句詞的閱讀能力突飛猛進，在「說」的能力方面，更能比死背 KK 音標的同儕們自然地拼讀出標準的好英語。後來，英語能力便很快地趕上並超越許多同儕：國二時便通過全民英檢初級（相當於國中畢業英語程度）、國三通過中級（高中畢業英語程度）、及後來北一女高三時即通過中高級（大學非外語科系畢業生的英語程度）檢定。因此，當我的大學牙醫系多數同學在課業繁忙之餘還要準備畢業規定之中高級檢定時，我能專心地顧好課業且輕鬆地辨讀各專科原文書，以第二名成績畢業，並選填上心中第一志願的醫院實習並就業。

　　現今要有好的工作及成就，好的英語能力是不可缺少的，感謝當時遇到良師陳老師及這套厲害的教材，讓我在學習英語這條路上能事半功倍。

謝春怡.

台北榮總兒童牙醫科 主治醫師

2017 年 1 月 10 日

謝依芸

（學習期間：1997.06.25~1999.08.31 及 2000.09.29~2006.04.22）

在現今全球化的時代裡，英語口說，無庸置疑地，是一項必須具備的專業能力。正因為如此，從小四開始一路至高中，除了家庭教師陳淑貞老師的英語課程之外，我從來沒有在校外補過任何習。不同於填鴨式的教育模式，陳老師的自然發音法教材有效且大幅度地提升我的英語閱讀能力、口說能力以及背單字的效率，而這正也奠定了我在往後求學階段過程中能如此順利的基礎。

因為有著陳老師在英語領域上的帶領及教導，大學指考的英語科目我能拿下優異的成績，順利入學台灣大學第一學府；在大學一年級時便通過全民英檢中高級檢定（大學畢業門檻之一），讓我能專心追尋自己的學術目標，並且毫無障礙地研讀跨領域的專業科目原文書，順利以全系第一名的成績拿到雙學士學位——化學工程及財務金融學系。

從小奠定好的英語能力，也讓我在大學畢業後，進入全球第一大的化工公司德商 BASF 工作一年，並且讓我能在求學生涯中不斷地創造自己的優勢，最終當我申請出國攻讀博士班時，讓全球第一工程名校麻省理工學院 MIT 錄取我並且願意給予我全額獎學金。

現在站在這個時間點，我很感謝我的父母當年讓我有機會向陳老師學習英語，因為有著良好的英語能力基礎，我在追求人生目標的起跑點上，便領先了他人。

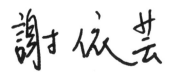

麻省理工化學工程博士候選人

2017 年 1 月 27 日

湯惠珠、劉傳懷、劉傳靖
（學習期間：2001.02.24~2004.06.08）

學習語言首重開口朗誦、克服對陌生語言的窘迫感，而這需要厚實的發音基礎。我們有幸在學習英語之初，蒙陳淑貞老師教導發音規則，掌握這套在英語路上披荊斬棘的工具。這套規則讓我們能夠從字母的前後組合去拼出單字的讀音，再透過音標來驗證想法。這樣的學習使成就感倍增，透過實際唸出單字，印象也更加深刻。

陳淑貞老師從多年的授課經驗中，深刻了解學生學習發音的困難，因而潛心整理研發這一套發音規則，透過大量的舉例和精心挑選的常用辭彙，來磨練英語初學者的語感。

我們如今仍記得，我們母子三人一起隨著老師學習發音規則。傳懷那時小學六年級，傳靖小學四年級，惠珠是兩人的媽媽，英語有基礎，對學習英語有興趣。陳老師用 CAD、CADE、CED、CEDE、CID、CIDE、COD、CODE、CUD、CUDE 這十個簡單的字來測試我們。傳懷、傳靖幾乎都沒唸對，惠珠即使學習英語多年，仍然唸錯一些，因為我們先前只會看著音標發音，沒學過發音規則，所以如果沒有音標時，就會一直出錯。

經過陳老師藉此悉心講解字母發音的規則和注意事項，我們才恍然大悟，原來正確發音可以變得這麼容易。經過幾個月的練習，我們母子三人都學會正確讀音，耳朵也變得敏銳許多，聽力在不知不覺中大有提升，而且我們都發現背單字竟然變得很輕鬆。這套規則易學易懂，配合大量的字例幫助理解吸收，學習一段時間之後，開口說英語明顯變得更有自信。而當我們看到不認識的生字竟能準確唸出來時，內心的喜悅瞬間轉化成學習的動力，真是一套很棒的教材呀！

陳老師的發音規則猶如一盞明燈，在我們學習英語的路途中，時時指

引我們正確的方向。我們有幸在學習英語初期接觸陳老師的發音規則,在日後的英語演講比賽,英語口試,用英語做簡報時,才得以信心倍增地說出發音正確的英語,輕鬆通過各種考驗。傳懷現在已是國泰醫院的住院醫師,醫院經常有外籍病患求診,傳懷都能自在地用英語與病患溝通;惠珠在民國九十三年通過中高級英檢;傳靖在高二上學期也順利通過中高級英檢,更在大一時獲得多益滿分 990 分的佳績。如今,他也即將退伍擔任亞東醫院的住院醫師了。

　　欣聞陳老師即將出書,回想起這套發音規則對我們的助益,我們一定要大聲地說,它是學習英語的利器,有心學好英語的人千萬不要錯過了!

湯惠珠 劉傳懷 劉傳靖 謹誌

2017 年 2 月 16 日

傅千育（學習期間：2001.03.13~2003.07.28）

在遇見陳老師之前，我曾上過一些知名連鎖全美語補習班。每當要唸課文、背單字時，總是硬背死記，背完就忘。就算看得懂音標，唸出來的音也不對，加上音調總是平乏單調，像機器人一樣，自己又不知如何去修正，造成每次上課對話的時候，因怕錯誤而不敢大聲說英語，慢慢地就開始害怕，甚至不喜歡學英語了。

遇見陳老師後就不一樣了。還記得第一次上陳老師的課，她只給了 3 到 4 個字母的單字數個，要我唸唸看，當時並沒有音標，我只能靠平常的經驗唸出來，短短簡單的單字，最後竟然全錯，不是音不到位，就是唸錯字。

經過陳老師的教法糾正後，看到什麼單字都會唸，漸漸擺脫對音標的依賴，而且背單字的速度變快，拼字也不容易錯誤。正確的發音，再搭上重音、次重音的音調起伏，單字唸起來就好好聽。我很慶幸碰到陳老師，她總是不厭其煩地教我、糾正我的發音，也給我很多鼓勵與建議，讓我對學英語的自信心提升。

現今自己也是國中英語老師了，在國中的教育現場中發現有太多學生不知如何「唸」英語。傳統的教法，「ㄅㄅㄅ」，「ㄅㄜㄅㄜㄅㄜ」，造成許多學生發音上的錯誤，看不懂音標的學生也比比皆是。

我很開心陳老師終於要把她的專業教學法出書了。我相信這本書不只學生需要，老師們更需要；這不只造福學生，也讓老師們學習「該如何正確並有效地教導發音規則」。

新北市土城區中正國中英語教師

2017 年 2 月 2 日

簡士人（學習期間：2015.09.11~2016.04.01）

　　大約一年前，在一個很巧合的機會裡，我參加了陳淑貞老師的英語班。這一段學習過程，算是真正開啟了我對於美語發音及音標的認識，並激發起我對於英語學習的熱情。

　　印象很深刻的是開始第一堂課，老師拿出由 AEIOU 五個字母組成的 10 個字卡，CAD、CADE、CED、CEDE、CID、CIDE、COD、CODE、CUD、CUDE。光是這 10 個字母組合的發音，就考倒我及同學了，要全部過關，還得經過幾個星期的折騰呢！

　　在後來的幾個月中，我總是滿心期待學習時間的到來，提前到達上課地點，預先做了準備與複習，同時也翻出了以前讀過的書籍，開始重新學習英語。

　　陳老師點燃起我們對於英語學習的熱情；也在這學習的過程中，不斷地給予我們正面的鼓勵與指導。在課堂上，我們開口，說讀英語，練習每個經過老師有序規劃安排的字卡，記憶老師整理後令人容易明白的發音規則，還得拼寫出老師讀的字，這真是一個很有成就感的學習歷程。

　　在後來個人的自助旅行中，我能夠簡單地與海關對話，與商家討價等等，由衷地感謝老師。

　　知道老師將把這些規則整理成冊，出書發行，欣喜之餘，也十分願意協助老師推廣。祝福每位有心學好英語的朋友，都能夠擁有這樣一本讓人容易學習美語發音、並且容易運用的工具書。祝福大家擁有流利順暢的英語溝通能力。

簡士人 謹誌

保險從業人員

2017 年 2 月 8 日

張貴淵（學習期間：2016.04.09 至今）

　　2016 年 4 月，在父親的介紹下，有幸能夠到陳老師家中接受英語補習的教學。還記得第一天上課時進行了英語能力的檢定測驗，其結果慘不忍睹。尤其在會話、寫作方面更是怵目驚心。但陳老師以「學如逆水行舟、不進則退」勉勵我學習永遠不會太晚，讓我能有機會再一次地將英語，這一個重要的語言學好、紮穩根基。

　　雖然早在中學時即開始學習英語，然而，英語的閱讀、書寫乃至交談，對我而言，仍是件不容易的事情。即使花了長時間在學習上，英語就是不見起色。且英語的文法、詞彙、表達，在求學階段主要也只用在應付考試，以至於在攻讀碩士學位時，這樣的填鴨式學習結果的弊病無疑地顯露了出來；在論文的撰寫、國際研討會上發表演說時，處處顯露出英語能力的不足。

　　在接受了陳老師層次井然、條理明晰的發音教材，從基礎打起，並矯正了以往錯誤的觀念後，目前在外商就職的我，能更流利地使用英語撰寫聯絡信件，且面對來自國外的客戶時，也能更自然地溝通答辯，大大地提升了工作績效。在這裡，我由衷地感謝陳老師願意將我這塊未能打穩基礎的頑石給予琢磨。

　　最後，很榮幸能夠跟陳老師的其他學生，一同見證陳老師將自己多年來的教學精華傾囊相授、分享出來造福社會大眾及莘莘學子的這樁美事。謹在此以寥寥數語，表達學生深深的祝福與大大的推薦！

（服國防役中）

2017 年 2 月 9 日

如何使用本書

我的整套教法，目的是使你見到英語字時，不論懂與不懂，都可以不假思索地讀出來，而且讓以美語為母語的人聽起來覺得很自然。同時，你聽到以標準音唸出的字，立即可以寫出合理的字母組合。這就是我所謂的「見字會讀、聽音會拼」。根據我二十五年實際教學的觀察和經驗，這個能力會使你學習英語時覺得容易又省時，從而逐步把英語「融」進自己的身體裡。

為達此目的，我從字母 A 開始，一個字母一個字母地說明每個字母在字裡頭的讀法，一直教到字母 Z。這中間會帶入很多母音的發音規則，而這些規則是漸進的，環環相扣的，並且反覆使用的。學會「見字會讀、聽音會拼」的關鍵就隱含在這一系列的規則裡。

每個發音規則都有一個練習表供你熟練這個規則。你要練到能夠不倚賴音標，看到字就能直接、反射式地讀出來。所以雖然有音標放在字旁，但這是最終要擺脫掉的「單車學習輪」。尚未學過字母的，可以一面學字母，一面學它在字中的讀法。已學過字母的，也應同時學習每個字母名稱的正確讀法，糾正你過去的錯誤。

練習表中列出了每個字的代表意思。這只是給好奇的人參考而已，與練習發音、辨音沒有直接關係。你可以忽略。

每個練習表，我都會一個字一個字地讀。你可以播放本書所附的音檔，同時跟著我一個字一個字地讀；也可以在聽我讀之前自己先試試看，然後再聽我讀的，比較看看你剛才發的音對不對。如果你覺得這個練習表裡的發音還沒掌握好，那就重複練習，直到你覺得有把握了，然後才進到下一個練習表。每學好一個表，這個規則就進到你的腦子裡，成為你細胞的一部分。就算你中途輟讀，已經學到的還是學到了，就像學會騎腳踏車一樣。這樣，你的英語能力也就扎扎實實地、一個表一個表地累積起來了。

那怎麼知道自己練習夠了沒呢？每隔若干字母或若干頁，你要自己做個檢測。這個檢測分成「見字會讀」和「聽音會拼」兩種。

做「見字會讀」自我檢測時，你要先試讀我列出來的字。然後比對我的讀音，看看你剛才所發的音是否正確。最好重複試讀、比對，試讀、比對，直到你能夠幾乎全對為止。這項檢測，每章大多有 20 題。

做「聽音會拼」自我檢測時，請利用本書所附的音檔，播放出題目，你則依照學到的規則把聽到的聲音的音標寫出來，並把字拼出來，然後依照指示找到答案，加以比對。這項檢測，每章大多有 10 題，題目的內容例如：

(1) 「這一題我讀做……，它有三種可能的拼法，其中一種有 5 個字母，另外兩種只有 4 個字母。」

(2) 「下面這一題，我要你比較兩個字的拼法。這兩個字都是有 4 個字母。第一個字讀做……，第二個字讀做……。」

如果是一種讀法有若干種拼法的，那麼音標只要寫一次。如果是不同讀法的，那麼拼字和音標都要依序寫出來。這些拼法不一定有字義，但沒關係，我們主要的目的是要檢查你是否聽得出發音的區別，或者為什麼這個聲音要這樣拼、而另一個聲音要那樣拼。最好重複聽寫、比對，直到你能夠幾乎全對為止。

不要急著往下學，尤其是開始的 A~K 這幾章。對初學者而言，那幾章所包含的規則不少，全部搞清楚後，接下去就會越來越容易，學習速度會越來越快。

除了讀字和聽寫外，我還要你學會音標。為什麼？因為美語中有不少外來語，它們的讀法不會全照美語的規則。即使你「見字會讀，聽音會拼」，有時候你還是必須查字典，然後靠音標讀出正確的音。

在《美語發音寶典 第一篇：單音節的字》（本書）中，學完 26 個字母及其可能的讀法後，我會在最後的補充篇裡，教你「入聲音的讀法」。我的學生在我教了他們這種讀法以後，看電影時聽出了這種發音法，十分驚喜。

在《美語發音寶典 第二篇：多音節的字》中，我會分析 19 種多音節的發音規則，教你如何分音節，如何抓重音，及如何讀。這些字抓對重音，整個字讀起來才自然。這對高中以上的學生尤其重要，幫助極大。同樣的，在這些章裡，我們還是會有讀字和聽寫的自我檢測題目。

在「美語發音寶典」這套書中，我大量使用學生已經熟習的注音符號和國語來說明和引導學習美語發音，因為我的經驗告訴我，這個方法非常有效。例如，我們可以用注音符號的「ㄚ」來模擬美語 /ɑ/ 的發音，也可以用「ㄝ」來模擬 /ɛ/。這樣的發音，以英語為母語的人完全聽得懂，也不會會錯意。可是其他有些近似音，則會讓人覺得你講話有個「腔」。因此，如果你想在發音方面更上一層樓，就要完全脫離注音符號，更精確地學習原來的發音。

以國語發音為基礎來學習美語發音時，你需要把握兩個要點：

一是要特別注意，有些美語的音在國語裡沒有，也不可以用近似音來模擬。這些音你要特別努力去體會、去苦練。例如，美語 /æ/ 的發音介於「ㄝ」和「ㄚ」之間，國語沒有這個音，它的近似音在美語中也有各自的意思，所以不能用任何注音符號來比擬。在教到這類音的時候，我會特別提醒。

二是你所發的各個音，都要有一致性。例如，如果你用國語的「ㄧ」來模擬長音 /i/，那你這個自己的特別 /i/ 音，每次讀出來都要一樣，不能變來變去。否則會使聽的人無法適應你的發音習慣。

現在，就請翻到第一章，讓我們從 A 開始吧！

給老師的話

本書的目的是讓學生練就「見字會讀、聽音會拼」的功夫，然後就能直接讀階梯繪本，直接學英語，就像母語學生那樣。

本書按照字母順序訓練「見字會讀」。通過反覆練習把所有發音規則和例外融入腦中，一見到字就能脫口說出正確或至少合理的發音。同時訓練「聽音會拼」，其結果是辨音能力增強，因此聽力大增。繼續學英語，輕鬆又快樂。

每個規則都很簡單，但是每學到一個母音字母的發音規則，就會把前面學過的子音帶進來練習；而每學到一個子音字母的發音規則，就會把前面學過的母音帶進來練習。講解規則的時間不需要很長，請盡量把時間留給學生做「發出聲音的練習」。老師的任務就是糾正錯誤，並且確認學生學會後才向前進。千萬不要趕進度。

練習時一定要用字卡。你可以到文具店買空白的名片卡來自己寫，或找我買列印字卡的檔案及點讀包。字卡盒上需要標註清楚內容。練習時，把卡拿出來「洗牌」，然後分發給學生。如果學生人數較多，你可以分組。先給他們幾分鐘研究那些字的讀法，然後每組輪流「亮卡」讀給你聽。你可以請全組同學一起讀，或每次輪流由一人代表讀。當然，你應該隨時糾正學生的發音。

我在 Facebook 建立了一個「美語發音寶典讀者園地」社團，其中特別為老師集中了可參考使用的資源（https://bit.ly/45gZD9f）。例如：「什麼是『自我檢測』？和一般的考試有什麼不同？」、「第 18 章 R 的學習法」說明 R 這章要特別練習「R 的 13 個規則」、「動詞加 ed 的讀法」、「CA 的 C 不讀 K 的例外字」、「字尾的 EAR 五個例外讀法的口訣」等等。

我還開了一個 Line 社群「紅寶典共學群」，把很多我的線上教學錄影放在「記事本」裡。例如：「陳淑貞老師解釋 A ～ E 的讀法」、「A ～ E 練習

卷題目」等等。這些上課的錄影在記事本的最下面，請耐心往下滑。有一些實體課的錄影放在 YouTube《美語發音寶典》頻道（https://bit.ly/44O4nDz）裡面。

　　歡迎你加入以上「讀者園地」和「共學群」跟我一起推廣這種學習法。

關於本套書的〈講解與示範音檔〉

　　本套書內容由我自己親自錄製講解與示範音檔，其上的音軌依序編號為：MP3-001、MP3-002、……等等，並在書內的相應位置標上音軌號。例如，第 33 頁，第 2 章的標題之右標了 ●MP3-002 音軌號，請你在播放時對照書的內容練習。下面是各章對應音軌的清單。

章號	名稱	首軌號	軌數	長度小計	章號	名稱	首軌號	軌數	長度小計
1	A a 母音	MP3-001	1	00:00:43	25	Y y 半母音	MP3-072	5	00:20:08
2	B b 子音	MP3-002	1	00:05:19	26	Z z 子音	MP3-077	4	00:10:47
3	C c 子音	MP3-003	1	00:02:43	27	補充篇	MP3-081	2	00:17:20
4	D d 子音	MP3-004	1	00:01:32	II	第二篇	MP3-083	1	00:01:00
5	E e 母音	MP3-005	3	00:04:42	28	LE 結尾的字	MP3-084	5	00:33:00
6	F f 子音	MP3-008	1	00:02:30	29	AGE 結尾的字	MP3-089	4	00:15:55
7	G g 子音	MP3-009	1	00:04:56	30	IC 或 ICS 結尾的字	MP3-093	3	00:08:50
8	H h 子音	MP3-010	1	00:04:28	31	NGER 結尾的字	MP3-096	3	00:08:39
9	I i 母音	MP3-011	1	00:03:21	32	IO 的讀法	MP3-099	3	00:07:44
10	J j 子音	MP3-012	1	00:02:10	33	Y 結尾的字	MP3-102	14	01:22:28
11	K k 子音	MP3-013	3	00:08:11	34	ATE 結尾的字	MP3-116	9	00:31:04
12	L l 子音	MP3-016	4	00:16:26	35	TION 結尾及類似的字	MP3-125	6	00:24:26
13	M m 子音	MP3-020	3	00:10:53	36	SION 結尾及類似的字	MP3-131	6	00:18:20
14	N n 子音	MP3-023	3	00:17:03	37	IENT 和 IENCE 結尾的字	MP3-137	3	00:05:24
15	O o 母音	MP3-026	3	00:19:54	38	OUS 結尾的字	MP3-140	3	00:20:59
16	P p 子音	MP3-031	3	00:16:54	39	URE 結尾的字	MP3-146	3	00:17:32
17	Q q 子音	MP3-034	1	00:01:04	40	CIAL 及 TIAL 結尾的字	MP3-149	4	00:17:48
18	R r 子音	MP3-035	5	00:40:35	41	UAL 結尾的字	MP3-153	3	00:09:15
19	S s 子音	MP3-040	5	00:45:39	42	ITIS 結尾的字	MP3-156	3	00:07:43
20	T t 子音	MP3-045	6	01:05:37	43	OSIS 結尾的字	MP3-159	3	00:06:59
21	U u 母音	MP3-051	5	00:51:27	44	ETTE 結尾的字	MP3-162	3	00:04:48
22	V v 子音	MP3-056	5	00:21:58	45	OMETER 結尾的字	MP3-165	3	00:06:14
23	W w 半母音	MP3-061	7	00:50:14	46	ISM 結尾的字	MP3-168	3	00:06:41
24	X x 子音	MP3-068	4	00:17:00		註：時間長度格式為「時：分：秒」			

注意：第 1~27 章是第一篇，第 28~46 章是第二篇。

基本名詞說明

　　我不想使用很多語言學的術語，但我會用到下列常見的名詞和符號，所以在這裡解釋一下。列在這裡，也可供你以後遇到這些名詞時回來查找。

　　你可以跳過此章，直接開始練習。有疑問時再回來查看。

- 美語：本書發音依循通常稱為「美語」的英語，也就是在美國通行的，不帶明顯的地區、種族、或社經族群特徵的英語發音。這種英語有些學者稱之為「標準美國英語」。並且我採用的發音標準是在美國使用最普遍、被一般美國人認為標準的韋氏辭典（例如 Merriam-Webster's Collegiate Dictionary）的發音。

  關於美語發音，我在書中若干地方提到一件奇怪的事：有些被很多美國出版的辭典標註為長音 /i/ 的，卻被臺灣很多辭典標註為短音 /ɪ/。我所查的美國辭典是：(1) American Heritage 1969 年版、1982 年版、2011 年版，(2) Funk & Wagnalls 1976 年版，(3) Macmillan 1984 年版，(4) Merriam-Webster 1987 年版、2003 年版、2005 年版、及其線上版，(5) NTC's Compact English Dictionary 2000 年版，及 (6) Random House 1969 年版、2001 年版。而這些辭典，就我所查的那些單字來說，全都一致。它們所註的音標和 Merriam-Webster 線上版所播放的發音也一致。

  為什麼會有這個差異呢？

  我於 2017 年 6 月中旬到美國探親，意外地發現一本 1924 年版的 Merriam-Webster 辭典，裡面那些音就都是短音。而英國的標準辭典 Oxford 也是短音。由此推測，早期的 Webster 辭典還延續英國人的讀法，可是後來就變了。

  因此，你如果想學標準美國音，我建議你照著我講的讀。因為那是現今美國人的讀法。

另外，有些字可以有幾種讀法，但我往往只擇其一、二給你練習。打好基礎後，什麼讀法都難不倒你了。

- KK 音標：本書採用 KK 音標，因為 KK 音標是為標註美語發音而設計，而且是現今臺灣教育體制內採用的音標系統。本書附有 KK 音標、DJ 音標與 Webster 音標差異對照表，以方便從前學過 DJ 音標者比對。

- 字母：英語有 26 個字母。那就是 A、B、C、D、E、F、G、H、I、J、K、L、M、N、O、P、Q、R、S、T、U、V、W、X、Y、Z。

- 字、單字：從上面這 26 個字母取出若干字母，組成一組有意義的單元就叫做「字」，有時稱「單字」，英語稱為「word」。例如「word」這個字，由 W、O、R、D 四個字母組成。有時聽到人說：「這個英語有幾個字？」其實，他的意思是：「這個英語字有幾個字母？」。還要說明的是，有些人認為英語的「word」相當於中文的「詞」，因此應該稱為「詞」，但我決定採用約定俗成的講法。

- 母音：英語所謂「母音」可以指「字母」也可以指「音標或聲音」。
  (1) 母音字母：能發出像注音符號的ㄟ、一、ㄞ、ㄡ這類「韻符」的聲音的字母，也就是 A、E、I、O、U 這五個字母；有時候 W 和 Y 也可以發出韻符的聲音，所以 W 和 Y 也叫做「半母音」。
  (2) 母音音標或聲音：用來標註「韻符」的音標，例如：/e/、/i/、/aɪ/、/o/ 等，或其代表的聲音。

- 子音：英語所謂「子音」可以指「字母」也可以指「音標或聲音」。
  (1) 子音字母：能發出像注音符號的ㄅ、ㄆ、ㄇ、ㄈ等這類「聲符」的聲音的字母，也就是 B、C、D、F、G、H、J、K、L、M、N、P、Q、R、S、T、V、W、X、Y、Z，這 21 個字母。
  (2) 子音音標或聲音：用來標註「聲符」的音標，例如：/b/、/p/、

/m/、/f/ 等，或其代表的聲音。

- 雙母音：這個名詞專指音標或其聲音，包括 /aɪ/、/ɔɪ/、/aʊ/。它們雖然各有兩個符號，但並不讀成兩個清楚的音節，算做一個母音音標。

- 清音：發這種聲音時，喉頭（聲帶）不會震動，會從嘴巴裡送出很多氣來。也就是所謂「無聲的音」，我們也可以說它是「送氣音」。例如：/k/、/p/、/t/、/s/ 等。

- 濁音：發這種聲音時，喉頭會震動，不會從嘴巴裡送出很多氣來。也就是所謂「有聲的音」，我們也可以說它是「震動音」。所有母音都是濁音，而有些子音是濁音，後者例如：/g/、/b/、/d/、/z/ 等。

- 音節：音節是每個字讀音的基本單位，以母音為主，前後都可能連結子音。這個「母音」可能由一到兩個母音字母組成；「子音」則可能有一到三個子音字母。音節的劃分有點複雜，各家字典都有些微不同。本書採用韋氏辭典的劃分法。

- 音標記號：一般標註音標時，用兩條斜線（/ /），中間夾音標，如 /ɛ/。標註整個字的音標時，則用中括弧 [ ]，如 bed 唸做 [bɛd]。

- 音節記號：在多音節的字中 我們會用「‧」來區分音節。如：bub‧ble、mea‧sure。但是有些狀況例外。就像在韋氏辭典裡，如果多音節字中的一個音節只有一個字母，就不標分音節。例如：awake。很顯然地，「wake」這四個字母是要一起讀的，那麼前面只剩一個字母「a」，於是就不標音節記號。又如：shaky。此字源自 shake，所以「shak」要在一起，那麼後面就只剩下「y」一個字母，所以也不標音節符號。請注意，各家字典標示音節符號的規範會略有不同。

- 重音：
  (1) 單音節自動是重音，其讀法就像國語的第四聲。例如：way [we] 這個字，單獨唸起來像「ㄨㄟˋ」。

(2) 一個單字超過一個音節就會有輕、重音之分，我在這裡只講雙音節字的重（ㄓㄨㄥˋ）音讀法和標示法。至於重音該放在哪個音節呢？有些有規則的在本書其他地方會提到，這裡就不講了。

(3) 重音在兩個音節的第二個音節時，其讀法就像國語的第四聲。而整個字讀起來會像國語「好看」的語調。其中「好」只低下去而已，不再上揚，也就是不讀完整的第三聲（只讀所謂「前半上ㄕㄤˇ」）。例如，away [əˋwe] 讀起來像「ㄜˇㄨㄟˋ」。

(4) 重音在兩個音節的第一個音節時，其讀法就像國語的第一聲，聲音要高，而第二個音節的音要輕而低。類似國語「真好」的語調，但是「好」字只低下去而已，不再上揚，也就是不讀完整的第三聲（只讀所謂「前半上ㄕㄤˇ」）。例如，bingo [ˋbɪŋgo] 讀起來好像「ㄅㄧㄥˉㄍㄡˇ」。

(5) 重音符號（ˋ）標在重音節的左上方。例如：[ɪmˋpitʃ]，表示該字的重音節是在後面 /pitʃ/ 這個音節，所以你該把它讀成像國語的第四聲。而整個字的讀法就會像上面重音第三點所說的「好看」的語調。

• 次重音：有些字在重音以外還會有「次重音」，即較低的重音。次重音符號（ˌ）標在該音節的左下方。如：peahen [ˋpiˌhɛn] 的 /hɛn/。

- 次重音一般可以當作輕音來讀，但是會隨上下文和講話的口氣而變化，這裡就不講了。

- 雙音節字的次重音可以比照上面重音第四點所說的，把整個字的讀法讀成像「真好」的語調。例如：母孔雀 peahen [ˋpiˌhɛn] 的語調和教師 teacher [ˋtitʃə] 的語調幾乎是一樣的。

- 輕音：輕音就像國語的輕聲。沒有標重音符號或次重音符號的音節都讀輕音。
- 字母的名稱：每個英語字母都有名稱，例如 A 的名稱是 a，該名稱的音標是 [e]、B 的名稱是 bee，名稱的音標是 [bi]、C 的名稱是 cee，名稱的音標是 [si]……等等。至於它們在字裡頭的讀法，那就要依照後面我所教的發音規則了。
- 長音：美國人提到的母音的長音就是指它的名稱的讀音，在本書中我也會稱它為「本音」。A 的長音是 /e/，E 的長音是 /i/，I 的長音是 /aɪ/，O 的長音是 /o/，而 U 的長音是 /ju/。
- 短音：美國人提到的母音的短音讀法，在本書中我也會稱它為「變音」。A 的短音是 /æ/，E 的短音是 /ɛ/，I 的短音是 /ɪ/，O 的短音是 /ɑ/，而 U 的短音是 /ʌ/。

什麼時候讀長音，什麼時候讀短音，什麼時候既不讀它的長音，也不讀它的短音呢？請看後面我要教的發音規則。

目次

第一篇：單音節的字

第二篇：多音節的字

※ 本篇豐富的學習內容，請見《美語發音寶典 第二篇：多音節的字》

注意：本套書「美語發音寶典」分為《美語發音寶典 第一篇：單音節的字》
　　　及《美語發音寶典 第二篇：多音節的字》兩冊

如何掃描 QR Code 下載音檔

1. 以手機內建的相機或是掃描 QR Code 的 App 掃描封面的 QR Code。
2. 點選「雲端硬碟」的連結之後，進入音檔清單畫面，接著點選畫面右上角的「三個點」。
3. 點選「新增至『已加星號』專區」一欄，星星即會變成黃色或黑色，代表加入成功。
4. 開啟電腦，打開您的「雲端硬碟」網頁，點選左側欄位的「已加星號」。
5. 選擇該音檔資料夾，點滑鼠右鍵，選擇「下載」，即可將音檔存入電腦。

第一篇

單音節的字

01 A a 母音

● MP3-001

> 這個字母的名稱的讀法是像注音符號的ㄟ，千萬不要讀成ㄝ。它的音標是 [e]。

這個字母單獨就是一個字。

練習表 §1.1

1 a	[e]	一個	

02 B b 子音

MP3-002

> 這個字母的名稱聽起來像注音符號的ㄅㄧ，但ㄅㄧ是個清音，而B是個濁音。它的音標是 [bi]，也就是說，KK 音標 /i/ 所發的聲音就像注音符號的ㄧ。

請跟著我讀一遍。

> 在拼音時，只要看到 B，就讀 /b/ 的聲音，先把雙唇合併然後迸開來，但不要帶出ㄜ的聲音來。

到目前為止，我們只學到 A 和 B 兩個字母而已。有字嗎？有。就是羊叫聲 baa，拼做 B-A-A。

(1) 子音 +A 的 A 讀 /ɑ/

> 剛才你已經聽到我把它唸成像國語的「爸」的聲音，所以你就可以猜到 A 在單音節字尾的時候，要唸「阿」了，對吧？可是這個字有兩個 A 啊！要唸兩次嗎？不要，那只是表示聲音的延長而已。「阿」的音標就是 /ɑ/。B 讀做 /b/，AA 兩個字母只讀一次 /ɑ/，合起來就是 [bɑ]了。

練習表 §2.1

1	baa	[bɑ]	羊叫聲

其實 baa 的讀音和「爸」是不一樣的。但在這裡清音和濁音的差異，不會造成語意的混淆。

另外，還有一個字也只包含 A 和 B 這兩個字母而已，就是 abb。你應該已經猜到這兩個 B 只要唸一次，那麼這個 A 怎麼唸呢？像剛才的羊叫聲裡的 A 的讀法嗎？不是！那個 A 是在字尾，可是這個 A 後面還有個子音 B，所以 A 要讀成一個國語裡頭沒有的音，就是 /æ/。

/æ/ 這個聲音介於注音符號的ㄚ和ㄝ之間。如果你發ㄚ的音，然後把嘴往左右稍微開大一些，舌頭往下壓，再發一次音，就可以發出這個音來。還有個方法是，先發ㄝ的聲音，然後把下顎往下拉，口內舌頭等位置儘量不動，也可以發出這個聲音來。請跟著我讀兩次這個蝴蝶音 /æ/。

這個音的音標像隻蝴蝶，所以我們就叫它蝴蝶音吧！我還會把蝴蝶音 /æ/ 稱為「A 的短音讀法」。所有母音當中，只有 A 能讀出蝴蝶音來，所以你只要聽到蝴蝶音，一定要拼出 A 的字母來。A 有時候會讀它字母的本音 /e/，那一般就稱它為 A 的長音讀法。

現在，讓我們把 /æ/ 和 /b/ 合起來讀吧！

(2) (子音 +) A+ 子音的 A 讀 /æ/

A 在子音前，讀它的短音，蝴蝶音 /æ/。

| 1 | abb | [æb] | 緯，紗，粗羊毛 兩個 B，只要讀一個 /b/ 音 |

這個蝴蝶音對於意義的分別非常重要，同時對於我們來說很不容易學，也不容易辨認。你要花點心思和時間去好好體會、好好練習。務必要會讀，也要會聽，才能夠和其他相近的母音區分開來。

03 C c 子音

　　這個字母的名稱讀起來像注音符號的ㄙー，而不是ㄒー。你就不斷地重複唸ㄙー、ㄙー、ㄙー、ㄙー，然後加快速度，就會得到正確的發音了。它的音標是 [si]。也就是說 C 這個字母本來是帶有注音符號的ㄙ音的，所以我認為ㄙ這個聲音是 C 的「本音」，KK 音標就是 /s/。

　　可是我們不是經常聽到一些老師教學生說：「CCC 啊ㄎㄎㄎ」嗎？C 不是應該讀做ㄎ的音嗎？答案是：不全是。

　　C 大部分是讀做ㄎ的音，也就是它的「變音」，KK 音標是 /k/。

　　可是 C 在三種情形下會讀它的本音 /s/：(1) CE 在一起、(2) CI 在一起、以及 (3) CY 在一起時。

　　例如下面 cab 這個字：CA 不屬於上述三種情形的任何一種，所以這個 C 要讀像注音符號的ㄎ，但要送較多氣。音標就是 /k/。

　　另外，CH 在一起時，大部分時候也不讀做 /k/，這就等到 H 那章時，我再告訴你吧。

　　在接下去的篇章中，如果 C 是讀做較常使用的變音 /k/ 時，我就不加註解。但如果是讀做本音 /s/ 時，我就會加註解來提醒你。

　　現在，讓我們來讀下面這個字吧。

(1) (子音 +) A+ 子音的 A 讀 /æ/

　　A 在子音前，讀它的短音，蝴蝶音 /æ/。

1	cab	[kæb]	計程車

注意：發音規則中樣式 (子音 +)A+ 子音 的括弧代表裡面的元素可以有也可以沒有。也就是說這個樣式代表兩個樣式，子音+A+子音 和 A+子音。以後的發音規則都沿用這個慣例，就不再說明了。為了說明方便，我也會使用「簡稱」，即 (子)A 子的方式。

04 D d 子音

這個字母的名稱聽起來像注音符號的ㄅ一，但ㄅ一是個清音，而D 則是個濁音。它的音標是 [di]。

請跟著我讀兩遍。

在拼音時，只要看到D，就讀 /d/ 的聲音，但不要帶出ㄜ的聲音來。

現在，讓我們再照著蝴蝶音的規則來拼讀下面這些字。

(1) (子音 +) A+ 子音的 A 讀 /æ/

A 在子音前，讀它的短音，蝴蝶音 /æ/。

練習表 §4.1

1	ad	[æd]	廣告
2	add	[æd]	加 兩個 D，只要讀一個 /d/ 音
3	bad	[bæd]	壞的 千萬不要讀做ㄝ，否則會被聽成 bed（床）
4	cad	[kæd]	下流人
5	dad	[dæd]	爹爹 千萬不要讀做ㄝ，否則會被聽成 dead（死的）
6	dab	[dæb]	輕拍

這個字母的名稱讀起來像注音符號的一，很容易讀。它的音標就是 [i]，也就是 E 的長音讀法。

現在，讓我們來看看 E 在單音節字尾時的讀法。

(1) 子音 +E 的 E 讀 /i/

E 在單音節結尾時，就讀做 /i/，像注音符號的一。

練習表 §5.1

1	be	[bi]	是（原形）

那麼，如果有兩個 E 連在一起呢？

(2) EE 讀 /i/

EE 在一起時，讀做 /i/，像注音符號的一。

練習表 §5.2

1	bee	[bi]	蜜蜂
2	cee	[si]	英語字母 C，C 字形的 C 後面有 E，C 要讀本音 /s/，像注音符號的ㄙ
3	dee	[di]	英語字母 D，D 字形馬具或鐵環

4	**deed**	[did]	行為

接下來，我們要講一個很有用的規則。我稱之為： ● MP3-006

「E 點靈」的規則

1992 年時，我偶然在電視上看到「一點靈眼藥水」的廣告，靈機一動，就創造出此規則的名稱。同學們都覺得很容易記。

簡單地講，當一個母音和 E 中間有個子音時，「E」一「點」下去就「靈」了，前面這個母音得乖乖地讀它字母的本音，也就是長音，而中間夾的這個子音也得讀它字母的本音，可是尾巴的 E 不發音。

這就是「E 點靈」的規則。

現在，我們就來練練這個「E 點靈」的規則吧！

(3) (子音 +) E+ 子音 +E 的第一個 E 讀 /i/，字尾的 E 不發音

兩個 E 中間有子音時，根據「E 點靈」的規則，第一個 E 讀長音（它字母的本音）/i/，像注音符號的ㄧ，字尾的 E 不發音。

練習表 §5.3

1	**cede**	[sid]	割讓 C 後面有 E，C 要讀本音 /s/

(4) (子音 +) A+ 子音 +E 的 A 讀 /e/，字尾的 E 不發音

A 和 E 中間有子音時，根據「E 點靈」的規則，A 讀長音（它字母的本音）/e/，像注音符號的ㄟ，字尾的 E 不發音。

			練習表 §5.4
1	ace	[es]	撲克牌中的 A C 後面有 E，C 要讀本音 /s/
2	dace	[des]	雅羅魚 C 後面有 E，C 要讀本音 /s/
3	bade	[bed]	表示，出價，叫牌（bid 的過去式）
4	babe	[beb]	嬰兒，姑娘

接下來，我們要學 E 在子音前的讀法。

● MP3-007

(5)（子音 +）E+ 子音的 E 讀 /ɛ/

> E 在子音前，讀它的短音 /ɛ/，像注音符號的ㄝ。

很多人把這個音標 /ɛ/ 說成是「倒 3」。這是錯誤的。上下為倒，左右為反，「3」上下倒過來還是「3」，所以這是「反 3」才對。實際上，它是 E 的大寫草寫的形狀。

			練習表 §5.5
1	ebb	[ɛb]	落潮，衰落
2	Ed	[ɛd]	男子名
3	bed	[bɛd]	床
4	deb	[dɛb]	初進社交界（初次登台）的女子

06 F f 子音

這個字母的名稱的讀法是先發個ㄝ音，然後立刻把上牙齒壓住下嘴唇，再送出氣來，但不要發出ㄨ的聲音。它的音標是 [ɛf]。

在拼音時，只要看到 F，就讀 /f/ 的聲音，光送氣，不要帶出ㄨ的聲音來。

現在，讓我們來把 F 和前面學過的母音一起讀讀看吧！

(1) 子音 +A 的 A 讀 /ɑ/

A 在單音節結尾時，讀 /ɑ/，像注音符號的ㄚ。

練習表 §6.1

1	fa	[fɑ]	（音樂）七個音階唱名的第四個

(2) (子音 +) A+ 子音的 A 讀 /æ/

A 在子音前，讀它的短音，蝴蝶音 /æ/。

練習表 §6.2

1	fab	[fæb]	絕好的，極妙的
2	fad	[fæd]	流行一時的狂熱

(3) EE 讀 /i/

EE 在一起時，讀 /i/，像注音符號的一。

				練習表 §6.3
1	fee	[fi]	費用	
2	feed	[fid]	餵	
3	beef	[bif]	牛肉，抱怨	

(4) (子音 +) A+ 子音 +E 的 A 讀 /e/，字尾的 E 不發音

A 和 E 中間有子音時，根據「E 點靈」的規則，A 讀長音（它字母的本音）/e/，像注音符號的ㄟ，字尾的 E 不發音。

				練習表 §6.4
1	face	[fes]	臉 C 後面有 E，C 讀本音 /s/	
2	fade	[fed]	褪色	

07 G g 子音

🔴 MP3-009

這個字母的名稱的讀法是先發ㄐㄧ音，（注意，此時的牙齒是只用到門牙上下牙齒）然後把後面兩邊大約倒數第三、四顆牙齒處咬緊，嘴角再往後拉一些，再發一次ㄐㄧ音，但嘴巴不要尖成帶ㄩ的音，那樣就會得到正確的 G 的發音了。它的 KK 音標是 [dʒi]。也就是說，G 的本音音標是 /dʒ/。請跟著我讀兩遍。

G 只有在三種情形下可能讀它的本音 /dʒ/：GE、GI 和 GY。

GE、GI 和 GY 如果是在字頭，G 可能讀做 /g/，也可能讀做 /dʒ/，沒有百分之百的規則。如果 GI 和 GY 在字尾，也沒有百分之百的規則。只有 GE 在字尾時，G 幾乎百分之百會讀做 /dʒ/，除非那是法語來的字。請參考第二篇〈多音節的字〉的第 29 章「AGE 結尾的字」。

其他情形，G 絕大多數讀做它的變音 /g/（似ㄍ，但ㄍ是個清音，而 /g/ 是個濁音）。

現在，讓我們來看看 G 和前面學過的母音合在一起時的讀法。

(1) (GA+ 子音) 或 (子音 +AG) 的 A 讀 /æ/，G 讀 /g/

A 在子音前，讀它的短音，蝴蝶音 /æ/。G 在 A 的前或後，都是讀它的變音 /g/，因為這兩種情況的 G 都不是 GE、GI、GY。

			練習表 §7.1
1	**bag**	[bæg]	袋子，裝進袋子裡
2	**fag**	[fæg]	累人的活兒，男同性戀者

3	gab	[gæb]	空談，嘮叨
4	gad	[gæd]	遊蕩，刺棒
5	gaff	[gæf]	魚叉，欺騙 兩個 F 只要讀一個 /f/ 音
6	gag	[gæg]	箝制言論

(2)（子音 +）AGE 的 A 讀 /e/，G 讀 /dʒ/，字尾的 E 不發音

AGE 在一起時，根據「E 點靈」的規則，A 讀長音（它字母的本音）/e/，像注音符號的ㄟ，G 讀它的本音 /dʒ/，像注音符號的ㄐㄩ，但嘴巴不要往前尖出來，字尾的 E 不發音。

練習表 §7.2

1	age	[edʒ]	年齡
2	cage	[kedʒ]	籠子
3	gage	[gedʒ]	量計，打賭

(3)（子音 +）E+G 的 E 讀 /ɛ/，G 讀 /g/

E 在子音前，讀它的短音 /ɛ/，像注音符號的ㄝ；G 讀它的變音 /g/，因為這種情況的 G 不是 GE、GI、或 GY。

練習表 §7.3

| 1 | egg | [ɛg] | 蛋 兩個 G 只要讀一個 /g/ 音 |
| 2 | beg | [bɛg] | 乞求，懇求 |

(4) EE 讀 /i/

EE 在一起時，讀 /i/，像注音符號的一。

1 gee	[dʒi]	表示驚奇、興奮、讚賞的感嘆詞

注意：GEE 結尾時，G 會讀 /dʒ/。但它後面如果接個子音，則 G 大都
會讀做 /g/。你在未來的例字中還會再見到這個規律。

08 H h 子音

● MP3-010

　　這個字母的名稱的讀法是先唸個ㄟ、、，然後再加個ㄑㄩ··，合成ㄟ、、ㄑㄩ··，不是ㄝ、ㄑㄩ·。它的音標是 [etʃ]。/tʃ/ 這個聲音的讀法和 /dʒ/ 類似。你要把後面兩邊大約倒數第三、四顆牙齒處咬緊，嘴角再往後拉一些，然後試圖發ㄑㄧ音，但嘴巴千萬不要尖成帶ㄩ的音，這樣就會得到正確的 /tʃ/ 的發音了

　　H 在母音後結尾時，不發音。例如下面練習表 1 的第 1 和第 3 兩個字。

　　H 在音節頭時，讀像注音符號的ㄏ，但要送出較多氣，而且上顎沒有像要準備吐痰的「褐」音。

　　CH 在一起時有三種讀法：

1. /tʃ/，像注音符號的ㄑㄩ，但是嘴巴不要往前尖出去。

2. /k/，像注音符號的ㄎ。

3. /ʃ/，像注音符號的ㄒㄩ。

　　第一種 /tʃ/ 用得最多，所以是我們練習的重點。沒加註的 CH 都讀此音。

　　第二種和第三種反正得個別熟記，所以學到時再記。

　　好。現在我們就來練練 H 和前面學過的母音合在一起時的讀法。

(1) 子音 +A 或子音 +AH 的 A 讀 /ɑ/

　　A 或 AH 在單音節結尾時，讀 /ɑ/，像注音符號的ㄚ。

1	ah	[ɑ]	啊 H 在母音後結尾時，不發音
2	ha	[hɑ]	哈
3	hah	[hɑ]	哈 H 在母音後結尾時，不發音
4	aha	[ɑ`hɑ]	啊哈（常用於有所發現時）
5	cha-cha	[`tʃɑtʃɑ]	恰恰舞

(2)（子音 +）A+ 子音的 A 讀 /æ/

> A 在子音前，讀它的短音，蝴蝶音 /æ/。

1	had	[hæd]	有（have 的過去式，過去分詞）
2	hag	[hæg]	老醜婆，醜魚
3	chaff	[tʃæf]	穀殼，無價值的東西
4	bach	[bætʃ]	單身漢，過獨身生活

(3) 子音 +E 的 E 讀 /i/

> E 在單音節結尾時，讀 /i/，像注音符號的一。

1	he	[hi]	他

(4) EE 讀 /i/

EE 在一起時，讀做 /i/，像注音符號的一。

				練習表 §8.4
1	**heed**	[hid]	注意，留意	
2	**beech**	[bitʃ]	山毛櫸	

(5) (子音 +) A+ 子音 +E 的 A 讀 /e/，字尾的 E 不發音

A 和 E 中間有子音時，根據「E 點靈」的規則，A 讀長音（它字母的本音）/e/，像注音符號的ㄟ，字尾的 E 不發音。

				練習表 §8.5
1	**chafe**	[tʃef]	擦熱，惹怒，擦傷之處	

09 I i 母音

這個字母的名稱讀起來像注音符號的ㄞ，很容易讀。音標是 [aɪ]，也就是 I 的長音讀法（它字母的本音）。這個 /aɪ/ 音標是個雙母音。

現在，讓我們來看看 I 和前面學過的子音合在一起時的讀法。

(1) 子音 +I 的 I 有時讀 /aɪ/

I 在單音節的結尾時，有時會讀長音（它字母的本音）/aɪ/，像注音符號的ㄞ。

另外，I 在單音節結尾時，有時候會照羅馬拼音的讀法，讀做 /i/，像注音符號的一，以後學到時再告訴你。

練習表 §9.1

1	I	[aɪ]	我
2	Di	[daɪ]	英國王妃戴安娜之簡名
3	hi	[haɪ]	嗨

(2) (子音 +) I + 子音的 I 讀 /ɪ/

I 在子音前，讀它的短音 /ɪ/，像短而模糊的一。

1	id	[ɪd]	（心理學中的）本我
2	if	[ɪf]	如果
3	bib	[bɪb]	圍兜
4	dib	[dɪb]	垂釣
5	fib	[fɪb]	無傷大雅的小謊，撒小謊
6	gib	[gɪb]	公貓
7	bid	[bɪd]	表示，出價，叫牌
8	did	[dɪd]	做（do 的過去式）
9	fid	[fɪd]	支撐材
10	hid	[hɪd]	躲（hide 的過去式）
11	biff	[bɪf]	一擊，打
12	big	[bɪg]	大的
13	dig	[dɪg]	挖
14	fig	[fɪg]	無花果
15	gig	[gɪg]	輕便小艇

(3) (子音 +) I+ 子音 +E 的 I 讀 /aɪ/，字尾的 E 不發音

> I 和 E 中間有子音時，根據「E 點靈」的規則，I 讀長音（它字母的本音）/aɪ/，像注音符號的ㄞ，字尾的 E 不發音。
>
> 請特別注意下表中的第 8 個字，C 後面有 I，C 要讀本音 /s/。

1	ice	[aɪs]	冰 C 後面有 E，C 讀本音 /s/
2	bice	[baɪs]	一種藍色顏料 C 後面有 E，C 讀本音 /s/
3	dice	[daɪs]	骰子 C 後面有 E，C 讀本音 /s/
4	bide	[baɪd]	忍耐，等待
5	hide	[haɪd]	躲
6	gibe	[dʒaɪb]	嘲弄
7	chide	[tʃaɪd]	責罵
8	de·cide	[dɪˋsaɪd]	決定 C 後面有 I，C 讀本音 /s/；也可讀做 [diˋsaɪd]

10 J j 子音

● MP3-012

這個字母的名稱的讀法是先照 G 的讀法，然後再加個ㄟ音，就對了。它的 KK 音標是 [dʒe]。在拼音時，只要看到 J 就讀 /dʒ/，因為只有極少數的外來語會讓它有不同的讀法。

現在，讓我們來把 J 和前面學過的母音合在一起讀讀看吧！

(1)（子音 +）A+ 子音的 A 讀 /æ/

A 在子音前，讀它的短音，蝴蝶音 /æ/。

練習表 §10.1

1	**jab**	[dʒæb]	刺，猛擊
2	**jag**	[dʒæg]	尖銳的突出

(2)（子音 +）A+ 子音 +E 的 A 讀 /e/，字尾的 E 不發音

A 和 E 中間有子音時，根據「E 點靈」的規則，A 讀長音（它字母的本音）/e/，像注音符號的ㄟ，字尾的 E 不發音。

練習表 §10.2

1	**jade**	[dʒed]	玉

(3)（子音＋）E＋子音的 E 讀 /ɛ/

E 在子音前，讀它的短音 /ɛ/，像注音符號的ㄝ。

1	Jeff	[dʒɛf]	男子名

(4)（子音＋）I＋子音的 I 讀 /ɪ/

I 在子音前，讀它的短音 /ɪ/，像短而模糊的ㄧ。

1	jiff	[dʒɪf]	瞬間
2	jib	[dʒɪb]	挺杆，船首三角帆，躊躇不前
3	jig	[dʒɪg]	搖，快步舞

(5)（子音＋）I＋子音＋E 的 I 讀 /aɪ/，字尾的 E 不發音

I 和 E 中間有子音時，根據「E 點靈」的規則，I 讀長音（它字母的本音）/aɪ/，像注音符號的ㄞ，字尾的 E 不發音。

1	jibe	[dʒaɪb]	嘲笑，嘲弄，一致，符合，改變帆的方向

11 K k 子音

這個字母的名稱是要先發個丂音，然後再加個ㄟ音，合起來讀成丂ㄟ ㄟ，而不是丂ㄝ ㄟ。它的音標是 [ke]。

在拼音時，只要看到 K，多半可以讀 /k/，似丂的聲音，但要送出較多氣，而且不可以帶ㄜ的音。

如果你聽到單音節以 /k/ 音結尾，而它的前面是個母音的變音（如蝴蝶音 /æ/、反 3 /ɛ/、和那個模模糊糊的 /ɪ/），那麼這時的 /k/ 音絕大多數是拼成 CK。只有少數幾個字會光是以 C 或 K 來拼它。

接下來，讓我們來看看 K 和前面學過的母音合在一起時的讀法。

(1)（子音 +）A+ 子音的 A 讀 /æ/

A 在子音前，讀它的短音，蝴蝶音 /æ/。

練習表 §11.1

1	**back**	[bæk]	背
2	**hack**	[hæk]	劈
3	**jack**	[dʒæk]	男子名，起重器

(2) (子音 +) E+ 子音的 E 讀 /ɛ/

E 在子音前，讀它的短音 /ɛ/，像注音符號的ㄝ。

1	beck	[bɛk]	小溪
2	check	[tʃɛk]	檢查，支票
3	deck	[dɛk]	甲板，一副牌
4	heck	[hɛk]	哼！去他的！ "hell" 的委婉説法
5	keg	[kɛg]	5~10 加侖的小桶

(3) (子音 +) I+ 子音的 I 讀 /ɪ/

I 在子音前，讀它的短音 /ɪ/，像短而模糊的一。

1	chick	[tʃɪk]	小雞
2	dick	[dɪk]	男子名，傢伙，偵探，誓言，詞典
3	hick	[hɪk]	鄉巴佬
4	kick	[kɪk]	踢
5	kid	[kɪd]	小孩，哄騙，開玩笑

但是如果是「E 點靈」的規則時，後面的 /k/ 音就只有一個 K 而已。

(4)（子音 +）A+ 子音 +E 的 A 讀 /e/，字尾的 E 不發音

> A 和 E 中間有子音時，根據「E 點靈」的規則，A 讀長音（它字母的本音）/e/，像注音符號的ㄟ，字尾的 E 不發音。

1	**bake**	[bek]	烤
2	**cake**	[kek]	蛋糕
3	**fake**	[fek]	假的
4	**jake**	[dʒek]	令人滿意的

(5)（子音 +）I+ 子音 +E 的 I 讀 /aɪ/，字尾的 E 不發音

> I 和 E 中間有子音時，根據「E 點靈」的規則，I 讀長音（它字母的本音）/aɪ/，像注音符號的ㄞ，字尾的 E 不發音。

1	**bike**	[baɪk]	腳踏車
2	**dike**	[daɪk]	堤，溝
3	**hike**	[haɪk]	徒步旅行

> 所以，如果你聽到 /k/ 音結尾，而它的前面是個母音的本音（如 /e/、/i/、/aɪ/ 等音），那麼在這個母音後面的 /k/ 音一定是拼成 KE。

(6) EE 讀 /i/

EE 在一起時，讀做 /i/，像注音符號的一。

			練習表 §11.6
1 **cheek**	[tʃik]	面頰	
2 **geek**	[gik]	遊戲玩家，高科技迷	

(1) 見字會讀

現在，請讀下面這些字，然後比對我的讀法，看看你是不是都讀對，而能夠「見字會讀」了。

1	cake	2	cheek	3	dice	4	kick
5	beck	6	jack	7	decide	8	chaff
9	heed	10	beg	11	cage	12	dace
13	fa	14	cee	15	gad	16	ebb
17	hid	18	gee	19	cha-cha	20	jig

(1) 見字會讀解答： ●MP3-014

(2) 聽音會拼

接下來，我們來看看你是否「聽音會拼」。請聽我出題，然後把你的答案寫在下面空格裡，最後再比對我的解答。

序號	單字	音標
1		
2		
3		
4		
5		
6		
7		
8		
9		
10		

(2) 聽音會拼解答：

1	cede, (ceed)	[sid]
2	gag, gage	[gæg] [gedʒ]
3	chide	[tʃaɪd]
4	dick, dike	[dɪk] [daɪk]
5	check, chick	[tʃɛk] [tʃɪk]
6	fade, fed, fad	[fed] [fɛd] [fæd]
7	ha, (haa), hah	[hɑ]
8	jibe, gibe	[dʒaɪb]
9	back, bake	[bæk] [bek]
10	keg, (cag)	[kɛg] [kæg]

12 **L l** 子音

● MP3-016

　　這個字母的名稱的讀法是先發個ㄝ音，然後立刻把舌尖頂到上面牙齒的後面再發出音來。如果你在這個音後面加個ㄜ音，能夠發出ㄌㄜ的音，那就表示你舌尖放的位置正確。它的音標是 [εl]，千萬不要讀成ㄝㄌㄜ。

　　請跟著我讀兩遍。

　　L，不管在哪個位置，都讀做那個把舌尖頂到上牙後而發出的 /l/ 音。但當它後面有個母音而連讀時，自然會帶出像注音符號的ㄌ音。例如 /l/ 和 /a/ 連起來就會讀做ㄌㄚ。

　　與 CK 及 FF 同樣道理，如果你聽到 /l/ 音結尾，而它的前面是個母音的短音（變音，如ㄝ音 /ε/、和那個模模糊糊的一音 /ɪ/），那麼這時的 /l/ 音大多數是拼成 LL。例如：cell、dell、dill、fill。例外字得個別記。

　　現在，我們來看看 L 跟前面學過的母音規則一起讀會是怎樣的。然後我會再增加幾個前面沒有學過的母音規則。

(1) 子音 +A 或子音 +AH 的 A 讀 /ɑ/

　　A 或 AH 在單音節結尾時，讀 /ɑ/，像注音符號的ㄚ。

練習表 §**12.1**

1	**la**	[lɑ]	（音樂）七個音階唱名的第六個
2	**blah**	[blɑ]	廢話 H 在母音後結尾時，不發音

(2)（子音 +）A+ 子音的 A 讀 /æ/

A 在子音前，讀它的短音，蝴蝶音 /æ/。

1	**lab**	[læb]	實驗室
2	**blab**	[blæb]	洩密者，搬弄是非者
3	**lac**	[læk]	蟲脂，巨額
4	**lack**	[læk]	缺乏
5	**black**	[blæk]	黑色
6	**clack**	[klæk]	喋喋不休
7	**flack**	[flæk]	宣傳員
8	**flak**	[flæk]	高射炮火
9	**lad**	[læd]	青年
10	**clad**	[klæd]	穿衣的，金屬外表再包一層金屬
11	**glad**	[glæd]	高興的
12	**lag**	[læg]	落後
13	**flag**	[flæg]	旗子
14	**Al**	[æl]	男子名
15	**gal**	[gæl]	女孩

(3) (子音 +) A+ 子音 +E 的 A 讀 /e/，E 不發音

> A 和 E 中間有子音時，根據「E 點靈」的規則，A 讀長音（它字母的本音）/e/，像注音符號的ㄟ，字尾的 E 不發音。

練習表 §12.3

1	**ale**	[el]	淡色啤酒
2	**bale**	[bel]	大捆，保釋
3	**dale**	[del]	谷，溪谷
4	**gale**	[gel]	大風
5	**hale**	[hel]	強壯的，硬拖
6	**kale**	[kel]	甘藍菜
7	**lace**	[les]	花邊，鞋帶 C 後面有 E，C 讀本音 /s/
8	**lade**	[led]	裝載
9	**blade**	[bled]	刀片
10	**glade**	[gled]	林間空地
11	**lake**	[lek]	湖
12	**flake**	[flek]	薄片

(4) (子音 +) E+ 子音的 E 讀 /ɛ/

> E 在子音前，讀它的短音 /ɛ/，像注音符號的ㄝ。

1	el	[ɛl]	L 這個字母
2	gel	[dʒɛl]	凝膠
3	belch	[bɛltʃ]	打嗝，噴出
4	geld	[gɛld]	閹割 此 G 讀 /g/
5	held	[hɛld]	拿著，支持（hold 的過去式，過去分詞）
6	elf	[ɛlf]	（神話故事中的）小精靈
7	ell	[ɛl]	L 形延伸建築物
8	bell	[bɛl]	鈴子
9	belle	[bɛl]	美女 兩個 L 後面的 E 毫無作用
10	cell	[sɛl]	細胞 C 後面有 E，C 讀本音 /s/
11	dell	[dɛl]	幽谷
12	fell	[fɛl]	毛皮，落下（fall 的過去式）
13	hell	[hɛl]	地獄
14	jell	[dʒɛl]	結凍，果凍，肉凍
15	led	[lɛd]	領導（lead 的過去式，過去分詞）
16	bled	[blɛd]	流血（bleed 的過去式，過去分詞）
17	fled	[flɛd]	逃跑（flee 的過去式，過去分詞）
18	clef	[klɛf]	譜號
19	leg	[lɛg]	腿
20	cleg	[klɛg]	馬蠅，牛蠅
21	bleb	[blɛb]	水或玻璃中的氣泡
22	fleck	[flɛk]	雀斑

(5)（子音 +）l+ 子音的 l 讀 /ɪ/

> l 在子音前，讀它的短音 /ɪ/，像短而模糊的一。

1	filch	[fɪltʃ]	偷竊，盜取
2	gild	[gɪld]	鍍金，修飾
3	ilk	[ɪlk]	家族，種類
4	bilk	[bɪlk]	躲債，賴帳，矇騙
5	ill	[ɪl]	病的
6	bill	[bɪl]	帳單
7	chill	[tʃɪl]	寒氣，使變冷
8	dill	[dɪl]	蒔蘿
9	fill	[fɪl]	充滿
10	gill	[gɪl]	鰓
11	hill	[hɪl]	小山
12	Jill	[dʒɪl]	女子名，少女，情人
13	kill	[kɪl]	殺
14	lick	[lɪk]	舔
15	click	[klɪk]	發出卡嗒一聲
16	flick	[flɪk]	輕彈
17	lid	[lɪd]	蓋子
18	glib	[glɪb]	油腔滑調的
19	cliff	[klɪf]	懸崖

(6)（子音 +）I+ 子音 +E 的 I 讀 /aɪ/，E 不發音

I 和 E 中間有子音時，根據「E 點靈」的規則，I 讀長音（它字母的本音）/aɪ/，像注音符號的ㄞ，字尾的 E 不發音。

			練習表 §12.6
1	bile	[baɪl]	膽汁，暴躁
2	file	[faɪl]	文件夾
3	lice	[laɪs]	虱子（louse 的複數）C 後面有 E，C 讀本音 /s/
4	life	[laɪf]	生命，生活
5	like	[laɪk]	喜歡
6	glide	[glaɪd]	滑翔

(7) EE 讀 /i/

EE 在一起時，讀做 /i/，像注音符號的一。

			練習表 §12.7
1	eel	[il]	鰻魚
2	feel	[fil]	感覺
3	heel	[hil]	鞋跟
4	keel	[kil]	龍骨
5	lee	[li]	背風處
6	flee	[fli]	逃走

7	glee	[gli]	喜悅
8	fleece	[flis]	羊毛（尤指未剪下的） C 後面有 E，C 讀本音 /s/
9	bleed	[blid]	流血
10	leech	[litʃ]	水蛭
11	leek	[lik]	韭蒜

好。複習完舊的母音規則，接下來，我們要學幾個新的母音規則。練習字中會包括所有前面學過的子音。

(8) AI 大多讀 /e/　　　　　　　　　　● MP3-017

> AI 在一起時，大多讀做 /e/，像注音符號的ㄟ。

練習表 §12.8

1	aid	[ed]	援助
2	aide	[ed]	助手 AI 團結，打贏字尾的 E，所以照 AI 的讀法
3	laid	[led]	放置，產卵（lay 的過去式，過去分詞）
4	ail	[el]	使受病痛
5	bail	[bel]	贖金，保釋
6	fail	[fel]	失敗
7	Gail	[gel]	女子名
8	hail	[hel]	雹
9	jail	[dʒel]	牢獄
10	flail	[flel]	連枷

(9) EA 大多讀 /i/

EA 在一起時，大多讀做 /i/，像注音符號的一。

EA 在單音節的字裡頭有三種讀法，依使用頻率排列分別為像注音符號的 (1) 一、(2) せ、(3) へ。第一種既然用得最多，也就理當成為我們現在練習的重點。第二種和第三種的字，其實都得個別記，所以不在我們現在的練習範圍內。

至於在多音節字裡頭的 EA，則常常會分開讀。那就等你學到那些字時再個別對付吧！

練習表 §12.9

1	deal	[dil]	對付，交易
2	heal	[hil]	治癒
3	lea	[li]	草地，牧地
4	flea	[fli]	跳蚤
5	each	[itʃ]	每一個
6	beach	[bitʃ]	海灘
7	leach	[litʃ]	濾掉
8	bleach	[blitʃ]	漂白水
9	bead	[bid]	念珠，水珠
10	lead	[lid]	領導 另一種讀法，請見練習表 §27.1 的第 3 個字
11	leaf	[lif]	葉子
12	leak	[lik]	漏
13	beak	[bik]	鳥嘴
14	bleak	[blik]	荒涼的，寒冷的

(10) ~ALD、~ALL 的 A 大多讀 /ɔ/

ALD、ALL 結尾時，A 大多讀 /ɔ/，像注音符號的ㄛ。

			練習表 §12.10
1	**all**	[ɔl]	所有的
2	**ball**	[bɔl]	球，舞會，狂歡作樂
3	**call**	[kɔl]	叫，打電話
4	**fall**	[fɔl]	落下，秋天
5	**gall**	[gɔl]	膽，膽汁
6	**hall**	[hɔl]	通道
7	**bald**	[bɔld]	禿的

(11) ~ALK 的 A 讀 /ɔ/，L 不發音

ALK 結尾時，A 讀 /ɔ/，像注音符號的ㄛ，但是 L 不發音。

			練習表 §12.11
1	**balk**	[bɔk]	阻礙，田埂
2	**calk**	[kɔk]	鞋底防滑的尖鐵，填塞
3	**chalk**	[tʃɔk]	粉筆

(12) ~ALF 的 A 讀 /æ/，L 不發音

ALF 結尾時，A 讀蝴蝶音 /æ/，但是 L 不發音。

			練習表 §12.12
1 **calf**	[kæf]	小牛	
2 **half**	[hæf]	半	

(1) 見字會讀

　　現在，請讀下面這些字，然後比對我的讀法，看看你是不是都讀對，而能夠「見字會讀」了。

1	la	2	clack	3	gal	4	gall
5	blade	6	belch	7	fled	8	fleck
9	filch	10	fill	11	feel	12	glide
13	file	14	fleece	15	cell	16	aide
17	flail	18	bleach	19	chalk	20	half

(1) 見字會讀解答： ◉MP3-018

(2) 聽音會拼

接下來，我們來看看你是否「聽音會拼」。請聽我出題，然後把你的答案寫在下面空格裡，最後再比對我的解答。

序號	單字	音標
1		
2		
3		
4		
5		
6		
7		
8		
9		
10		

(2) 聽音會拼解答：

1	leech, leach	[litʃ]
2	lace, lake	[les] [lek]
3	blah	[blɑ]
4	bald	[bɔld]
5	lade, laid	[led]
6	lad, led	[læd] [lɛd]
7	dill, dell	[dɪl] [dɛl]
8	heel, heal	[hil]
9	like, lice	[laɪk] [laɪs]
10	hall, hell	[hɔl] [hɛl]

📀 MP3-020

這個字母的名稱的讀法是先發個ㄝ音,然後立刻把上下唇閉攏再發出音來。如果你在這個音後面加個ㄜ音,能夠發出ㄇㄜ的音,那就表示你的嘴唇閉得夠緊,讀對了。它的音標是 [ɛm],千萬不要讀成像注音符號的「ㄝˋㄇㄨ」。

請跟我讀三遍。

M 不管在哪裡都讀做 /m/ 音,閉緊雙唇,不要加任何母音。其實,閩南話裡的「不是」的「不」和客家話裡的「我不知」的「不」,就是這個音。它後面如果有母音,那麼連讀時,自然會帶出像注音符號的ㄇ音。例如音標 /m/ 和 /ɑ/ 連讀時自然會合成ㄇㄚ。

MB 結尾,B 不發音。例如 lamb,B 不發音。

現在,我們來看看 M 跟前面學過的母音規則一起讀會是怎樣的。

(1) 子音 +A 的 A 讀 /ɑ/

A 在單音節結尾時,讀 /ɑ/,像注音符號的ㄚ。

練習表 §13.1

1 ma		[mɑ]	媽

(2)（子音 +）A+ 子音的 A 讀 /æ/

A 在子音前，讀它的短音，蝴蝶音 /æ/。

1	**am**	[æm]	（我）是
2	**bam**	[bæm]	勸誘，揍
3	**cam**	[kæm]	凸輪
4	**dam**	[dæm]	水壩
5	**gam**	[gæm]	交際，腿（尤指女人的）
6	**ham**	[hæm]	火腿
7	**jam**	[dʒæm]	果醬
8	**lam**	[læm]	鞭打
9	**clam**	[klæm]	蛤
10	**flam**	[flæm]	詭計，欺騙
11	**jamb**	[dʒæm]	側柱 MB 結尾，B 不發音
12	**lamb**	[læm]	羔羊 MB 結尾，B 不發音
13	**Mack**	[mæk]	男子名
14	**mad**	[mæd]	瘋的
15	**mag**	[mæg]	雜誌

(3) (子音 +) A+ 子音 +E 的 A 讀 /e/，E 不發音

A 和 E 中間有子音時，根據「E 點靈」的規則，A 讀長音（它字母的本音）/e/，像注音符號的ㄟ，字尾的 E 不發音。

練習表 §13.3

1	came	[kem]	來（come 的過去式）
2	dame	[dem]	貴婦人，婦女
3	fame	[fem]	名譽
4	game	[gem]	遊戲
5	lame	[lem]	跛足的
6	blame	[blem]	責怪
7	flame	[flem]	火燄
8	mace	[mes]	權杖 C 後面有 E，C 讀本音 /s/
9	make	[mek]	做，製造，使得
10	made	[med]	做，製造，使得（make 的過去式、過去分詞）
11	male	[mel]	男的，雄的

(4) (子音 +) E+ 子音的 E 讀 /ɛ/

E 在子音前，讀它的短音 /ɛ/，像注音符號的ㄝ。

練習表 §13.4

1	em	[ɛm]	M 這個字母

2	fem	[fɛm]	女子
3	gem	[dʒɛm]	寶石
4	hem	[hɛm]	折邊
5	elm	[ɛlm]	榆樹
6	helm	[hɛlm]	舵，灰盔
7	meld	[mɛld]	吞沒，合併

(5) (子音 +) l + 子音的 l 讀 /ɪ/

l 在子音前，讀它的短音 /ɪ/，像短而模糊的一。

1	bim	[bɪm]	女子（尤指蕩婦）
2	dim	[dɪm]	暗淡的，變暗淡
3	him	[hɪm]	他（受格）
4	Jim	[dʒɪm]	男子名
5	Kim	[kɪm]	女子名
6	limb	[lɪm]	肢 MB 結尾，B 不發音
7	mid	[mɪd]	中部的
8	miff	[mɪf]	小爭執
9	mil	[mɪl]	毫升，立方厘米
10	mill	[mɪl]	磨坊，千分之一美元
11	milk	[mɪlk]	奶

例外：下面這兩個字的 I 讀 /aɪ/，MB 結尾，B 不發音

				練習表 §13.5a
1	climb	[klaɪm]	爬，攀登	
2	chimb	[tʃaɪm]	凸邊，溝	

(6)（子音 +）I+ 子音 +E 的 I 讀 /aɪ/，E 不發音

I 和 E 中間有子音時，根據「E 點靈」的規則，I 讀長音（它字母的本音）/aɪ/，像注音符號的ㄞ，字尾的 E 不發音。

				練習表 §13.6
1	dime	[daɪm]	一角硬幣	
2	lime	[laɪm]	石灰，綠色檸檬	
3	chime	[tʃaɪm]	一種鐘和敲鐘的設備，諧音	
4	mice	[maɪs]	老鼠（複數）C 後面有 E，C 讀本音 /s/	
5	mike	[maɪk]	男子名，話筒	
6	mile	[maɪl]	英哩	
7	mime	[maɪm]	啞劇演員	

(7) EE 讀 /i/

EE 在一起時，讀做 /i/，像注音符號的一。

1	deem	[dim]	認為，視為
2	meed	[mid]	適當的報答
3	meek	[mik]	逆來順受的
4	fleem	[flim]	放血刀（＝ fleam）

(8) EA 大多讀 /i/

EA 在一起時，大多讀做 /i/，像注音符號的一。

1	mead	[mid]	草地，蜂蜜酒
2	meal	[mil]	餐
3	beam	[bim]	橫樑，發光
4	fleam	[flim]	放血刀
5	gleam	[glim]	微弱的閃光

(9) AI 大多讀 /e/

AI 在一起時，大多讀做 /e/，像注音符號的ㄟ。

1	maid	[med]	未婚女子，侍女

2	**mail**	[mel]	郵件
3	**aim**	[em]	瞄準，目標
4	**maim**	[mem]	使殘廢
5	**claim**	[klem]	聲稱

(1) 見字會讀

現在，請讀下面這些字，然後比對我的讀法，看看你是不是都讀對，而能夠「見字會讀」了。

1	jamb	2	flame	3	helm	4	meld
5	flam	6	mile	7	mime	8	meek
9	gleam	10	claim	11	mail	12	ma
13	mag	14	game	15	him	16	Mack
17	Klim	18	milk	19	em	20	me

(1) 見字會讀解答： ▶MP3-021

(2) 聽音會拼

接下來，我們來看看你是否「聽音會拼」。請聽我出題，然後把你的答案寫在下面空格裡，最後再比對我的解答。

序號	單字	音標
1		
2		
3		
4		
5		
6		
7		
8		
9		
10		

(2) 請完成音標拼音：

1	male, lame	[mel] [lem]
2	make, mace	[mek] [mes]
3	maid, made	[med]
4	hem, ham	[hem] [hæm]
5	mall	[mɔl]
6	mice, mike	[mais] [maik]
7	chime, chimb	[tʃaim]
8	mil, mill	[mil]
9	fleem, fleam	[flim]
10	lam, lamb	[læm]

14 Nn 子音

MP3-023

這個字母的名稱的讀法是先發個ㄝ音，然後立刻把舌尖頂到上面牙齒的後面再發出鼻音來。它的音標是 [ɛn]。

如果你在這個音後面加個ㄜ音，能夠發出ㄋㄜ的音，那就表示你舌尖放的位置正確。

很多人把這個字母讀做國語的「恩」，那是不對的。

請跟著我讀兩遍。

N 在字裡頭只讀 /n/ 音。你只要把舌尖頂到上面牙齒的後面，然後發出鼻音即可，但千萬不要發出ㄋㄜ的聲音來。它後面如果有母音，那麼在連讀時，自然會帶出像注音符號的ㄋ音。例如 nah 這三個字母連讀就是像ㄋㄚ。

NG 讀 /ŋ/，像注音符號的ㄥ的結尾音，G 不發音。其實，閩南話裡的「黃」和客家話裡的「吳」、「伍」等，就是這個聲音。結合前面的母音，就成了英、骯……等等聲音。例如 bing 這四個字母連讀就是像ㄅㄧㄥ。

NK 讀 /ŋk/，像注音符號的ㄥㄎ，但是ㄥ的前面和ㄎ的後面都不要有個ㄜ的聲音。例如 dink 這四個字母連讀就是像ㄅㄧㄥˋㄎ。

KN 開頭，K 不發音。見下面發音規則 2 的練習表。

GN 開頭，G 不發音。不過本章中不做練習，要到第 15 章「O」才會遇到。

MN 結尾，N 不發音。見下面發音規則 2 的練習表。

NCE 結尾時，因為 N 的阻擋，尾巴的 E 沒有「E 點靈」的功用，但還是會和 C 合起來讀做 /s/。然而，此處的 /s/ 音，因為是在 N 的後面，所以美國人也會讀做 /ts/，像注音符號的 ㄘ，請不要詫異。例如 hence 這個字可以讀做 [hɛns]（像注音符號的「ㄏㄝㄣ ㄟ ㄙ」）或 [hɛnts]（像注音符號的「ㄏㄝㄣ ㄟ ㄘ」）。

　　現在，我們來看看 N 跟前面學過的母音規則一起讀會是怎樣的。

(1) 子音 +AH 的 A 讀 /ɑ/

　　AH 在單音節結尾時，讀 /ɑ/，像注音符號的 ㄚ。

			練習表 §14.1
1 **nah**	[nɑ]	不（= no）	

(2)（子音 +）A+ 子音的 A 讀 /æ/

　　A 在子音前，讀它的短音，蝴蝶音 /æ/。

			練習表 §14.2
1 **an**	[æn]	一個	
2 **ban**	[bæn]	禁止	
3 **can**	[kæn]	能，罐子	
4 **Dan**	[dæn]	男子名	

5	damn	[dæm]	詛咒，罰……入地獄 MN 結尾，N 不發音
6	fan	[fæn]	扇子，迷
7	Han	[hæn]	漢（朝）
8	man	[mæn]	男人
9	clan	[klæn]	家族
10	and	[ænd]	和
11	band	[bænd]	樂隊，帶子，團結
12	hand	[hænd]	手
13	land	[lænd]	陸地，著陸
14	bland	[blænd]	溫和的
15	gland	[glænd]	腺
16	Ann	[æn]	女子名
17	Anne	[æn]	女子名 結尾的 E 沒有作用
18	blanch	[blæntʃ]	使變白
19	dance	[dæn(t)s]	跳舞，舞蹈 C 後面有 E，C 讀本音 /s/；結尾的 E 沒有作用。以下四個也一樣
20	lance	[læn(t)s]	男子名，長矛，用矛刺穿
21	nance	[næn(t)s]	女子名，女妖
22	chance	[tʃæn(t)s]	機會
23	glance	[glæn(t)s]	一瞥
24	nab	[næb]	猛然抓住
25	nag	[næg]	令人不安，責罵不休
26	knag	[næg]	木節 KN 開頭，K 不發音
27	knack	[næk]	花樣，小玩意兒 KN 開頭，K 不發音

28	bang	[bæŋ]	重擊，瀏海
29	fang	[fæŋ]	毒牙
30	gang	[gæŋ]	幫派
31	hang	[hæŋ]	掛，吊
32	clang	[klæŋ]	發鏗聲，鳴叫
33	bank	[bæŋk]	銀行
34	dank	[dæŋk]	潮濕的
35	Hank	[hæŋk]	男子名
36	lank	[læŋk]	瘦長的，平直的
37	blank	[blæŋk]	空白
38	clank	[klæŋk]	發噹啷聲
39	flank	[flæŋk]	里肌肉

(3)（子音 +）A+ 子音 +E 的 A 讀 /e/，E 不發音

> A 和 E 中間有子音時，根據「E 點靈」的規則，A 讀長音（它字母的本音）/e/，像注音符號的ㄟ，字尾的 E 不發音。

練習表 §14.3

1	bane	[ben]	毒藥，禍根
2	cane	[ken]	手杖，甘蔗
3	Dane	[den]	丹麥人
4	fane	[fen]	教堂，神廟

5	Jane	[dʒen]	女子名
6	lane	[len]	小巷
7	mane	[men]	長而密的頭髮

(4) (子音 +) E+ 子音，E 讀 /ɛ/

E 在子音前，讀它的短音 /ɛ/，像注音符號的ㄝ。

1	en	[ɛn]	N 這個字母
2	Ben	[bɛn]	男子名
3	den	[dɛn]	簡陋小室
4	fen	[fɛn]	潮濕地帶，沼澤
5	hen	[hɛn]	母雞
6	ken	[kɛn]	男子名，乞丐窩，知識範圍
7	men	[mɛn]	男人（man 的複數）
8	glen	[glɛn]	峽谷，幽谷
9	fence	[fɛn(t)s]	籬笆 C 後面有 E，C 讀本音 /s/；結尾的 E 沒有作用
10	hence	[hɛn(t)s]	自此以後，因此 C 後面有 E，C 讀本音 /s/；結尾的 E 沒有作用
11	bench	[bɛntʃ]	長凳
12	blench	[blɛntʃ]	退縮
13	clench	[klɛntʃ]	握緊，抓住

14	end	[ɛnd]	結尾，目的
15	bend	[bɛnd]	彎曲
16	fend	[fɛnd]	抵擋
17	lend	[lɛnd]	出借
18	blend	[blɛnd]	混合
19	mend	[mɛnd]	修補
20	neb	[nɛb]	獸鼻，人嘴
21	neck	[nɛk]	脖子
22	knell	[nɛl]	喪鐘聲 KN 開頭，K 不發音

(5) (子音 +) E+ 子音 +E 的第一個 E 讀 /i/，字尾的 E 不發音

> 　　兩個 E 中間有子音時，根據「E 點靈」的規則，第一個 E 讀長音（它字母的本音）/i/，像注音符號的一，字尾的 E 不發音。

| 1 | dene | [din] | 沙丘 |
| 2 | gene | [dʒin] | 遺傳因子 |

(6) (子音 +) I+ 子音的 I 讀 /ɪ/

> 　　I 在了音前，讀它的短音 /ɪ/，像短而模糊的一。

1	in	[ɪn]	在……之內
2	bin	[bɪn]	貯藏箱，收藏室
3	din	[dɪn]	喧鬧聲，吵鬧聲
4	fin	[fɪn]	鰭
5	gin	[dʒɪn]	陷阱，杜松子酒，琴酒
6	kin	[kɪn]	家族，親戚
7	chin	[tʃɪn]	下顎
8	inn	[ɪn]	旅館
9	Finn	[fɪn]	芬蘭人
10	mince	[mɪn(t)s]	切碎 C 後面有 E，C 讀本音 /s/；結尾的 E 沒有作用
11	inch	[ɪntʃ]	英吋
12	cinch	[sɪntʃ]	容易做的事 C 後面有 I，C 讀本音 /s/
13	finch	[fɪntʃ]	金絲雀
14	clinch	[klɪntʃ]	敲彎，釘牢
15	flinch	[flɪntʃ]	畏縮
16	nib	[nɪb]	鳥嘴，鋼筆尖
17	Nick	[nɪk]	男子名
18	niff	[nɪf]	難聞的氣味
19	nil	[nɪl]	零
20	nill	[nɪl]	拒絕
21	kiln	[kɪln]	火爐
22	knick-knack	[ˋnɪk-ˏnæk]	小擺設 KN 開頭，K 不發音

23	**Bing**	[bɪŋ]	男子名
24	ding	[dɪŋ]	叮噹聲
25	king	[kɪŋ]	國王
26	ling	[lɪŋ]	長身鱈魚
27	**Ming**	[mɪŋ]	明（朝）
28	cling	[klɪŋ]	抓緊，抱住
29	fling	[flɪŋ]	拋，投擲
30	ink	[ɪŋk]	墨水
31	dink	[dɪŋk]	服飾漂亮的，打扮，裝飾
32	fink	[fɪŋk]	告密人
33	gink	[gɪŋk]	怪人，傢伙
34	jink	[dʒɪŋk]	閃開，急轉
35	kink	[kɪŋk]	紐結，糾纏，扭傷，故障
36	link	[lɪŋk]	連接
37	mink	[mɪŋk]	貂皮
38	chink	[tʃɪŋk]	裂口，縫隙
39	blink	[blɪŋk]	眨眼，閃爍
40	clink	[klɪŋk]	叮噹聲，監牢

(7)（子音 +）I + 子音 +E 的 I 讀 /aɪ/，E 不發音

I 和 E 中間有子音時，根據「E 點靈」的規則，I 讀長音（它字母的本音）/aɪ/，像注音符號的ㄞ，字尾的 E 不發音。

			練習表 §14.7
1	**bine**	[baɪn]	莖
2	**dine**	[daɪn]	進餐
3	**fine**	[faɪn]	很好，精緻的
4	**line**	[laɪn]	線條
5	**mine**	[maɪn]	我的，礦
6	**nine**	[naɪn]	九
7	**chine**	[tʃaɪn]	山脊，脊肉
8	**nice**	[naɪs]	美好的，和藹的 C 後面有 E，C 讀本音 /s/
9	**Nile**	[naɪl]	尼羅河
10	**knife**	[naɪf]	刀子 KN 開頭，K 不發音

(8) AI 大多讀 /e/

AI 在一起時，大多讀做 /e/，像注音符號的ㄟ。

			練習表 §14.8
1	**nail**	[nel]	指甲，釘子
2	**fain**	[fen]	欣然地，樂意地

3	gain	[gen]	獲得
4	lain	[len]	躺臥（lie 的過去分詞）
5	main	[men]	主要的
6	blain	[blen]	膿皰，水皰
7	chain	[tʃen]	鏈條

(9) EE 讀 /i/

> EE 在一起時，讀做 /i/，像注音符號的一。

練習表 §14.9

1	deen	[din]	蘇格蘭文的 done
2	keen	[kin]	銳利的
3	need	[nid]	需要
4	knee	[ni]	膝蓋 KN 開頭，K 不發音
5	kneel	[nil]	跪下 KN 開頭，K 不發音

例外：下面這個字的 EE，美國人讀做短而模糊的 /ɪ/ 或甚至讀做 /ɛ/。

練習表 §14.9a

1	been	[bɪn]	是（過去分詞）也可讀做 [bɛn]

(10) EA 大多讀 /i/

EA 在一起時，大多讀做 /i/，像注音符號的一。

			練習表 §14.10
1	**bean**	[bin]	豆子
2	**dean**	[din]	院長
3	**jean**	[dʒin]	三頁細斜紋布，女子名
4	**lean**	[lin]	瘦的
5	**mean**	[min]	意指，刻薄的
6	**clean**	[klin]	乾淨的
7	**glean**	[glin]	搜集，拾穗
8	**knead**	[nid]	揉麵 KN 開頭，K 不發音

(1) 見字會讀

　　現在，請讀下面這些字，然後比對我的讀法，看看你是不是都讀對，而能夠「見字會讀」了。

1	damn	2	nah	3	blanch	4	knag
5	mince	6	Jane	7	hence	8	clench
9	decline	10	flinch	11	neck	12	chink
13	knife	14	chain	15	knead	16	glean
17	jean	18	chance	19	knell	20	gene

(1) 見字會讀解答： ● MP3-024

(2) 聽音會拼

● MP3-025

　　接下來，我們來看看你是否「聽音會拼」。請聽我出題，然後把你的答案寫在下面空格裡，最後再比對我的解答。

序號	單字	音標
1		
2		
3		
4		
5		
6		
7		
8		
9		
10		

(2) 聽音會拼解答：

1	nill, Nile	[nɪl] [naɪl]
2	mane, main, Maine	[men]
3	cling, clang	[klɪŋ] [klæŋ]
4	cinch	[sɪntʃ]
5	knick-knack	[ˋnɪk-ˌnæk]
6	flank	[flæŋk]
7	blend, bland	[blɛnd] [blænd]
8	deen, dean, dene	[din]
9	kink	[kɪŋk]
10	incline	[ɪnˋklaɪn]

15 O o 母音

MP3-026

> 這個字母的名稱讀起來像注音符號的ㄡ，千萬不要讀成ㄛ。它的音標就是 [o]。

現在，讓我們來看看 O 有哪些讀法。

(1) ~O 的 O 讀 /o/

> O 在字尾時，讀 /o/，像注音符號的ㄡ。

練習表 §15.1

1	oh	[o]	喔 H 在母音後結尾時，不發音
2	do	[do]	（音樂）七個音階唱名的第一個 另一種讀法，請見下面例外。
3	no	[no]	不
4	go	[go]	去
5	ago	[ə`go]	以前
6	man·go	[`mæŋ‚go]	芒果
7	ban·jo	[`bæn‚dʒo]	五絃琴
8	bin·go	[`bɪŋ‚go]	賓果遊戲
9	din·go	[`dɪŋ‚go]	游民
10	lin·go	[`lɪŋ‚go]	外國話，難懂的方言（貶）

例外：

| 1 | do | [du] | 做 另一種讀法，請見上面練習表 §15.1 的第 2 個字 |

(2) 子音 +O+ 子音 +O 的兩個 O 都讀 /o/，重音在第一個 O

> 兩個 O 各在一個子音後，都讀做 /o/，像注音符號的ㄡ，重音在第一個 O。

1	do·do	[`dodo]	渡渡鳥
2	ho·bo	[`hobo]	流浪者，流動工人
3	ki·mo·no	[kɪ`mono]	和服，家居服
4	lo·go	[`logo]	標識，標識語
5	lo·co	[`loko]	瘋草，瘋子，使發瘋，發瘋的，火車頭

(3) (子音 +) O+ 子音 +E 的 O 讀 /o/，E 不發音

> O 和 E 中間有子音時，根據「E 點靈」的規則，O 要讀長音（它字母的本音）/o/，像注音符號的ㄡ，字尾的 E 不發音。

| 1 | lobe | [lob] | 耳垂 |

2	globe	[glob]	地球，眼球
3	ode	[od]	一種莊嚴的抒情詩
4	bode	[bod]	預示
5	abode	[əˋbod]	住處，居留（abide 的過去式，過去分詞）
6	code	[kod]	法規，電碼
7	de·code	[dɪˋkod]	解碼，譯解
8	lode	[lod]	礦脈
9	im·plode	[ɪmˋplod]	內向爆炸，內破裂
10	mode	[mod]	方式
11	node	[nod]	腫瘤
12	choke	[tʃok]	阻塞
13	coke	[kok]	可口可樂
14	joke	[dʒok]	開玩笑
15	bloke	[blok]	傢伙
16	bole	[bol]	樹身
17	cole	[kol]	油菜
18	dole	[dol]	少量地發放，施捨
19	hole	[hol]	洞
20	mole	[mol]	痣
21	dome	[dom]	圓頂
22	home	[hom]	家
23	gnome	[nom]	守護神，侏儒，妖魔 GN 開頭，G 不發音
24	bone	[bon]	骨頭

25	cone	[kon]	椎形物
26	hone	[hon]	磨刀石
27	lone	[lon]	孤獨的
28	clone	[klon]	無性系（植物），複製
29	alone	[əˋlon]	單獨地，獨一無二的

例外一：以下幾個字的 O 讀做 /ʌ/

以下是幾個有 O 的字，它們看起來應該用到「E 點靈」的規則，但實際上這些 O 卻讀做 /ʌ/（是重音，讀像注音符號的ㄜ），尾巴的 E 沒功用。不過，這些字都很常用，所以就得背起來。

1	done	[dʌn]	完成的
2	none	[nʌn]	沒有人（或事物）
3	come	[kʌm]	來

例外二：以下這兩個常用字不遵循任何規則

以下這兩個常用字也不遵循任何規則，它們都會讀出像國語的「萬」的聲音，音標裡還莫名其妙地跑來 W 的符號。但它們也都是常用字，所以我們就得背下來。

1	one	[wʌn]	一
2	once	[wʌns]	一次，曾經，一旦 C 後面有 E，C 讀本音 /s/

例外三：下面這個常用字也不遵循任何規則

下面這個常用字也不遵循任何規則，它的 O 讀做 /ɔ/，像注音符號的ㄛ，尾巴的 E 沒功用。

1	gone	[gɔn]	離去（go 的過去分詞），無可挽救的

(4) ~OLD 的 O 讀 /o/

OLD 的 O 讀做 /o/，像注音符號的ㄡ。

1	old	[old]	老的，舊的
2	bold	[bold]	勇敢的，顯眼的
3	cold	[kold]	冷的
4	fold	[fold]	折疊
5	gold	[gold]	金子
6	hold	[hold]	拿著，認為
7	mold	[mold]	模型

(5) OA 大多讀 /o/

OA 在一起時，大多讀 /o/，像注音符號的ㄡ。

1	coach	[kotʃ]	教練，四輪大馬車
2	goad	[god]	（趕家畜用的）刺棒
3	load	[lod]	負荷，重擔
4	oaf	[of]	畸形兒，蠢人
5	loaf	[lof]	塊狀的食物，一條
6	oak	[ok]	橡樹
7	cloak	[klok]	斗篷
8	coal	[kol]	煤
9	foal	[fol]	駒（未滿一歲的小馬）
10	goal	[gol]	目標
11	foam	[fom]	水泡，泡沫
12	loam	[lom]	沃土
13	Joan	[dʒon]	女子名
14	loan	[lon]	貸款，借
15	moan	[mon]	呻吟

(6) ~OE 的 O 讀 /o/，E 不發音

> OE 在一起結尾時，比照「E 點靈」的規則，O 讀做 /o/，像注音符號的ㄡ，E 不發音。

練習表 §15.6

1	doe	[do]	母鹿，母兔
2	foe	[fo]	敵人，反對者
3	hoe	[ho]	鋤頭
4	joe	[dʒo]	男子名，傢伙
5	floe	[flo]	一片浮水

(7) OI 大多讀 /ɔɪ/

▶ MP3-027

> OI 在一起時，大多讀做 /ɔɪ/，像注音符號的ㄛ、一；/ɔɪ/ 是個雙母音。

練習表 §15.7

1	coif	[kɔɪf]	一種緊套在頭上的帽子
2	oil	[ɔɪl]	油
3	boil	[bɔɪl]	煮
4	coil	[kɔɪl]	線圈，盤繞
5	foil	[fɔɪl]	箔
6	moil	[mɔɪl]	辛苦工作

7	coin	[kɔɪn]	銅幣
8	join	[dʒɔɪn]	參加
9	loin	[lɔɪn]	腰肉
10	choice	[tʃɔɪs]	選擇 C 後面有 E，C 讀本音 /s/。另外，因為 OI 團結，打贏字尾的 E，所以照 OI 的讀法

(8) (子音 +) O+ 子音的 O 大多讀 /ɑ/

> O 在子音前，大多讀它的短音 /ɑ/，像注音符號的ㄚ。

練習表 §15.8

1	bob	[bɑb]	男子名，上下疾動
2	cob	[kɑb]	玉米棒子，搗碎，結實的矮腳馬，雄天鵝
3	fob	[fɑb]	混騙，錶袋
4	gob	[gɑb]	黏性物的塊，吐痰，水兵
5	job	[dʒɑb]	工作
6	lob	[lɑb]	網球的高緩球，板球的低緩球
7	mob	[mɑb]	群眾，匪幫
8	nob	[nɑb]	上流社會人物，球形門柄，腦袋瓜
9	blob	[blɑb]	一滴，斑點，錯誤
10	knob	[nɑb]	球形捏手 KN 開頭，K 不發音
11	odd	[ɑd]	奇怪的，奇數的
12	cod	[kɑd]	鱈魚
13	god	[gɑd]	上帝

14	hod	[hɑd]	煤斗，灰漿桶
15	nod	[nɑd]	點頭
16	clod	[klɑd]	泥土
17	bock	[bɑk]	黑啤酒
18	cock	[kɑk]	公雞
19	dock	[dɑk]	碼頭
20	hock	[hɑk]	後腳踝關節
21	jock	[dʒɑk]	騎師，出色的運動選手
22	lock	[lɑk]	鎖
23	mock	[mɑk]	模仿，愚弄
24	nock	[nɑk]	帆的前端，箭的尾端
25	knock	[nɑk]	敲 KN 開頭，K 不發音
26	chock	[tʃɑk]	墊艙
27	block	[blɑk]	妨礙，凍結，街段
28	clock	[klɑk]	鐘
29	flock	[flɑk]	群
30	bog	[bɑg]	沼澤，陷於泥沼 此 O 也可以讀 /ɔ/，像注音符號的 ㄛ
31	cog	[kɑg]	輪齒，詐騙
32	fog	[fɑg]	霧 此 O 也可以讀 /ɔ/，像注音符號的 ㄛ
33	hog	[hɑg]	豬 此 O 也可以讀 /ɔ/，像注音符號的 ㄛ
34	jog	[dʒɑg]	慢跑 此 O 也可以讀 /ɔ/，像注音符號的 ㄛ
35	log	[lɑg]	圓木，測程儀，日誌 此 O 也可以讀 /ɔ/，像注音符號的 ㄛ
36	nog	[nɑg]	木釘，摻有牛奶和雞蛋的酒

37	clog	[klɑg]	木屐，障礙 此 O 也可以讀 /o/，像注音符號的 ㄛ
38	flog	[flɑg]	鞭打，迫使
39	col	[kɑl]	低地山峽，關口
40	golf	[gɑlf]	高爾夫球，打高爾夫球 也可讀做 [gɔlf]
41	bomb	[bɑm]	炸彈 MB 在音節尾時，B 不發音
42	on	[ɑn]	在……之上
43	con	[kɑn]	騙人
44	don	[dɑn]	大學教師，穿上，西班牙貴族
45	conch	[kɑntʃ]	海螺 也可讀做 [kɑŋk] 或 [kɔŋk]
46	bond	[bɑnd]	結合，契約，債券
47	fond	[fɑnd]	愛好的，溺愛的
48	blond	[blɑnd]	金髮碧眼的，金髮碧眼的男人
49	blonde	[blɑnd]	金髮碧眼的，金髮碧眼的女人
50	honk	[hɑŋk]	雁鳴，汽車的喇叭，按喇叭聲

例外：各式各樣的例外

練習表 §15.8a

1	comb	[kom]	梳子 此 O 讀 /o/，像注音符號的 ㄡ；MB 結尾，B 不發音
2	off	[ɔf]	離開，停止，關掉
3	dog	[dɔg]	狗
4	of	[ʌv]	的（表示來源）此 O 讀像注音符號的 ㄜ，F 讀 /v/，即 /f/ 的震動音
5	monk	[mʌŋk]	和尚，修道士

(9) ~ONG 的 O 讀 /ɔ/

ONG 的 O 讀 /ɔ/，像注音符號的ㄛ。

1	**dong**	[dɔŋ]	盾（越南貨幣單位）
2	**gong**	[gɔŋ]	銅鑼
3	**long**	[lɔŋ]	長的，渴望
4	**along**	[əˋlɔŋ]	沿著 A 讀輕音 /ə/，像注音符號的ㄜ，但低很多
5	**be·long**	[bɪˋlɔŋ]	屬於 E 讀輕音 /ɪ/，一個模模糊糊的一

例外：下面這個 O 讀 /ʌ/

下面這個 O 讀 /ʌ/，像注音符號的ㄜ。

1	**among**	[əˋmʌŋ]	在……之中

▶ MP3-028

　　OO 在一起時，大多會讀長音 /u/，像注音符號的ㄨ，嘴形是往前尖尖的。

　　只有少數 OO 會讀做短音的 /ʊ/，嘴型一點也不尖，而且是放輕鬆的。短音中，OOK 和 OOR 的字就佔掉很多，剩下沒幾個需要背的短音字。而 OOK 的字中有兩個例外要讀做長音的 /u/，而且那兩個字義都是不好的，所以很容易記。

另外還有少數幾個特別讀法的得特別記。

(10) oo 大多讀 /u/

oo 大多數會讀做長音 /u/，像注音符號的ㄨ。

1	boo	[bu]	呸，譏笑
2	boo-boo	[`bubu]	輕傷，大錯
3	bam·boo	[bæm`bu]	竹子
4	coo	[ku]	咕咕地叫
5	goo	[gu]	甜膩物，甜言蜜語
6	moo	[mu]	牛叫聲
7	boob	[bub]	愚蠢的錯
8	cooch	[kutʃ]	一種色情的扭擺舞
9	hooch	[hutʃ]	私造的劣酒
10	mooch	[mutʃ]	閒蕩，徘徊，偷取
11	food	[fud]	食物
12	mood	[mud]	心境
13	hoo·doo	[`hudu]	不祥的人或物
14	goof	[guf]	弄糟
15	hoof	[huf]	蹄
16	fool	[ful]	愚人

17	**boom**	[bum]	迅速發展
18	**doom**	[dum]	判決，厄運
19	**loom**	[lum]	紡織機
20	**bloom**	[blum]	花，開花
21	**gloom**	[glum]	幽暗，愁悶
22	**coomb**	[kum]	深谷，小山溝 MB 結尾，B 不發音
23	**boon**	[bun]	恩惠
24	**coon**	[kun]	浣熊
25	**goon**	[gun]	怪誕的人
26	**loon**	[lun]	遊手好閒的人
27	**moon**	[mun]	月亮
28	**noon**	[nun]	中午

(11) OO 少數讀 /ʊ/，其中有很多是 OOK 的

> OO 少數會讀做短音 /ʊ/，像短而模糊的ㄨ，其中有很多都是 OOK 的。

練習表 §15.11

1	**good**	[gʊd]	好的
2	**hood**	[hʊd]	頭巾
3	**book**	[bʊk]	書
4	**cook**	[kʊk]	煮，廚子
5	**hook**	[hʊk]	鉤

6	look	[lʊk]	看
7	nook	[nʊk]	角落

例外：下面這個是 OOK 讀長音的兩個特例之一

下面這個 OOK 的 OO 讀做長音 /u/，像注音符號的ㄨ，是 OOK 讀長音的兩個特例之一，另一個在第 19 章「S」的練習表 §19.19a。

			練習表 §15.11a
1	kook	[kuk]	怪人，瘋子

(12) OO 極少數讀 /ʌ/

OO 極少數會讀做 /ʌ/，像注音符號的ㄜ。請熟記之。

			練習表 §15.12
1	blood	[blʌd]	血
2	flood	[flʌd]	水災

(1) 見字會讀

現在，請讀下面這些字，然後比對我的讀法，看看你是不是都讀對，而能夠「見字會讀」了。

1	mango	2	oh	3	logo	4	decode
5	implode	6	gnome	7	mold	8	coach
9	gold	10	floe	11	coin	12	knob
13	boil	14	mock	15	bomb	16	belong
17	coomb	18	mooch	19	nook	20	kook

(1) 見字會讀解答： ● MP3-029

(2) 聽音會拼

接下來，我們來看看你是否「聽音會拼」。請聽我出題，然後把你的答案寫在下面空格裡，最後再比對我的解答。

序號	單字	音標
1		
2		
3		
4		
5		
6		
7		
8		
9		
10		

(2) 聽音書寫單字：

1	lone, loan	[lon]
2	choice	[tʃɔis]
3	nock, knock	[nɑk]
4	banjo	[ˈbændʒo]
5	bold, bald	[bold] [bɔld]
6	lingo	[lɪŋgo]
7	hemlock	[ˈhemlɑk]
8	moil	[mɔil]
9	blond, blonde	[blɑnd]
10	flamingo	[fləˈmɪŋgo]

16 P p 子音

> 這個字母的名稱讀起來像國語的「闢」，但要送出比較多氣來。它的音標是 [pi]。
>
> 在拼音時，只要看到 P 就讀 /p/ 的聲音，光送氣，不要發出ㄆㄜ的聲音來。
>
> PH 在一起，讀做 /f/。

現在，我們來看看 P 跟前面學過的母音規則一起讀會是怎樣的。

(1) 子音 +A 的 A 讀 /ɑ/

> A 在單音節結尾時，讀 /ɑ/，像注音符號的ㄚ。

			練習表 §16.1
1 pa	[pɑ]	爸爸	

(2) A+ 子音的 A 讀 /æ/

> A 在子音前，讀它的短音，蝴蝶音 /æ/。

			練習表 §16.2
1 **pack**	[pæk]	包	
2 **pad**	[pæd]	墊子	

3	pal	[pæl]	夥伴
4	alp	[ælp]	高山，牧場
5	pan	[pæn]	平底鍋
6	pang	[pæŋ]	突然的劇痛
7	plan	[plæn]	計劃
8	plank	[plæŋk]	厚板
9	bap	[bæp]	小麵包
10	cap	[kæp]	無邊的便帽
11	dap	[dæp]	彈跳，槽口，輕點水面
12	gap	[gæp]	隔閡
13	hap	[hæp]	意外事件
14	lap	[læp]	跑完全程，（坐時的）大腿前部，重疊
15	clap	[klæp]	拍手
16	flap	[flæp]	撲拍
17	chap	[tʃæp]	傢伙，小伙子，面頰，龜裂
18	map	[mæp]	地圖
19	nap	[næp]	小睡
20	pap	[pæp]	柔軟食物
21	amp	[æmp]	安培
22	camp	[kæmp]	營地，露營
23	damp	[dæmp]	潮濕的
24	lamp	[læmp]	燈
25	clamp	[klæmp]	夾鉗
26	champ	[tʃæmp]	使勁地嚼，表示不耐煩，冠軍

(3) (子音 +) A+ 子音 +E 的 A 讀 /e/，E 不發音

> A 和 E 中間有子音時，根據「E 點靈」的規則，A 讀長音（它字母的本音）/e/，像注音符號的ㄟ，字尾的 E 不發音。

1	**pace**	[pes]	踱步，進度 C 後面有 E，C 讀本音 /s/
2	**place**	[ples]	地方，放置 C 後面有 E，C 讀本音 /s/
3	**page**	[pedʒ]	頁，小聽差，當眾呼喚名字以找尋某人
4	**pale**	[pel]	蒼白的
5	**pane**	[pen]	窗格玻璃
6	**plane**	[plen]	飛機
7	**ape**	[ep]	猿，模仿他人者
8	**capc**	[kep]	披肩，海角
9	**gape**	[gep]	張口，打呵欠
10	**chape**	[tʃep]	皮帶上的活動圈

(4) (子音 +) E+ 子音的 E 讀 /ɛ/

> E 在子音前，讀它的短音 /ɛ/，像注音符號的ㄝ。

練習表 §16.4

1	**peck**	[pɛk]	啄
2	**peg**	[pɛg]	栓，尖頭物

3	pen	[pɛn]	筆
4	pence	[pɛn(t)s]	英國錢幣單位便士之複數 C 後面有 E，C 讀本音 /s/
5	pep	[pɛp]	活力
6	hep	[hɛp]	懂世故的，熟知的，野薔薇的果子
7	help	[hɛlp]	幫助
8	kelp	[kɛlp]	海帶
9	phlegm	[flɛm]	痰 PH 在一起，讀做 /f/，GM 結尾，G 不發音

(5)（子音 +）I + 子音的 I 讀 /ɪ/

I 在子音前，讀它的短音 /ɪ/，像短而模糊的一。

1	pick	[pɪk]	挑選
2	pic·nic	[ˋpɪknɪk]	野餐
3	pig	[pɪg]	豬
4	pill	[pɪl]	藥片
5	pin	[pɪn]	大頭針
6	pinch	[pɪntʃ]	捏
7	ping	[pɪŋ]	砰
8	pink	[pɪŋk]	粉紅色
9	plink	[plɪŋk]	亂射
10	pip	[pɪp]	啁啾而鳴

11	dip	[dɪp]	沾
12	hip	[hɪp]	臀部
13	lip	[lɪp]	嘴唇
14	nip	[nɪp]	咬斷，傷害
15	chip	[tʃɪp]	屑，條
16	blip	[blɪp]	雷達幕上的光點
17	clip	[klɪp]	夾，修剪
18	flip	[flɪp]	翻，輕彈
19	imp	[ɪmp]	小鬼，頑童
20	limp	[lɪmp]	軟弱的
21	blimp	[blɪmp]	軟式小型飛船
22	chimp	[tʃɪmp]	黑猩猩

(6) (子音 +) I+ 子音 +E 的 I 讀 /aɪ/，E 不發音

I 和 E 中間有子音時，根據「E 點靈」的規則，I 讀長音（它字母的本音）/aɪ/，像注音符號的ㄞ，字尾的 E 不發音。

練習表 §16.6

1	pike	[paɪk]	梭子魚
2	pile	[paɪl]	一堆
3	pine	[paɪn]	松樹
4	pipe	[paɪp]	管子

例外：此字中的 I 讀 /i/

> 　　這個字中間的 I 讀 /i/，像注音符號的一，E 沒功用，因為它是法語來的。

1	po·lice	[pə`lis]	警察 C 後面有 E，C 讀本音 /s/

(7)（子音 +）O+ 子音的 O 大多讀 /ɑ/

> 　　O 在子音前，大多讀它的短音 /ɑ/，像注音符號的ㄚ。

1	pock	[pɑk]	痘
2	pod	[pɑd]	豆莢
3	plod	[plɑd]	沉重地走
4	pop	[pɑp]	爆開
5	bop	[bɑp]	一擊
6	cop	[kɑp]	警察
7	fop	[fɑp]	花花公子
8	hop	[hɑp]	單腳跳
9	lop	[lɑp]	修剪
10	mop	[mɑp]	拖把
11	chop	[tʃɑp]	劈，一塊排骨肉

12	flop	[flap]	撲地一聲，腳步沉重地走
13	plop	[plap]	落水聲，讓身子沉重地落下
14	pomp	[pamp]	壯觀，盛況，虛飾
15	pond	[pand]	池塘

(8) (子音 +) O+ 子音 +E 的 O 讀 /o/，E 不發音

O 和 E 中間有子音時，根據「E 點靈」的規則，O 要讀長音（它字母的本音）/o/，像注音符號的ㄡ，字尾的 E 不發音。

練習表 §16.8

1	poke	[pok]	刺，袋，囊
2	pole	[pol]	柱子，波蘭人
3	pope	[pop]	教皇
4	cope	[kop]	應付
5	dope	[dop]	毒品
6	hope	[hop]	希望
7	lope	[lop]	大步慢跑
8	elope	[ɪˋlop]	逃亡，私奔
9	mope	[mop]	悶悶不樂
10	nope	[nop]	（美俚）不（= no，但較友善委婉）
11	phone	[fon]	電話 PH 在一起，讀做 /f/

(9) AI 大多讀做 /e/

AI 在一起時，大多讀做 /e/，像注音符號的ㄟ。

			練習表 §16.9
1	**paid**	[ped]	已付款
2	**pail**	[pel]	桶子
3	**pain**	[pen]	痛苦
4	**plain**	[plen]	平凡的，平原
5	**com·plain**	[kəm`plen]	抱怨

例外：下面這個字的 AI 讀做蝴蝶音 /æ/

			練習表 §16.9a
1	**plaid**	[plæd]	格子花呢，肩巾

(10) EE 讀 /i/

EE 在一起時，讀 /i/，像注音符號的一。

			練習表 §16.10
1	**pee**	[pi]	撒尿
2	**peek**	[pik]	偷窺
3	**peel**	[pil]	果皮，削果皮

4	peen	[pin]	敲擊，突頭
5	peep	[pip]	偷窺
6	beep	[bip]	使嘟嘟響，按喇叭
7	deep	[dip]	深的
8	keep	[kip]	保持
9	jeep	[dʒip]	吉普車
10	bleep	[blip]	短而尖銳的聲音
11	cheep	[tʃip]	吱吱聲，吱吱地叫

(11) EA 大多讀 /i/

EA 在一起時，大多讀做 /i/，像注音符號的一。

練習表 §16.11

1	pea	[pi]	豌豆
2	pea·cock	[`piˌkɑk]	雀之總稱，雄孔雀，愛炫耀者
3	pea·hen	[`piˌhɛn]	雌孔雀
4	plea	[pli]	抗辯，懇求
5	plead	[plid]	申訴
6	peace	[pis]	和平 C 後面有 E，C 讀本音 /s/
7	peach	[pitʃ]	桃子
8	im·peach	[ɪm`pitʃ]	罷免
9	peak	[pik]	最高點

10	peal	[pil]	鐘聲
11	ap·peal	[əˋpil]	呼籲，上訴，有吸引力
12	heap	[hip]	一滿堆
13	cheap	[tʃip]	便宜的
14	leap	[lip]	跳躍
15	neap	[nip]	小潮，最低潮

(12) OO 大多讀 /u/

OO 大多數會讀做長音 /u/，像注音符號的ㄨ。

練習表 §16.12

1	pooch	[putʃ]	狗（尤指雜種狗）
2	pooh	[pu]	呸 H 在母音後結尾，不發音
3	pool	[pul]	水池
4	poon	[pun]	紅厚殼屬樹木
5	coop	[kup]	籠，監獄
6	goop	[gup]	笨蛋，黏糊的東西
7	hoop	[hup]	籃圈
8	loop	[lup]	環
9	poop	[pup]	消息，發出啪啪聲，船尾，拉屎
10	cloop	[klup]	砰（開瓶聲）

自我檢測 第16章「P」

(1) 見字會讀

　　現在，請讀下面這些字，然後比對我的讀法，看看你是不是都讀對，而能夠「見字會讀」了。

1	pa	2	pang	3	chape	4	champ
5	page	6	pence	7	plink	8	kelp
9	blimp	10	phlegm	11	pine	12	plod
13	pile	14	pomp	15	cloop	16	elope
17	complain	18	phone	19	cheap	20	peahen

(1) 見字會讀解答： 🔘MP3-032

(2) 聽音會拼

接下來，我們來看看你是否「聽音會拼」。請聽我出題，然後把你的答案寫在下面空格裡，最後再比對我的解答。

序號	單字	音標
1		
2		
3		
4		
5		
6		
7		
8		
9		
10		

(2) 聽音會拼解答：

1	plain, plane	[plen]
2	peek, peak, peke	[pik]
3	pick, pike	[pɪk] [paɪk]
4	place	[ples]
5	pop, pope	[pɑp] [pop]
6	poach	[potʃ]
7	peck, pack	[pɛk] [pæk]
8	phono	[ˋfono]
9	plank	[plæŋk]
10	padlock	[ˋpædlɑk]

17 Q q 子音

● MP3-034

Q 這個字母的名稱讀起來像注音符號的ㄎㄧㄨ，音標是 [kju]，但它必須跟一個我們還沒學到的字母 U（像注音符號的ㄧㄨ）一起用。

U 理論上是個母音，但當 QU 在一起時，U 卻被讀做子音 /w/，而 W 又是個會作怪的字母，它會改變某些發音規則。

因此，Q 的讀法，我要等到教 W 的讀法時，再一併解釋。

18 **R r** 子音

MP3-035

這個字母的名稱聽起來像注音符號的ㄚ丶ㄦ，音標是 [ɑr]。它是 26 個字母中唯一的捲舌音。

R，在母音前，音標還是 /r/，但是讀的時候，把它讀做像國語的「如」，就會對了。請捲舌，並且不要讀成ㄉㄨ。也因為這個音本身就帶著像注音符號的ㄨ，所以它前面的子音要發聲之前的嘴型也要尖，例如：crane 這個字的發音就像「哭瑞引」，而 grain 就像「咕瑞引」（注意：「瑞」要捲舌）。

DR 在一起時，音標還是 /dr/，但讀起來的口型像注音符號的ㄓㄨ。例如 drake 這個字的發音有點像「墜可」（注意：「墜」要捲舌），但「可」字的ㄜ音不要發出來。

RH 開頭，H 不發音。例如 rho 這個字的發音就像「若五」。

CHL 或 CHR 的 CH 讀 /k/，也就是說 H 不發音。例如 chloride 這個字的發音就像注音符號的「ㄎㄌㄛ丶ㄖㄨㄞˇㄅ˙」（注意，只有兩個音節）。

R，在母音後，讀起來會像注音符號的ㄦ。英式英語中則像ㄜ，不捲舌。很多長母音在 R 前面的時候，會變成短母音。例如 EA 本來是讀長音 /i/，可是 ear 時，就變成讀做短音 /ɪr/。

ER 在字尾時，會讀 /ɚ/（輕音），像國語的「耳」的前半段。例如 racer 這個字的發音就像「ㄖㄨㄟˉㄙㄜˇㄦ」（注意，只有兩個音節）。

接下來，讓我們來練練 R 在母音前的讀法。

18. R r 子音 / 129

(1)（子音 +）A+ 子音的 A 讀 /æ/

A 在子音前，讀它的短音，蝴蝶音 /æ/。

練習表 §18.1

1	rack	[ræk]	掛物架
2	rag	[ræg]	破布
3	ram	[ræm]	公羊
4	ramp	[ræmp]	交流道
5	ran	[ræn]	跑（run 的過去式）
6	ranch	[ræntʃ]	大農場，平房建築
7	rang	[ræŋ]	使響（ring 的過去式）
8	rank	[ræŋk]	官階
9	rap	[ræp]	敲擊
10	rap·id	[`ræpɪd]	迅速的
11	ran·cid	[`rænsɪd]	有腐臭脂肪味的 C 後面有 I，C 讀本音 /s/
12	brach	[brætʃ]	雌獵犬
13	brad	[bræd]	角釘，土釘
14	brag	[bræg]	吹牛，自誇的人
15	bran	[bræn]	糠
16	brand	[brænd]	品牌
17	crab	[kræb]	蟹
18	crack	[kræk]	裂縫
19	crack·er	[`krækə-]	餅乾，擊破者，爆竹，破碎機，謊話

20	crag	[kræg]	峭壁
21	cram	[kræm]	填鴨式的教學
22	cramp	[kræmp]	抽筋
23	crank	[kræŋk]	曲柄
24	crap	[kræp]	失去賭注的一擲，謊言，大話
25	drab	[dræb]	娼婦，不規矩的女人
26	drag	[dræg]	拖
27	dram	[dræm]	少量的酒
28	drank	[dræŋk]	喝（drink 的過去式）
29	draff	[dræf]	渣滓，豬食
30	frank	[fræŋk]	男子名，坦白
31	frap	[fræp]	捆牢，收緊
32	grab	[græb]	攫取
33	gram	[græm]	公克
34	grand	[grænd]	堂皇的，千元
35	prank	[præŋk]	無傷大雅的惡作劇
36	prance	[præn(t)s]	躍馬前進，昂首闊步 C 後面有 E，C 讀本音 /s/

(2)（子音 +）A+ 子音 +E 的 A 讀 /e/，E 不發音

A 和 E 中間有子音時，根據「E 點靈」的規則，A 讀長音（它字母的本音）/e/，像注音符號的ㄟ，字尾的 E 不發音。

1	**race**	[res]	賽跑 C 後面有 E，C 讀本音 /s/
2	**rac·er**	[ˋresɚ]	參賽者，參賽馬 C 後面有 E，C 讀本音 /s/
3	**rage**	[redʒ]	憤怒
4	**rake**	[rek]	耙
5	**rape**	[rep]	搶奪，強姦
6	**range**	[rendʒ]	範圍
7	**brace**	[bres]	支柱，曲柄，吊褲帶 C 後面有 E，C 讀本音 /s/
8	**brake**	[brek]	剎車
9	**crake**	[krek]	秧雞
10	**crane**	[kren]	鶴
11	**crape**	[krep]	縐紗
12	**drake**	[drek]	雄鴨
13	**drape**	[drep]	窗簾
14	**frame**	[frem]	框，骨架，陷害
15	**grace**	[gres]	優雅，恩賜，夫人 C 後面有 E，C 讀本音 /s/
16	**grade**	[gred]	等級，班級
17	**grad·er**	[ˋgredɚ]	分類者或機器，（某）年級生，平路機 源自 grade
18	**grape**	[grep]	葡萄

(3) AE 的 A 讀 /e/，E 不發音

AE 在一起結尾，比照「E 點靈」的規則，A 讀做 /e/，像注音符號的ㄟ，字尾的 E 不發音。

			練習表 §18.3
1	brae	[bre]	斜坡，山坡
2	frae	[fre]	從……，自……

(4) (子音 +) E+ 子音的 E 讀 /ɛ/

E 在子音前，讀它的短音 /ɛ/，像注音符號的ㄝ。

			練習表 §18.4
1	reck	[rɛk]	注意，和……相干
2	red	[rɛd]	紅色
3	rend	[rɛnd]	扯破，劈開，分裂
4	rep	[rɛp]	浪子，一種織物
5	bred	[brɛd]	飼養，繁殖（breed 的過去式，過去分詞）
6	dreg	[drɛg]	殘滓，廢物
7	drench	[drɛntʃ]	使濕透
8	French	[frɛntʃ]	法國人，法國的，法語
9	Fred	[frɛd]	男子名
10	prep	[prɛp]	先修班，預習

(5)（子音 +）l+ 子音的 l 讀 /ɪ/

l 在子音前，讀它的短音 /ɪ/，像短而模糊的一。

練習表 § 18.5

1	rib	[rɪb]	肋骨
2	rich	[rɪtʃ]	富有的
3	rick	[rɪk]	男子名，乾草堆
4	rid	[rɪd]	解除
5	riff	[rɪf]	反覆旋律
6	rig	[rɪg]	服裝
7	rill	[rɪl]	小河，溪流
8	rim	[rɪm]	邊緣，海面
9	ring	[rɪŋ]	使響，按鈴，鈴聲
10	rink	[rɪŋk]	溜冰場
11	rip	[rɪp]	撕開
12	rig·id	[`rɪdʒəd]	僵硬的，嚴格的 此 G 讀 /dʒ/
13	frig·id	[`frɪdʒəd]	嚴寒的，冷漠的 此 G 讀 /dʒ/
14	brick	[brɪk]	磚
15	brig	[brɪg]	方帆雙桅船，禁閉室
16	brill	[brɪl]	鰈魚
17	brim	[brɪm]	邊緣
18	bring	[brɪŋ]	帶來，導致
19	brink	[brɪŋk]	邊緣

20	crib	[krɪb]	嬰兒床
21	crick	[krɪk]	痛性痙攣
22	crimp	[krɪmp]	使成波形
23	drib	[drɪb]	點滴，少量
24	drill	[drɪl]	訓練，鑽孔，鑽頭
25	drink	[drɪŋk]	喝，飲料
26	drip	[drɪp]	滴
27	frill	[frɪl]	服裝的飾邊，（擺出來的）臭架子
28	grid	[grɪd]	座標方格
29	grill	[grɪl]	烤架，在烤架上炙烤，炙烤的肉類食物
30	grille	[grɪl]	鐵格子，孵卵器 兩個 L 後面的 E 毫無作用
31	grim	[grɪm]	嚴厲的，堅強的
32	grin	[grɪn]	露齒而笑
33	grip	[grɪp]	緊握
34	prick	[prɪk]	刺，刺痛，豎起
35	prig	[prɪg]	一本正經的人，學究
36	prill	[prɪl]	金屬小球
37	prim	[prɪm]	整潔的，拘謹的，一本正經的
38	primp	[prɪmp]	打扮，裝飾
39	prince	[prɪn(t)s]	王子 C 後面有 E，C 讀本音 /s/
40	fringe	[frɪndʒ]	邊緣

(6)（子音 +）I + 子音 +E 的 I 讀 /aɪ/，E 不發音

> I 和 E 中間有子音時，根據「E 點靈」的規則，I 讀長音（它字母的本音）/aɪ/，像注音符號的ㄞ，字尾的 E 不發音。

練習表 §18.6

1	rice	[raɪs]	米，飯 C 後面有 E，C 讀本音 /s/
2	ride	[raɪd]	騎，乘
3	rife	[raɪf]	盛行的（常指不好的）
4	rile	[raɪl]	激怒
5	rime	[raɪm]	白霜
6	ripe	[raɪp]	成熟的
7	bribe	[braɪb]	賄賂
8	bride	[braɪd]	新娘
9	brine	[braɪn]	鹽水
10	crime	[kraɪm]	罪行
11	gride	[graɪd]	刮擦聲
12	grime	[graɪm]	使骯髒
13	gripe	[graɪp]	抓緊，支配，柄
14	price	[praɪs]	價格 C 後面有 E，C 讀本音 /s/
15	pride	[praɪd]	驕傲
16	prime	[praɪm]	首要的

(7) 子音 + O + 子音的 O 大多讀 /ɑ/

> O 在子音前，大多讀它的短音 /ɑ/，像注音符號的ㄚ。

1	**rob**	[rab]	盜取
2	**rock**	[rak]	石，搖擺
3	**rod**	[rad]	桿
4	**romp**	[ramp]	輕快地跑
5	**brock**	[brak]	獾，壞蛋
6	**crock**	[krak]	瓦罐，老馬，衰竭
7	**crop**	[krap]	收成
8	**drop**	[drap]	落下
9	**frock**	[frak]	連衣裙，罩袍
10	**frog**	[frag]	青蛙 此 O 也能讀 /ɔ/，像注音符號的ㄛ
11	**from**	[fram]	從
12	**grog**	[grag]	摻水烈酒，飲摻水烈酒，飲酒會
13	**prod**	[prad]	刺，戳
14	**prom**	[pram]	舞會
15	**prop**	[prap]	道具
16	**prog**	[prag]	大學學監

(8) ~O 的 O 讀 /o/

O 在字尾時，讀 /o/，像注音符號的ㄡ。

1	**fro**	[fro]	向那邊，向後，往，去
2	**pro**	[pro]	專業選手，贊成者
3	**rho**	[ro]	希臘語的第十七個字母 RH 開頭時，H 不發音

練習表 §18.8

(9) (子音 +) O+(子音)+E 的 O 讀 /o/，E 不發音

O 和 E 中間不管有沒有子音，都會根據「E 點靈」的規則，O 讀長音（它字母的本音）/o/，像注音符號的ㄡ，字尾的 E 不發音。

練習表 §18.9

1	**robe**	[rob]	寬鬆的外袍
2	**rode**	[rod]	騎，乘（ride 的過去式）
3	**erode**	[ɪˋrod]	侵蝕，腐蝕
4	**pa·role**	[pəˋrol]	假釋
5	**rope**	[rop]	繩子
6	**broke**	[brok]	破了產的，打破（break 的過去式）
7	**chrome**	[krom]	鉻黃 CHR 在一起時，CH 讀 /k/
8	**crone**	[kron]	老太婆，老母羊
9	**drone**	[dron]	雄蜂，懶漢

10	probe	[prob]	探針
11	prone	[pron]	易於……的
12	grope	[grop]	摸索
13	roe	[ro]	一種小鹿，魚子

(10) AI 大多讀 /e/

AI 在一起時，大多讀做 /e/，像注音符號的ㄟ。

練習表 §18.10

1	raid	[red]	襲擊，搜捕
2	rail	[rel]	欄杆
3	brail	[brel]	捲帆索
4	brain	[bren]	腦
5	drain	[dren]	流失
6	frail	[frel]	脆弱的
7	grail	[grel]	聖杯，聖盤
8	grain	[gren]	穀子
9	afraid	[ə`fred]	害怕的 第一個 A 讀輕音 /ə/，像注音符號的ㄜ，但低很多

(11) EE 讀 /i/

EE 在一起時，讀做 /i/，像注音符號的一。

			練習表 §18.11
1	**reed**	[rid]	蘆葦
2	**reef**	[rif]	暗礁
3	**reek**	[rik]	強烈的氣味
4	**reel**	[ril]	捲軸
5	**breech**	[britʃ]	倒胎，後膛
6	**breed**	[brid]	飼養，繁殖
7	**creed**	[krid]	教條
8	**creek**	[krik]	小溪
9	**creel**	[kril]	魚籃
10	**creep**	[krip]	爬行
11	**dree**	[dri]	忍受，忍耐
12	**free**	[fri]	自由的
13	**Greece**	[gris]	希臘 C 後面有 E，C 讀本音 /s/
14	**greed**	[grid]	貪婪
15	**Greek**	[grik]	希臘的，希臘人，希臘語
16	**preen**	[prin]	打扮，自誇

(12) EA 大多讀 /i/

EA 在一起時，大多讀做 /i/，像注音符號的一。

			練習表 §18.12
1	**reach**	[ritʃ]	抵達
2	**read**	[rid]	讀 此字另一種讀法請見練習表 §27.1的第4個字
3	**real**	[ril]	真實的
4	**ream**	[rim]	紙張的計數單位
5	**reap**	[rip]	收割
6	**breach**	[britʃ]	破壞
7	**bream**	[brim]	鯛魚
8	**creak**	[krik]	吱吱嘎嘎地作響
9	**cream**	[krim]	奶油
10	**dream**	[drim]	夢，做夢，夢想
11	**freak**	[frik]	反常的行動
12	**preach**	[pritʃ]	說教，傳教，勸誡

(13) OA 大多讀 /o/

OA 在一起時，大多讀 /o/，像注音符號的ㄡ。

			練習表 §18.13
1	**roach**	[rotʃ]	蟑螂

2	ap·proach	[ə`protʃ]	方法，接近
3	road	[rod]	路
4	roam	[rom]	漫遊
5	roan	[ron]	雜色的
6	broach	[brotʃ]	飾針
7	croak	[krok]	呱呱地叫
8	groan	[gron]	呻吟
			以下這個字雖然沒有 R，但也是遵循這個規則
9	poach	[potʃ]	盜獵，水煮（荷包蛋）

例外：下面這兩個 OA 讀做 /ɔ/

下面這兩個 OA 讀做 /ɔ/，像注音符號的ㄛ。

練習表 §18.13a

1	broad	[brɔd]	寬闊的
2	abroad	[ə`brɔd]	在國外，廣佈

(14) OI 大多讀 /ɔɪ/

OI 在一起時，大多讀做 /ɔɪ/，像注音符號的ㄛㄧ；/ɔɪ/ 是個雙母音。

| 1 | roil | [rɔɪl] | 攪渾，惹怒 |
| 2 | broil | [brɔɪl] | 烤，燒 |

例外：下面這個字的 CH 讀 /k/，OIR 讀為 /waɪr/

下面這個字的 CH 讀 /k/，OIR 讀為 /aɪr/，像注音符號的 ㄞ ㄟ ㄦ，還莫名其妙地多了個 W（像注音符號的 ㄨ）的發音。

| 1 | choir | [kwaɪr] | 唱詩班 |

(15) OO 大多讀 /u/

OO 大多數會讀做長音 /u/，像注音符號的 ㄨ。

1	rood	[rud]	十字架
2	brood	[brud]	同母的子女
3	roof	[ruf]	屋頂
4	proof	[pruf]	證明
5	drool	[drʊl]	流口水
6	room	[rum]	房間，空間

7	**broom**	[brum]	掃帚
8	**groom**	[grum]	新郎
9	**croon**	[krun]	低聲哼唱
10	**droop**	[drup]	低垂

(16) OO 少數讀 /ʊ/

OO 少數會讀做短音 /ʊ/，似短而模糊的ㄨ，其中有很多都是 OOK 和 OOR 的。

練習表 §18.16

1	**rook**	[rʊk]	禿鼻鴉，（西洋棋的）城堡
2	**brook**	[brʊk]	溪流
3	**crook**	[krʊk]	彎，惡棍，騙子
4	**boor**	[bʊr]	鄉下佬
5	**moor**	[mʊr]	荒野，使停泊
6	**poor**	[pʊr]	可憐的，窮的

例外：以下這兩個 OOR 讀做 /ɔr/

以下這兩個 OOR 讀做 /ɔr/，像注音符號的ㄛ、ㄦ，尾音一定要捲舌。

| 1 | door | [dɔr] | 門 |
| 2 | floor | [flɔr] | 地板 |

接下來，我們要來看看 R 在母音後捲舌的讀法有哪些。

(17) AR 讀 /ɑr/

●MP3-036

> AR 讀做 /ɑr/，像注音符號的ㄚ ㄟ ㄦ。尾音一定要捲舌。

1	bar	[bɑr]	酒吧間，律師界，杆
2	car	[kɑr]	汽車
3	char	[tʃɑr]	雜役女傭，打雜，做零工
4	charr	[tʃɑr]	雜役女傭，打雜，做零工
5	gar	[gɑr]	機載導彈
6	lar	[lɑr]	守門神
7	far	[fɑr]	遙遠的
8	jar	[dʒɑr]	廣口瓶
9	mar	[mɑr]	毀壞
10	par	[pɑr]	平價，高爾夫球的標準桿數
11	barb	[bɑrb]	倒溝鉤
12	garb	[gɑrb]	服裝，整束
13	arc	[ɑrk]	弧，弧光
14	narc	[nɑrk]	告密者，線民

15	farce	[fɑrs]	鬧劇 C 後面有 E，C 讀本音 /s/
16	arch	[ɑrtʃ]	拱門
17	larch	[lɑrtʃ]	落葉松
18	march	[mɑrtʃ]	三月，行進
19	parch	[pɑrtʃ]	使焦乾
20	bard	[bɑrd]	吟唱者
21	card	[kɑrd]	卡片，名片
22	hard	[hɑrd]	困難的，硬的
23	lard	[lɑrd]	豬油
24	nard	[nɑrd]	甘松油脂
25	chard	[tʃɑrd]	茗蓬菜
26	ark	[ɑrk]	方舟
27	bark	[bɑrk]	吠，樹皮
28	cark	[kɑrk]	使焦慮
29	dark	[dɑrk]	黑暗的
30	hark	[hɑrk]	聽
31	lark	[lɑrk]	雲雀
32	mark	[mɑrk]	記號，男子名
33	nark	[nɑrk]	告密者，線民
34	park	[pɑrk]	公園，停車
35	carl	[kɑrl]	粗野的人，男子名
36	marl	[mɑrl]	石灰泥
37	gnarl	[nɑrl]	木節，木瘤，咆哮 GN 開頭，G 不發音
38	arm	[ɑrm]	手臂

39	alarm	[əˋlɑrm]	警示 第一個 A 讀輕音 /ə/，像注音符號的ㄜ，但低很多
40	barm	[bɑrm]	泡狀酵母
41	farm	[fɑrm]	農地
42	harm	[hɑrm]	傷害
43	charm	[tʃɑrm]	魅力
44	barn	[bɑrn]	穀倉
45	darn	[dɑrn]	縫補，使墜地獄
46	carp	[kɑrp]	鯉魚，吹毛求疵
47	harp	[hɑrp]	豎琴
48	barge	[bɑrdʒ]	緩慢移動，闖入，平底載貨船
49	large	[lɑrdʒ]	大的
50	charge	[tʃɑrdʒ]	要價，衝鋒，控訴，把⋯⋯記入（某人帳上）

(18) ER 讀 /ɝ/ 或 /ɚ/

ER 讀做重音 /ɝ/，像國語的「二」，或輕音 /ɚ/，像國語的「耳」。尾音一定要捲舌。

練習表 §18.18

1	er	[ɝ]	呃⋯⋯，這⋯⋯
2	her	[hɝ]	她
3	per	[pɝ]	經由，每
4	err	[ɝ]	犯錯

5	herb	[ɝb]	香草，藥草 此 H 不發音，可是也有美國人會讀成 [hɝb]
6	kerb	[kɝb]	路邊鑲邊石
7	co·erce	[ko`ɝs]	強制，脅迫，強制地取得 C 後面有 E，C 讀本音 /s/
8	mer·cer	[`mɝsɚ]	綢布商人 C 後面有 E，C 讀本音 /s/
9	perch	[pɝtʃ]	河鱸，主軸，停歇
10	herd	[hɝd]	牧群
11	nerd	[nɝd]	迷戀學術研究者、書呆子
12	kerf	[kɝf]	劈痕
13	erg	[ɝg]	爾格（能量的單位）
14	berg	[bɝg]	冰山
15	merge	[mɝdʒ]	合併
16	jerk	[dʒɝk]	急拉，猛推，愚笨的人，肉乾
17	perk	[pɝk]	意氣洋洋，振作，打扮
18	clerk	[klɝk]	職員
19	berm	[bɝm]	小路，小擱板
20	germ	[dʒɝm]	細菌 GER 在字頭時，G 絕大多數讀 /dʒ/
21	perm	[pɝm]	燙髮
22	fern	[fɝn]	蕨類植物
23	kern	[kɝn]	核仁

(19) IR 讀做 /ɝ/

IR 讀做 /ɝ/，像國語的「二」。尾音一定要捲舌。

			練習表 §18.19	
1	fir	[fɝ]	樅木	
2	chirr	[tʃɝ]	唧唧聲	
3	birch	[bɝtʃ]	樺木	
4	bird	[bɝd]	鳥	
5	gird	[gɝd]	圍繞，佩帶 GIR 後面接子音時，G 都讀 /g/	
6	dirge	[dɝdʒ]	輓歌	
7	irk	[ɝk]	使厭煩，使苦惱	
8	dirk	[dɝk]	短劍	
9	kirk	[kɝk]	蘇格蘭教會	
10	chirk	[tʃɝk]	活潑的	
11	girl	[gɝl]	女孩 GIR 後面接子音時，G 都讀 /g/	
12	firm	[fɝm]	結實的，堅決的	
13	firn	[fɝn]	萬年雪（一種植物）	
14	kirn	[kɝn]	收穫的最後一捆	
15	pirn	[pɝn]	緯紗管	
16	chirp	[tʃɝp]	啾啾聲	

(20) OR 讀做 /ɔr/

OR 讀做 /ɔr/，像注音符號的 ㄛ ㄟ ㄦ。尾音一定要捲舌。

			練習表 §18.20
1	**or**	[ɔr]	或者
2	**for**	[fɔr]	為了，向
3	**nor**	[nɔr]	也不
4	**force**	[fɔrs]	強迫，強力 C 後面有 E，C 讀本音 /s/
5	**cord**	[kɔrd]	細繩，粗線
6	**chord**	[kɔrd]	合絃，和音 此 CH 讀 /k/
7	**lord**	[lɔrd]	地主，君主
8	**ford**	[fɔrd]	徒涉
9	**af·ford**	[əˋfɔrd]	得以勝任
10	**gorge**	[gɔrdʒ]	山峽，暴食
11	**cork**	[kɔrk]	軟木塞
12	**fork**	[fɔrk]	叉子
13	**pork**	[pɔrk]	豬肉
14	**dorm**	[dɔrm]	宿舍
15	**form**	[fɔrm]	表格
16	**norm**	[nɔrm]	標準
17	**born**	[bɔrn]	天生的，出身於，生或忍受（bear 的過去分詞）
18	**corn**	[kɔrn]	玉米
19	**horn**	[hɔrn]	角，喇叭

20	morn	[mɔrn]	早晨
21	morn·ing	[`mɔrnɪŋ]	早晨
22	chlo·ride	[`klɔr͵aɪd]	氯化物 CHL 在一起時，CH 讀 /k/；IDE 結尾都讀做 /aɪd/
23	chlo·rine	[`klɔr͵in]	氯 CHL 在一起時，CH 讀 /k/；INE 結尾，與化學有關的字，都讀做 /in/

接下來，我要先講個基本觀念：很多長母音在 R 前面會變成短母音。

(21) ~AIR 讀做 /ɛr/

MP3-037

> AIR 在字尾讀做 /ɛr/，像注音符號的 ㄝ ㄦ。尾音一定要捲舌。
> AI 本來讀做長音 /e/，像注音符號的ㄟ，但是在 R 前，就變成只剩 /ɛ/，像注音符號的 ㄝ。

練習表 §18.21

1	air	[ɛr]	空氣
2	chair	[tʃɛr]	椅子
3	fair	[fɛr]	公平的（地）
4	af·fair	[ə`fɛr]	事情，事物，戀情，不正當的戀愛事件
5	hair	[hɛr]	頭髮
6	lair	[lɛr]	獸穴
7	flair	[flɛr]	天才，敏銳的覺察力
8	pair	[pɛr]	一對，一雙
9	im·pair	[ɪm`pɛr]	削弱，損傷
10	re·pair	[rɪ`pɛr]	修理，修復，大夥兒去，聚集

(22) ~ARE 讀做 /ɛr/

ARE 在字尾讀做 /ɛr/，像注音符號的 ㄝ ㄦ。尾音一定要捲舌。

A 和 E 中間有子音時，A 本來應該讀做長音 /e/，像注音符號的 ㄟ，但是因為它後面的子音是 R，所以就變成只剩 /ɛ/，像注音符號的 ㄝ。

練習表 §18.22

1	bare	[bɛr]	光的，空的
2	care	[kɛr]	注意，介意
3	dare	[dɛr]	敢，激將
4	fare	[fɛr]	車費，船費
5	hare	[hɛr]	野兔
6	mare	[mɛr]	母馬
7	pare	[pɛr]	削果皮，修掉
8	rare	[rɛr]	罕見的
9	blare	[blɛr]	嘟嘟聲，大聲宣述
10	Clare	[klɛr]	女子名
11	flare	[flɛr]	閃耀
12	glare	[glɛr]	刺眼的光，怒目而視

例外：這個沒有子音在前面的 ARE 反而是照 AR 的規則讀

練習表 §18.22a

1	are	[ɑr]	（你，我們，你們，他們）是

(23) ~EAR 大多讀 /ɪr/

EAR 在字尾時，大多讀 /ɪr/，像注音符號的一ヽ儿，但一音要短而模糊。尾音一定要捲舌。

EA 本來讀做長音 /i/，像注音符號的一，但是在 R 前，就變成短而模糊的 /ɪ/。

<table>
<tr><td colspan="4" align="right">練習表 §18.23</td></tr>
<tr><td>1</td><td>ear</td><td>[ɪr]</td><td>耳朵</td></tr>
<tr><td>2</td><td>dear</td><td>[dɪr]</td><td>親愛的</td></tr>
<tr><td>3</td><td>fear</td><td>[fɪr]</td><td>害怕</td></tr>
<tr><td>4</td><td>gear</td><td>[gɪr]</td><td>齒輪</td></tr>
<tr><td>5</td><td>hear</td><td>[hɪr]</td><td>聽到</td></tr>
<tr><td>6</td><td>Lear</td><td>[lɪr]</td><td>李爾王</td></tr>
<tr><td>7</td><td>near</td><td>[nɪr]</td><td>接近</td></tr>
<tr><td>8</td><td>rear</td><td>[rɪr]</td><td>背後</td></tr>
<tr><td>9</td><td>blear</td><td>[blɪr]</td><td>眼花的，爛的，目光短淺的</td></tr>
<tr><td>10</td><td>clear</td><td>[klɪr]</td><td>晴朗的，澄清的</td></tr>
<tr><td>11</td><td>drear</td><td>[drɪr]</td><td>沉悶的，使人憂鬱的</td></tr>
<tr><td>12</td><td>ap·pear</td><td>[ə`pɪr]</td><td>出現，顯得</td></tr>
</table>

例外：~EAR 少數讀 /ɛr/

EAR 在字尾時，少數會讀 /ɛr/，像注音符號的 ㄝ ヽ ㄦ，尾音一定要捲舌。請熟記它們。這類字還有三個，以後再告訴你。

			練習表 §18.23a
1	bear	[bɛr]	熊，忍受
2	pear	[pɛr]	梨子

(24) EAR~ 或 ~EAR~，多半讀 /ɝ/

EAR 在字頭或字中時，多半會讀 /ɝ/，像國語的「二」。尾音一定要捲舌。

			練習表 §18.24
1	earl	[ɝl]	伯爵，男子名
2	pearl	[pɝl]	珍珠
3	earn	[ɝn]	賺錢，贏得
4	learn	[lɝn]	學習

例外：下面這兩個字的 EAR 讀法都不同

			練習表 §18.24a
1	heark·en	[`harkən]	傾聽 此 EAR 讀做 /ar/，像注音符號的 ㄚ ヽ ㄦ，E 不發音

2	beard	[bɪrd]	鬍子 此 EAR 讀做 /ɪr/，像注音符號的ー ヽ ㄦ，但一音要短而模糊

(25) ~EER 讀 /ɪr/

EER 在字尾讀做 /ɪr/，像注音符號的ー ヽ ㄦ，但一音要短而模糊。尾音一定要捲舌。

EE 本來讀做長音 /i/，像注音符號的ー，但是在 R 前，就變成短而模糊的 /ɪ/。

練習表 §18.25

1	beer	[bɪr]	啤酒
2	deer	[dɪr]	鹿
3	jeer	[dʒɪr]	嘲弄
4	leer	[lɪr]	送秋波，斜眼看
5	peer	[pɪr]	同等的人，隱約出現，同儕
6	cheer	[tʃɪr]	鼓勵，歡呼
7	fleer	[flɪr]	冷嘲
8	ca·reer	[kə`rɪr]	事業
9	en·gi·neer	[ˌɛndʒɪ`nɪr]	工程師

(26) ~ERE 讀 /ɪr/

> ERE 在字尾讀做 /ɪr/，像注音符號的一 ＼ ㄦ，但一音要短而模糊。尾音一定要捲舌。
>
> 根據「E 點靈」的規則，ERE 的第一個 E 本來應該讀做長音 /i/，像注音符號的一，但是因為它後面的子音是 R，所以就變成短而模糊的 /ɪ/。

1 **here**	[hɪr]	這兒	
2 **mere**	[mɪr]	僅僅的，純粹的	

(27) ~IRE 讀 /aɪr/

> IRE 在字尾，仍然根據「E 點靈」的規則，讀做 /aɪr/，像注音符號的ㄞ ＼ ㄦ。尾音一定要捲舌。
>
> 這個 I 不變短母音，與其他母音 +RE 的情形不同，是例外。因為 /aɪ/ 這個聲音，像注音符號的ㄚ一兩個音連起來，但是如果也跟其他在 R 前的母音一樣把尾巴的一去掉，變成只剩ㄚ而已，那麼ㄚ和後面的 ㄦ 合成ㄚ ＼ ㄦ，那不就是 AR 的讀法了嗎？所以不能變。

1 **ire**	[aɪr]	忿怒	
2 **dire**	[daɪr]	悲慘的	
3 **fire**	[faɪr]	火	
4 **hire**	[haɪr]	僱	

5	mire	[maɪr]	沼地，泥濘
6	ad·mire	[əd`maɪr]	景仰 大多數動詞重音在後面
7	em·pire	[`ɛmˌpaɪr]	帝國 大多數名詞重音在前面

(28) ~ORE 讀 /ɔr/

ORE 在字尾讀做 /ɔr/，像注音符號的ㄛ ㄟ ㄦ。尾音一定要捲舌。

根據「E 點靈」的規則，ORE 的 O 本來應該讀做長音 /o/，像注音符號的ㄡ，但是因為它後面的子音是 R，所以就變成 /ɔ/，像注音符號的ㄛ。

這個規則，雖然很多字典也有 /or/ 的讀法，但我建議你讀 /ɔr/。

1	ore	[ɔr]	礦石
2	bore	[bɔr]	使厭煩，使覺無聊
3	core	[kɔr]	核心
4	fore	[fɔr]	在前面地，船頭
5	gore	[gɔr]	三角形布條
6	lore	[lɔr]	口頭傳說
7	more	[mɔr]	更多的
8	pore	[pɔr]	毛孔，凝視
9	chore	[tʃɔr]	零工，雜務，討厭的工作
10	adore	[ə`dɔr]	仰慕
11	ig·nore	[ɪg`nɔr]	不理，忽視，駁回

(29) OAR 讀 /ɔr/

OAR 讀做 /ɔr/，像注音符號的ㄛ ㄟ ㄦ。尾音一定要捲舌。

OAR 的 OA 本來應該讀做長音 /o/，像注音符號的ㄡ，但是因為它後面的子音是 R，所以就變成 /ɔ/，像注音符號的ㄛ。

這個規則，雖然很多字典也有 /or/ 的讀法，但我建議你讀 /ɔr/。

			練習表 §18.29
1 **oar**	[ɔr]	槳	
2 **boar**	[bɔr]	公豬	
3 **board**	[bɔrd]	板	
4 **roar**	[rɔr]	吼叫	

(1) 見字會讀

現在，請讀下面這些字，然後比對我的讀法，看看你是不是都讀對，而能夠「見字會讀」了。

1	drool	2	cracker	3	prime	4	brace
5	merge	6	crook	7	gnarl	8	hire
9	cream	10	drink	11	girl	12	appear
13	crime	14	impair	15	grog	16	gorge
17	rho	18	chrome	19	approach	20	engineer

(1) 見字會讀解答： ●MP3-038

(2) 聽音會拼

MP3-039

接下來，我們來看看你是否「聽音會拼」。請聽我出題，然後把你的答案寫在下面空格裡，最後再比對我的解答。

序號	單字	音標
1		
2		
3		
4		
5		
6		
7		
8		
9		
10		

(2) 聽音會拼解答：

1	roam, Rome	[rom]
2	rancid	[`rænsɪd]
3	range	[rendʒ]
4	charming	[`tʃɑrmɪŋ]
5	real, reel	[ril]
6	broil	[brɔɪl]
7	fireplace	[`faɪrples]
8	board, bored	[bɔrd]
9	drench	[drɛntʃ]
10	hear, here, (heer)	[hɪr]

19 S s 子音

MP3-040

　　S 這個字母的名稱讀做 [ɛs]，聽起來像注音符號的ㄝㄙ，但不要帶個ㄨ的尾音。

　　S 有兩種讀法，一種是 /s/，另一種是 /z/，即 /s/ 的濁音。要讀出這個濁音，一種方法是照著讀ㄓㄔㄕㄖ的方法，把ㄗㄘㄙ一路讀下來，這個音就會跑出來。

　　我先講一些 S 讀做 /s/ 的情形：

(1) S 在字頭時一定讀 /s/ 音（像ㄙ，但光送氣，聲帶不震動）。例如 sod 這個字，S 在字頭，所以 S 就讀做 /s/。

(2) S 前為子音時，（但這個 S 不是因複數而加上去的），S 大多讀 /s/。例如 dense 這個字，S 前面的 N 是子音，所以 S 就讀做 /s/。

(3) S 後為子音，且為音節尾時，S 讀 /s/。例如 disk 這個字，S 後面是個子音 K，所以 S 就讀做 /s/。

　　SC（C 讀做 /k/ 時）或 SK 在音節頭時，這個 /k/ 音就要變成不送氣音，像注音符號的ㄍ音。例如 scrape 這個字的發音就像「死估銳普」，但結尾不要帶個ㄨ的聲音。但如果 SC 或 SK 結尾，則 /k/ 音仍然要送氣。例如 desk 這個字的發音就像注音符號的「ㄉㄝ ヽ ㄙㄎ」，但「ㄙㄎ」也都要短促。

　　SP 在音節頭時，這個 /p/ 音就要變成不送氣音，像注音符號的ㄅ音。例如 spade 這個字的發音就像「死背的」，但唸「死」時，只送氣，聲帶不要震動，「的」要輕而短。但如果 SP 是結尾，則 P 仍然要送氣，例如 crisp 的 P 要送氣。

　　PS 開頭，P 不發音。但這類字不多。

　　DS 一起讀 /dz/，像注音符號的ㄗ。例如 birds 的發音就像注音符號的「ㄅ儿 ヽ ㄗ˙」，但最後這個ㄗ要輕一點、短一點。

　　AISE 在一起結尾時，S 多半會讀做濁音 /z/，如 raise 讀做 [rez]。

OSE 在一起結尾時，S 多半會讀做濁音 /z/，如 pose 讀做 [poz]。

NSE 結尾時，和 NCE 的情況一樣，因為 N 的「阻擋」，尾巴的 E 沒有「E 點靈」的功用，但還是會和 S 合起來讀做 /s/。然而此處的 /s/ 音，因為是在 N 的後面，所以美國人也會讀做 /ts/，像注音符號的ㄘ，請不要詫異。例如 dense 這個字發音就是 [dɛns]，（像注音符號的「ㄉㄝㄣˋㄙ」）或 [dɛnts]（像注音符號的「ㄉㄝㄣˋㄘ」），尾音短促而不帶任何母音的聲音。

其他情形，S 或 SE 在字中或字尾時，不一定讀做 /s/ 或 /z/，只有靠熟讀，經驗，和字典才能掌握。

在接下去的練習中，如果 S 讀做 /s/ 時，我不會在練習表裡加註解。但如果 S 讀做 /z/ 時，我會加註解。

SH 在一起時，則讀做 /ʃ/。/ʃ/ 這個聲音的讀法和 /dʒ/ 類似，你要把後面大約倒數第三、四顆牙齒處咬緊，嘴角再往後拉一些，然後試圖發ㄒㄧ音，就會得到正確的 /ʃ/ 的發音了。有點像注音符號的ㄒㄩ，但嘴巴千萬不要尖成帶ㄩ的音，聲帶也不震動。例如 she 這個字的發音就像「序ㄟ」。

現在，我們來看看 S 及 SH 跟前面學過的母音規則一起讀會是怎樣的。

(1) (子音 +) A+ 子音的 A 讀 /æ/

A 在子音前，讀它的短音，蝴蝶音 /æ/。

<table>
<tr><td colspan="4" align="right">練習表 §19.1</td></tr>
<tr><td>1   as</td><td>[æz]</td><td>像……一樣</td><td>此 S 讀 /z/</td></tr>
</table>

2	has	[hæz]	（他，她，它）有 此 S 讀 /z/
			以下 S 讀 /s/
3	gas	[gæs]	瓦斯，煤氣
4	sac	[sæk]	囊，液囊
5	sack	[sæk]	袋子
6	sad	[sæd]	傷心的
7	sag	[sæg]	下垂
8	Sal	[sæl]	女子名
9	Sam	[sæm]	男子名
10	sand	[sænd]	沙
11	sang	[sæŋ]	唱（sing 的過去式）
12	sank	[sæŋk]	沉（sink 的過去式）
13	sap	[sæp]	樹液，精力
14	slack	[slæk]	馬虎的
15	slab	[slæb]	平板
16	slag	[slæg]	礦渣
17	slam	[slæm]	砰然關上，滿貫
18	slang	[slæŋ]	俚語
19	slap	[slæp]	摑，掌擊
20	smack	[smæk]	摑打
21	snack	[snæk]	點心
22	snag	[snæg]	暴牙
23	snap	[snæp]	猛咬，快照
24	ass	[æs]	驢，笨蛋

25	**bass**	[bæs]	椵樹，鱸魚 另一種讀法，請見本表後的「例外」
26	**lass**	[læs]	小姑娘
27	**mass**	[mæs]	大宗，一團
28	**pass**	[pæs]	經過，通過
29	**sass**	[sæs]	燉煮的水果
30	**class**	[klæs]	階級，班，年級
31	**glass**	[glæs]	玻璃，玻璃杯
32	**brass**	[bræs]	黃銅
33	**crass**	[kræs]	極度的，愚鈍的，粗厚的
34	**grass**	[græs]	草
35	**ha·rass**	[hə`ræs]	騷擾
36	**manse**	[mæn(t)s]	牧師住宅
			以下幾個 /k/ 音非結尾，要讀成像注音符號的ㄍ，不送氣
37	**scab**	[skæb]	疤，疥癬
38	**scad**	[skæd]	許多
39	**scalp**	[skælp]	頭皮屑
40	**scamp**	[skæmp]	惡棍，無用的人
41	**scan**	[skæn]	掃描
42	**scrag**	[skræg]	頸部，骨瘦如柴的人
43	**scram**	[skræm]	滾開
44	**scrap**	[skræp]	小片，廢料
			以下幾個 /k/ 音為結尾，要送氣
45	**ask**	[æsk]	問，要求

46	bask	[bæsk]	取暖
47	cask	[kæsk]	木桶
48	flask	[flæsk]	瓶，燒瓶，火藥筒
49	mask	[mæsk]	面具，掩飾
			以下幾個非結尾的 /p/ 音，要讀成像注音符號的ㄅ，不送氣
50	span	[spæn]	一段時間
51	spank	[spæŋk]	用手打屁股
52	sprang	[spræŋ]	跳躍，萌芽（spring 的過去式）
53	grasp	[græsp]	抓緊，掌握 此 /p/ 音為結尾，要送氣。
			接下去的 SH 讀 /ʃ/，有點像注音符號的ㄒㄩ
54	shack	[ʃæk]	小屋
55	shag	[ʃæg]	長絨粗呢
56	sham	[ʃæm]	假裝
57	shank	[ʃæŋk]	脛，小腿
58	shrank	[ʃræŋk]	收縮（shrink 的過去式）
59	ash	[æʃ]	灰
60	bash	[bæʃ]	猛擊
61	cash	[kæʃ]	現金
62	dash	[dæʃ]	破折號，衝撞，短跑
63	fash	[fæʃ]	煩惱，焦慮
64	gash	[gæʃ]	切口
65	hash	[hæʃ]	切細，擊敗
66	lash	[læʃ]	眼睫毛

67	mash	[mæʃ]	搗成糊狀的東西，搗爛
68	rash	[ræʃ]	疹，魯莽的
69	sash	[sæʃ]	框格
70	gnash	[næʃ]	咬牙 GN 開頭，G 不發音
71	clash	[klæʃ]	碰撞作聲，抵觸
72	flash	[flæʃ]	閃光
73	plash	[plæʃ]	潑濺，潑濺聲
74	slash	[slæʃ]	猛砍，斜線
75	smash	[smæʃ]	粉碎
76	splash	[splæʃ]	使濺起水花，炫耀
77	brash	[bræʃ]	易碎的，輕率的
78	crash	[kræʃ]	墜毀，砸碎

例外：下面這個字的 A 讀做 /e/

下面這個字的 A 讀做 /e/。此字有另一種讀法，請見上表第 25 個字。

1	bass	[bes]	男低音

(2) ~ALD 和 ~ALL 的 A 讀 /ɔ/

ALD 和 ALL 在字尾時，A 讀做 /ɔ/，像注音符號的ㄛ音。

1	scald	[skɔld]	燙傷，燙洗
2	scall	[skɔl]	鱗癬
3	small	[smɔl]	小的
4	spall	[spɔl]	碎片

以下兩個字雖沒有 S，但也是遵循這個規則

5	mall	[mɔl]	商場，林蔭路，鐵圈球
6	pall	[pɔl]	棺罩，教皇等的披肩，不發生作用，厭倦

例外：下面這個字的 A 讀做蝴蝶音 /æ/

1	shall	[ʃæl]	將（現在美國人要徵求同意時，有時會説 "Shall we...?"）SH 讀 /ʃ/，有點像注音符號的ㄒㄩ

(3)（子音 +) A+ 子音 +E 的 A 讀 /e/，E 不發音

A 和 E 中間有子音時，根據「E 點靈」的規則，A 讀長音（它字母的本音）/e/，像注音符號的ㄟ，字尾的 E 不發音。

1	safe	[sef]	安全的
2	sage	[sedʒ]	賢明的，賢人
3	sake	[sek]	緣故

4	sale	[sel]	賣，減價出售
5	same	[sem]	一樣的
6	sane	[sen]	理智的
7	slake	[slek]	熄滅，使熟化
8	snake	[snek]	蛇
9	base	[bes]	基礎，卑劣的
10	case	[kes]	箱，盒，事例，事實
11	chase	[tʃes]	追趕，追捕
12	erase	[ɪˋres]	刪除，擦拭
13	eraser	[ɪˋresɚ]	橡皮擦，板擦
14	scale	[skel]	鱗，磅秤 此 /k/ 音非結尾，要變成像注音符號的ㄍ
15	scrape	[skrep]	擦，刮 此 /k/ 音非結尾，要變成像注音符號的ㄍ
16	space	[spes]	太空，空間 此 /p/ 音非結尾，要變成像注音符號的ㄅ。C 後面有 E，C 讀本音 /s/
17	spade	[sped]	鏟子，黑桃（撲克牌）此 /p/ 音非結尾，要變成像注音符號的ㄅ
			以下 S 讀 /z/
18	lase	[lez]	放射激光 此 S 讀 /z/
19	laser	[ˋlezɚ]	雷射 此 S 讀 /z/
20	phase	[fez]	階段 此 S 讀 /z/
21	phrase	[frez]	片語，用詞 此 S 讀 /z/
			接下去的 SH 讀 /ʃ/，有點像注音符號的ㄒㄩ
22	shade	[ʃed]	陰涼處
23	shake	[ʃek]	搖撼

24	shale	[ʃel]	頁岩，泥板岩
25	shame	[ʃem]	恥辱
26	shape	[ʃep]	外形，情況，種類

(4) (子音 +) E+ 子音的 E 讀 /ɛ/

E 在子音前，讀它的短音 /ɛ/，像注音符號的 ㄝ。

1	self	[sɛlf]	自己
2	sell	[sɛl]	賣
3	send	[sɛnd]	遣送，寄發
4	sled	[slɛd]	雪橇
5	smell	[smɛl]	聞，嗅
6	snell	[snɛl]	刺骨的，銳利的
7	dense	[dɛn(t)s]	稠密的
8	sense	[sɛn(t)s]	意識
9	cess	[sɛs]	稅，運氣 C 後面有 E，C 讀本音 /s/
10	chess	[tʃɛs]	西洋棋
11	less	[lɛs]	較少的
12	bless	[blɛs]	保佑
13	mess	[mɛs]	弄糟，一團糟
14	cress	[krɛs]	十字花科的植物

15	ca·ress	[kə`rɛs]	愛撫
16	dress	[drɛs]	女服，穿衣
17	press	[prɛs]	壓，印刷機，新聞報導
18	skeg	[skɛg]	導流尾鰭 此 /k/ 音非結尾，要變成像注音符號的ㄍ
19	desk	[dɛsk]	書桌 此 /k/ 音為結尾，要送氣
			以下幾個 /sp/ 音非結尾，要變成像注音符號的ㄅ
20	speck	[spɛk]	斑點
21	specs	[spɛks]	規格
22	sped	[spɛd]	加快，疾馳（speed 的過去式，過去分詞）
23	spell	[spɛl]	拼字
24	spend	[spɛnd]	花費，度過
			接下去的 SH 讀 /ʃ/，有點像注音符號的ㄒㄩ
25	shed	[ʃɛd]	掉落，流（血或淚）
26	shelf	[ʃɛlf]	架子，擱板
27	shell	[ʃɛl]	殼
28	shred	[ʃrɛd]	撕成碎片，碎片，細條
29	mesh	[mɛʃ]	篩孔，用網捕捉
30	flesh	[flɛʃ]	肉，親骨肉
31	fresh	[frɛʃ]	新鮮的
32	re·fresh	[rɪ`frɛʃ]	使清新，恢復（記憶），喝飲料

(5) (子音 +) E+ 子音 +E 的第一個 E 讀 /i/，字尾的 E 不發音

> 兩個 E 中間有子音時，根據「E 點靈」的規則，第一個 E 讀長音（它字母的本音）/i/，像注音符號的一，字尾的 E 不發音。

			練習表 §19.5
1	scene	[sin]	場景 C 後面有 E，C 讀本音 /s/
2	ob·scene	[ɑb`sin]	猥褻的 C 後面有 E，C 讀本音 /s/
3	scheme	[skim]	設計，系統 此 CH 讀不送氣的 /k/，因在 S 後面，變成讀做像注音符號的ㄍ
4	obese	[o`bis]	過度肥胖的

(6) 子音 +E 的 E 讀 /i/

> E 在單音節結尾時，讀做 /i/，像注音符號的一。

			練習表 §19.6
1	she	[ʃi]	她 SH 讀 /ʃ/，有點像注音符號的ㄒㄩ

(7) 子音 +I 的 I 有時讀 /aɪ/

> I 在單音節結尾時，有時會讀長音（它字母的本音）/aɪ/，像注音符號的ㄞ。

1	**psi**	[saɪ]	希臘語的第 23 個字母 PS 開頭，P 不發音
			以下兩個字雖沒有 S，但也是遵循這個規則。
2	**pi**	[paɪ]	圓周率
3	**al·i·bi**	[ˋælə͵baɪ]	不在場證明 第一個 i 只讀輕音 /ə/

(8) 子音 +I 的 I 有時讀 /i/

I 在單音節結尾時，有時會讀做長音 /i/，像注音符號的一。這就是 I 的羅馬拼音的讀法。

1	**si**	[si]	（音樂）七個音階唱名的第七個
2	**ski**	[ski]	滑雪
			下面這個字雖沒有 S，但也照此規則
3	**mi**	[mi]	（音樂）七個音階唱名的第三個

(9) (子音 +) I+ 子音的 I 讀 /ɪ/

I 在子音前，讀它的短音 /ɪ/，像短而模糊的一。

1	**sic**	[sɪk]	原文如此
2	**sick**	[sɪk]	生病的

3	silk	[sɪlk]	絲
4	sill	[sɪl]	窗台
5	sin	[sɪn]	罪，犯罪
6	since	[sɪn(t)s]	自從，既然 C 後面有 E，C 讀本音 /s/
7	sing	[sɪŋ]	唱歌
8	sink	[sɪŋk]	沉沒，洗滌槽
9	sip	[sɪp]	啜，一口，一啜
10	slick	[slɪk]	光滑的，花言巧語的
11	slid	[slɪd]	滑（slide 的過去式，過去分詞）
12	slim	[slɪm]	苗條的
13	sling	[slɪŋ]	彈弓
14	slink	[slɪŋk]	鬼鬼祟祟地走
15	slip	[slɪp]	溜走，滑脫
16	slip·per	[`slɪpɚ]	脫鞋
17	snick	[snɪk]	刻痕，削球
18	sniff	[snɪf]	以鼻吸氣
19	snip	[snɪp]	剪斷
20	rinse	[rɪn(t)s]	洗滌，潤絲精
21	Chris	[krɪs]	男子名，女子名 CHR 在一起時，CH 讀 /k/
22	hiss	[hɪs]	嘶嘶作聲
23	kiss	[kɪs]	吻
24	miss	[mɪs]	小姐，失誤，懷念
25	amiss	[ə`mɪs]	有缺陷的（地）
26	piss	[pɪs]	撒尿，尿濕

27	bliss	[blɪs]	狂喜，巨大的幸福
			以下幾個 /k/ 音非結尾，要讀成像注音符號的 ㄍ
28	scrimp	[skrɪmp]	節儉
29	scrip	[skrɪp]	小袋，紙條
30	skid	[skɪd]	使（車輪等）打滑
31	skiff	[skɪf]	輕舟，小快艇
32	skill	[skɪl]	技巧
33	skim	[skɪm]	撇去油脂
34	skimp	[skɪmp]	吝嗇，節儉
35	skin	[skɪn]	皮膚
36	skip	[skɪp]	跳
			以下幾個在字尾的 /k/ 音就要送氣了
37	disc	[dɪsk]	圓片
38	disk	[dɪsk]	圓盤
39	risk	[rɪsk]	冒險
40	brisk	[brɪsk]	活潑的，輕快的
41	frisk	[frɪsk]	歡躍，搜身
			以下幾個 /p/ 音非結尾，要讀成像注音符號的 ㄅ
42	spill	[spɪl]	溢出
43	spin	[spɪn]	紡織，使旋轉
44	sprig	[sprɪg]	嫩枝
45	spring	[sprɪŋ]	春天，彈簧
46	lisp	[lɪsp]	口齒不清
47	crisp	[krɪsp]	鬆脆的 此 P 在結尾，要送氣

			下面兩個字的 S 讀 /z/
48	is	[ɪz]	（他）是 此 S 讀 /z/
49	his	[hɪz]	他的 此 S 讀 /z/
			接下去的 SH 讀 /ʃ/，有點像注音符號的 ㄒㄩ
50	shill	[ʃɪl]	黨羽
51	shin	[ʃɪn]	外脛
52	ship	[ʃɪp]	船，運送
53	shrill	[ʃrɪl]	尖聲的，哀切的
54	shrimp	[ʃrɪmp]	蝦
55	shrink	[ʃrɪŋk]	收縮，皺縮
56	dish	[dɪʃ]	碟，盤子
57	fish	[fɪʃ]	魚
58	fin·ish	[`fɪnɪʃ]	完成，結束，磨光

(10) (子音 +) I+ 子音 +E 的 I 讀 /aɪ/，E 不發音

I 和 E 中間有子音時，根據「E 點靈」的規則，I 讀長音（它字母的本音）/aɪ/，像注音符號的 ㄞ，字尾的 E 不發音。

			練習表 §19.10
1	side	[saɪd]	邊
2	sine	[saɪn]	正弦
3	slice	[slaɪs]	切片，片 C 後面有 E，C 讀本音 /s/
4	slide	[slaɪd]	滑

5	slime	[slaɪm]	黏液
6	smile	[smaɪl]	微笑
7	snide	[snaɪd]	卑鄙的，狡詐的
8	snipe	[snaɪp]	可鄙的人，沙錐鳥，鷸
			以下 /k/ 音、/p/ 音非結尾，不送氣
9	scribe	[skraɪb]	抄寫員，劃線器
10	spice	[spaɪs]	調味品 C 後面有 E，C 讀本音 /s/
11	spike	[spaɪk]	尖鐵，穗
12	spile	[spaɪl]	木塞，插管
13	spine	[spaɪn]	脊椎
14	splice	[splaɪs]	拼接 C 後面有 E，C 讀本音 /s/
15	spline	[splaɪn]	塞縫片
			下面兩個字的 S 讀 /z/
16	bise	[baɪz]	乾冷的北風 此 S 讀 /z/
17	rise	[raɪz]	起身 此 S 讀 /z/
			下面三個字的 SH 讀 /ʃ/，像注音符號的 ㄒㄩ
18	shine	[ʃaɪn]	光亮，晴天
19	shrike	[ʃraɪk]	百舌鳥
20	shrine	[ʃraɪn]	廟，聖地
21	spi·der	[ˋspaɪdɚ]	蜘蛛 請見下面註解
22	mi·ser	[ˋmaɪzɚ]	守財奴，鑿井機 此 S 讀 /z/ 請見下面註解

英語中帶 ER 的字有兩種常見的情況：

(1) 動詞 +ER（如動詞結尾為 E，則只加 R），變成名詞，意指「……者」。
　　例如：

ride [raɪd]（騎，搭乘） → rider [`raɪdɚ]（騎者、乘客）

slice [slaɪs]（切片） → slicer [`slaɪsɚ]（切片者或切片機）

(2) 形容詞 +ER（如形容詞結尾為 E，則只加 R），變成比較級。例如：

nice [naɪs]（親切的） → nicer [`naɪsɚ]（比較親切的）

上面我舉的這些例子中，I 都遵循「E 點靈」的規則讀長音，加上 R 之後還是讀長音。

可是 spider 和 miser 這兩個字並沒有像剛才講的那兩種來源字，也就是說沒有 spide 和 mise 這兩個字，然而它們卻模仿 rider、slicer、nicer 的讀法。

(11)（子音 +) O+ 子音的 O 讀 /ɑ/

O 在子音前，讀它的短音 /ɑ/，像注音符號的ㄚ。

			練習表 §19.11
1	**doss**	[dɑs]	簡陋床舖 此 O 也可讀 /ɔ/，像注音符號的ㄛ
2	**foss**	[fɑs]	城河，壕坑 此字也可拼做 fosse
3	**boss**	[bɑs]	老闆 此 O 也可讀 /ɔ/，像注音符號的ㄛ
4	**floss**	[flɑs]	繡花細線 此 O 也可讀 /ɔ/，像注音符號的ㄛ
5	**gloss**	[glɑs]	光澤，假象，注釋 此 O 也可讀 /ɔ/，像注音符號的ㄛ
6	**dross**	[drɑs]	浮渣 此 O 也可讀 /ɔ/，像注音符號的ㄛ
7	**sob**	[sɑb]	啜泣
8	**sock**	[sɑk]	短襪
9	**sod**	[sɑd]	方塊草皮
10	**sop**	[sɑp]	懦夫，濕透的東西，浸濕

11	slob	[slɑb]	飯桶
12	slog	[slɑg]	猛擊
13	slop	[slɑp]	寬鬆的罩衣
14	smock	[smɑk]	罩衫
15	smog	[smɑg]	煙霧
16	snob	[snɑb]	勢利的人
17	scrod	[skrɑd]	小鱈魚 此 /k/ 音非結尾，要變成像注音符號的 ㄍ
			接下去的 SH 讀 /ʃ/，有點像注音符號的 ㄒㄩ
18	shock	[ʃɑk]	震盪，震驚
19	shod	[ʃɑd]	使穿上鞋
20	shop	[ʃɑp]	店舖，買東西
21	bosh	[bɑʃ]	胡說
22	cosh	[kɑʃ]	短棍
23	gosh	[gɑʃ]	表示驚愕的嘆詞
24	josh	[dʒɑʃ]	挪揄，戲弄
25	posh	[pɑʃ]	優雅的，豪華時髦的，呸！
26	slosh	[slɑʃ]	泥濘，濺著泥水行進

例外：

			練習表 §19.11a
1	son	[sʌn]	兒了 此 O 讀 /ʌ/，像注音符號的 ㄜ
2	loss	[lɔs]	損失 此 O 只可讀 /ɔ/，像注音符號的 ㄛ
3	moss	[mɔs]	苔 此 O 只可讀 /ɔ/，像注音符號的 ㄛ

4	cross	[krɔs]	十字形 此 O 只可讀 /ɔ/，像注音符號的ㄛ
5	gross	[gros]	總收入 此 O 讀 /o/，像注音符號的ㄡ
6	en·gross	[ɪn`gros]	用大字體書寫，獨佔 此 O 讀 /o/，像注音符號的ㄡ

(12) (子音 +) O+ 子音 +E 的 O 讀 /o/，E 不發音

O 和 E 中間有子音時，根據「E 點靈」的規則，O 要讀長音（它字母的本音）/o/，像注音符號的ㄡ，字尾的 E 不發音。

<table>
<tr><td colspan="4" align="right">練習表 §19.12</td></tr>
<tr><td>1</td><td>sole</td><td>[sol]</td><td>獨一的</td></tr>
<tr><td>2</td><td>slope</td><td>[slop]</td><td>斜坡</td></tr>
<tr><td>3</td><td>smoke</td><td>[smok]</td><td>吸菸，煙</td></tr>
<tr><td>4</td><td>scope</td><td>[skop]</td><td>眼界，見識 此 /k/ 音非結尾，要變成像注音符號的ㄍ</td></tr>
<tr><td>5</td><td>spoke</td><td>[spok]</td><td>説（speak 的過去式）此 /p/ 音非結尾，要變成像注音符號的ㄅ</td></tr>
<tr><td>6</td><td>dose</td><td>[dos]</td><td>配藥，一劑藥</td></tr>
<tr><td>7</td><td>close</td><td>[klos]</td><td>親近的 另一種讀法在本表第 10 個字</td></tr>
<tr><td colspan="4">以下的 S 讀 /z/</td></tr>
<tr><td>8</td><td>hose</td><td>[hoz]</td><td>水管，橡皮管</td></tr>
<tr><td>9</td><td>chose</td><td>[tʃoz]</td><td>選擇（choose 的過去式）</td></tr>
<tr><td>10</td><td>close</td><td>[kloz]</td><td>關 另一種讀法在本表第 7 個字</td></tr>
<tr><td>11</td><td>nose</td><td>[noz]</td><td>鼻子</td></tr>
</table>

12	pose	[poz]	擺姿勢
13	rose	[roz]	玫瑰，上升（rise 的過去式）
14	brose	[broz]	麥片粥
15	prose	[proz]	散文，乏味地講

例外：

			練習表 §19.12a
1	some	[sʌm]	一些，有些 此 O 讀 /ʌ/，像注音符號的 ㄜ
2	lose	[luz]	失去，迷失，錯過，輸掉 此 S 讀 /z/；O 讀 /u/，像注音符號的 ㄨ

(13) AI 大多讀做 /e/

●MP3-041

> AI 在一起時，大多讀做 /e/，像注音符號的 ㄟ。

			練習表 §19.13
1	sail	[sel]	帆
2	slain	[slen]	殺害（slay 的過去分詞）
3	snail	[snel]	蝸牛
4	Spain	[spen]	西班牙 此 /p/ 音非結尾，要變成像注音符號的 ㄅ
5	sprain	[spren]	扭傷 此 /p/ 音非結尾，要變成像注音符號的 ㄅ
			以下幾個都是 AISE 結尾的，S 讀做 /z/
6	raise	[rez]	舉起，喚起，建造，栽培

7	braise	[brez]	燉，煨，燜
8	praise	[prez]	讚美，稱讚
9	ap·praise	[əˋprez]	估財產值，鑑定

例外：

1	said	[sɛd]	說（say 的過去式，過去分詞）此 AI 讀 /ɛ/，像注音符號的ㄝ
2	aisle	[aɪl]	走道 此字中的 A 和 S 都像不存在似的

(14) EE 讀 /i/

EE 在一起時，讀做 /i/，像注音符號的ㄧ。

1	see	[si]	看見
2	seed	[sid]	種子
3	seek	[sik]	尋找
4	seem	[sim]	好像
5	seen	[sin]	看見（see 的過去分詞）
6	seep	[sip]	滲出
7	sleek	[slik]	光滑的，發亮的
8	sleep	[slip]	睡覺

9	geese	[gis]	鵝（複數）此 S 讀 /s/，GEE 後面有子音時，G 讀 /g/
10	creese	[kris]	短劍（kris 的變化字）
11	cheese	[tʃiz]	乳酪 此 S 讀 /z/
			以下幾個 /k/ 音、/p/ 音非結尾，不送氣
12	screech	[skritʃ]	尖叫
13	screen	[skrin]	銀幕，螢幕
14	speech	[spitʃ]	演說，談話
15	speed	[spid]	速度，快行
16	spleen	[splin]	怒氣，怨恨，脾臟
17	spree	[spri]	喧鬧，遊樂
			接下去的 SH 讀 /ʃ/，有點像注音符號的 ㄒㄩ
18	sheen	[ʃin]	光彩
19	sheep	[ʃip]	綿羊

(15) EA 大多讀 /i/

EA 在一起時，大多讀做 /i/，像注音符號的一。

練習表 §19.15

1	sea	[si]	海
2	seal	[sil]	封條，圖章，海豹
3	sneak	[snik]	潛行
4	sneak·er	[ˋsnikɚ]	輕便運動鞋

5	seam	[sim]	縫口
6	cease	[sis]	停止 C 後面有 E，C 讀本音 /s/
7	lease	[lis]	出租
8	crease	[kris]	摺痕
9	grease	[gris]	滑潤油，塗油脂於 此 S 也可讀 /z/
10	de·cease	[dɪ`sis]	亡故，死亡 C 後面有 E，C 讀本音 /s/
11	re·lease	[rɪ`lis]	釋放，免除，發表
			以下的 S 讀 /z/
12	ease	[iz]	舒適，使安心
13	please	[pliz]	請
14	di·sease	[dɪ`ziz]	病
			以下 /k/ 音、/p/ 音非結尾，不送氣
15	scream	[skrim]	尖叫
16	speak	[spik]	講話
17	speak·er	[`spikɚ]	説話者，揚聲器
			接下去的 SH 讀 /ʃ/，有點像注音符號的ㄒㄩ
18	sheaf	[ʃif]	束，捆
19	leash	[liʃ]	皮帶，鎖鏈

(16) OA 大多讀 /o/

OA 在一起時，大多讀做 /o/，像注音符號的ㄡ。

1	soak	[sok]	浸泡
2	soap	[sop]	肥皂
3	shoal	[ʃol]	淺灘，隱伏的危險 SH 讀 /ʃ/，有點像注音符號的ㄒㄩ

(17) OI 大多讀 /ɔɪ/

> OI 在一起時，大多讀 /ɔɪ/，像注音符號的ㄛ ヽ 一。

1	soil	[sɔɪl]	土壤
2	spoil	[spɔɪl]	寵壞，食物腐壞 此 /p/ 音非結尾，要讀成像注音符號的ㄅ
3	noise	[nɔɪz]	噪音 此 S 讀 /z/
4	poise	[pɔɪz]	平衡，沈靜 此 S 讀 /z/

(18) OO 大多讀 /u/

> OO 大多數會讀做長音 /u/，像注音符號的ㄨ。

1	sool	[sul]	敦促，力勸
2	soon	[sun]	即刻，不久

3	sloop	[slup]	單桅小帆船
4	snood	[snud]	束髮網
5	snoop	[snup]	探聽
6	goose	[gus]	鵝
7	loose	[lus]	鬆的
8	moose	[mus]	麋
9	noose	[nus]	套索，羈絆
10	choose	[tʃuz]	選擇 此 S 讀 /z/
			以下 /k/ 音、/p/ 音非結尾，不送氣
11	scoop	[skup]	一鏟，一匙
12	school	[skul]	學校 此 CH 讀 /k/
13	spoof	[spuf]	哄騙，戲弄
14	spool	[spul]	線軸
15	spoon	[spun]	匙
16	shoo	[ʃu]	噓，滾開 SH 讀 /ʃ/，有點像注音符號的 ㄒㄩ

(19) OO 少數讀 /ʊ/

OO 少數會讀做短音 /ʊ/，像短而模糊的 ㄨ，其中有很多都是 OOK 和 OOR 的。

練習表 §19.19

1	spoor	[spʊr]	野獸的腳跡
2	snooks	[snʊks]	去你的（蔑語）

3	snook·er	[ˋsnʊkɚ]	撞球
4	shook	[ʃʊk]	搖動（**shake** 的過去式） SH 讀 /ʃ/，有點像注音符號的 ㄒㄩ
5	schnook	[ʃnʊk]	可憐蟲，可鄙的人 此 SCH 讀 /ʃ/
6	oops	[(w)ʊps]	哎呀

例外：下面是 OOK 的兩個特例之一

下面這個 OOK 的 OO 讀做長音 /u/，像注音符號的 ㄨ，是 OOK 讀長音的兩個特例之一，另一個在第 15 章「O」的練習表 §15.11a。

練習表 §19.19a

1	spook	[spuk]	鬼，驚嚇

(20) AR 做 /ɑr/

🔵 MP3-042

AR 讀做 /ɑr/，像注音符號的 ㄚ ㄟ ㄦ。

練習表 §19.20

1	snarl	[snɑrl]	糾結，混亂
2	parse	[pɑrs]	解析詞句
3	scar	[skɑr]	疤
4	scarf	[skɑrf]	圍巾
5	spar	[spɑr]	晶石，用腳踢開

6	spark	[spark]	火花
7	sparse	[spars]	稀疏的
8	Mars	[marz]	火星 此 S 讀 /z/
			接下去的 SH 讀 /ʃ/，有點像注音符號的 ㄒㄩ
9	shard	[ʃard]	碎片
10	shark	[ʃark]	鯊魚
11	sharp	[ʃarp]	銳利的
12	harsh	[harʃ]	粗陋的，殘酷的
13	marsh	[marʃ]	沼澤

(21) ER 讀 /ɝ/

ER 讀做 /ɝ/，像國語的「二」。

練習表 §19.21

1	serf	[sɝf]	農奴
2	sherd	[ʃɝd]	瓷器的碎片 SH 讀 /ʃ/，有點像注音符號的 ㄒㄩ

(22) IR 讀 /ɝ/

IR 讀做 /ɝ/，像國語的「二」。

練習表 §19.22

1	sir	[sɝ]	先生，爵士

2	smirk	[smɝk]	傻笑，假笑
3	smirch	[smɝtʃ]	污點，瑕疵
4	shirk	[ʃɝk]	規避 SH 讀 /ʃ/，有點像注音符號的ㄒㄩ
5	birds	[bɝdz]	鳥（複數） KK 音標 /dz/，讀做像注音符號的ㄗ

(23) ~ARE 讀 /ɛr/

ARE 在字尾讀做 /ɛr/，像注音符號的ㄝ ㄦ。

練習表 §19.23

1	snare	[snɛr]	陷阱，誘惑
2	scare	[skɛr]	使驚嚇
3	spare	[spɛr]	備用的，讓與
4	share	[ʃɛr]	分享 SH 讀 /ʃ/，有點像注音符號的ㄒㄩ

(24) ~EAR 大多讀 /ɪr/

EAR 在字尾時，大多讀 /ɪr/，像注音符號的ㄧ ㄦ，但一音要短而模糊。

練習表 §19.24

1	sear	[sɪr]	凋萎的，枯乾的
2	smear	[smɪr]	抹，誹謗

3	spear	[spɪr]	矛，槍，刺
4	shear	[ʃɪr]	修剪羊毛 SH 讀 /ʃ/，有點像注音符號的 ㄒㄩ

(25) EAR~ 或 ~EAR~ 多半讀 /ɝ/

> EAR 在字頭或字中時，多半會讀 /ɝ/，像國語的「二」。

練習表 §19.25

1	earn·ings	[ˋɝnɪŋz]	工資，薪水
2	search	[sɝtʃ]	尋找
3	re·hears·al	[rɪˋhɝsəl]	預演

(26) ~EER 讀 /ɪr/

> EER 在字尾讀做 /ɪr/，像注音符號的 ㄧ ㄟ ㄦ，但ㄧ音要短而模糊。

練習表 §19.26

1	seer	[sɪr]	先知，預言家
2	sneer	[snɪr]	嘲笑，輕蔑地笑
3	speer	[spɪr]	詢問
4	sheer	[ʃɪr]	全然的，絕對的 SH 讀 /ʃ/，有點像注音符號的 ㄒㄩ

(27) ~ERE 讀 /ɪr/

> ERE 在字尾讀做 /ɪr/，像注音符號的一ㄟㄦ，但一音要短而模糊。

			練習表 §19.27
1	**sphere**	[sfɪr]	球，天體，地球儀，包圍
2	**sin·cere**	[sɪn`sɪr]	真誠的 C 後面有 E，C 讀本音 /s/
3	**cash·mere**	[`kæʃmɪr]	喀什米爾織物 SH 讀 /ʃ/，有點像注音符號的ㄒㄩ

(28) ~IRE 讀 /aɪr/

> IRE 在字尾仍然根據「E 點靈」的規則，讀做 /aɪr/，像注音符號的ㄞㄟㄦ。

			練習表 §19.28
1	**spire**	[spaɪr]	螺旋
2	**in·spire**	[ɪn`spaɪr]	激起，使生靈感
3	**per·spire**	[pɚ`spaɪr]	流汗

(1) 見字會讀

現在，請讀下面這些字，然後比對我的讀法，看看你是不是都讀對，而能夠「見字會讀」了。

1	perspire	2	sincere	3	search	4	spear
5	scare	6	birds	7	sherd	8	spoor
9	shoal	10	screen	11	scream	12	sprain
13	scrod	14	splice	15	shrimp	16	psi
17	scene	18	skeg	19	phrase	20	grasp

(1) 見字會讀解答： ▶ MP3-043

(2) 聽音會拼

　　接下來，我們來看看你是否「聽音會拼」。請聽我出題，然後把你的答案寫在下面空格裡，最後再比對我的解答。

序號	單字	音標
1		
2		
3		
4		
5		
6		
7		
8		
9		
10		

(2) 聽音會拼解答：

1	scald	[skɔld]
2	harsh	[hɑrʃ]
3	sprang	[spræŋ]
4	selfish	[ˋsɛlfɪʃ]
5	inspire	[ɪnˋspaɪr]
6	small	[smɔl]
7	smoke, smock	[smok] [smɑk]
8	spoil	[spɔɪl]
9	sale, sail	[sel]
10	seem, seam	[sim]

20 T t 子音

這個字母的名稱聽起來像國語的「梯」，但「梯」不送氣，而 T 要送很多氣。它的音標是 [ti]。請聽我讀，就知道差別了。

在拼音時，只要看到 T 就讀 /t/ 的聲音，光是把舌尖頂到上面牙齒的後面，像要發ㄊ一樣，但只要磨擦送氣，不要讀出ㄜ的聲音。

ST 在音節頭時，T 要變成不送氣音，像注音符號的ㄅ。例如 star 這個字的發音就像國語的「私大耳」，但如果 ST 在音節尾時，則 T 仍要送氣。例如 first，請聽我唸就知道怎麼個送氣法了。注音符號無法表達。

TR 讀像注音符號的ㄔㄨ，要捲舌。如果 TR 緊跟在 S 後面，則讀似ㄓㄨ。例如 tress 這個字的發音就像注音符號的「ㄔㄨㄝㄟㄙ」，但是 stress 這個字讀起來就會變成像注音符號的「ㄙㄓㄨㄝㄟㄙ」。讀這些ㄙ時喉嚨不要發出任何母音。

TS 兩音在一起時，音標還是 /ts/，但要一起讀像注音符號的ㄘ。例如 traits 這個字就會讀做像注音符號的「ㄔㄨㄟㄟㄘ」。

TCH 在一起時，T 不發音。例如 batch 讀做 [bætʃ]。你就想：/tʃ/ 這個音標已經帶了個「t」了，如果 CH 前面的 T 也發音，那麼音標裡頭不就有兩個「t」了嗎？所以 T 不發音。

還有兩個很特別的音，我要在這兒先解釋一下。

TH 這兩個字母在一起時，有三種讀法，依使用頻率分別為：
(1) /θ/：把舌頭鬆放在上下兩排牙齒的中間，送很多空氣出來。
(2) /ð/：把舌頭放在上下兩排牙齒的中間，稍微壓緊，然後發出濁音來。

(3) /t/： 你可以想成 H 不發音。

TH 在字頭時，如果緊跟著的是個母音（例如 thin、thank），則大多讀做送氣的 /θ/，但有少數（例如 this、that）會讀做濁音的 /ð/，沒有一定的規則，只有靠字典確認。

TH 在字頭時，如果緊跟著的是個子音（例如 thrift），則一定讀做送氣的 /θ/。

TH 在字尾時絕大多數讀為送氣的 /θ/。例如 bath 就會讀做 [bæθ]。例外字很少，但是本章練習表 §20.17 的第 25 個字就是一個。

THE 在字尾時，TH 一定讀做不送氣的、震動的、濁音的 /ð/。字尾的 E 不發音，有「E 點靈」的功用。例如 bathe 就會讀做 [beð]。

THER 在字尾時，如果是跟在子音後面，則 TH 一定讀做送氣的 /θ/，例如 panther 讀做 [`pænθɚ]。但如果是跟在母音後面，則 TH 絕大多數讀做不送氣的 /ð/，例如 father 讀做 [`fɑðɚ]。

STEN 結尾時，音標會寫成 /sn̩/，T 完全不發音，音標 /n̩/ 的發音像是 /ən/，但是發音時上下顎是緊閉的，嘴唇略開，所以 /ə/ 音輕到幾乎聽不到。例如 fasten 音標就是 [`fæsn̩]。

如果是 /dn̩/ 或 /tn̩/ 時（例如 student 的音標 [`st(j)udn̩t] 裡就包含 /dn̩/，而 mitten 的音標 [`mɪtn̩] 裡就包含 /tn̩/），它們的讀法很特別，我將在第 27 章「補充篇」裡詳細解釋。

BT 結尾時，B 不發音。例如 debt 就讀做 [dɛt]。

接下來，我們來看看 T 和前面學過的規則一起讀會是怎麼樣的。而且我也會加些新規則。

(1)（子音 +）A+ 子音的 A 讀 /æ/

A 在子音前，讀它的短音，蝴蝶音 /æ/。

1	at	[æt]	在
2	bat	[bæt]	蝙蝠
3	cat	[kæt]	貓
4	fat	[fæt]	胖的
5	gat	[gæt]	左輪手槍
6	hat	[hæt]	帽子
7	mat	[mæt]	墊子
8	pat	[pæt]	拍
9	rat	[ræt]	老鼠
10	sat	[sæt]	坐（sit 的過去式，過去分詞）
11	tat	[tæt]	梭織，輕擊
12	blat	[blæt]	瞎說
13	brat	[bræt]	乳臭未乾的小子
14	chat	[tʃæt]	聊天
15	drat	[dræt]	詛咒
16	flat	[flæt]	平的
17	gnat	[næt]	蚋，小煩擾 GN 開頭，G 不發音
18	scat	[skæt]	噓
19	slat	[slæt]	條板
20	spat	[spæt]	小爭吵
21	sprat	[spræt]	西鯡，小個子
22	raft	[ræft]	筏
23	graft	[græft]	接枝，移植

24	ant	[ænt]	螞蟻
25	pant	[pænt]	心跳
26	pants	[pænts]	長褲 TS 兩音在一起，讀像注音符號的ㄘ
27	rant	[rænt]	激昂地說話
28	scant	[skænt]	不足的，削弱
29	slant	[slænt]	使傾斜
30	apt	[æpt]	適當的，聰明的
31	rapt	[ræpt]	入迷的，出神的
32	bast	[bæst]	韌皮纖維
33	cast	[kæst]	扔，演員表
34	fast	[fæst]	迅速的（地），禁食
35	hast	[hæst]	有（古英語中，「你有」的「有」）
36	last	[læst]	最後的，持續
37	blast	[blæst]	爆破
38	mast	[mæst]	桅杆
39	past	[pæst]	過去的，經過
40	batch	[bætʃ]	一批 TCH 在一起時，T 不發音。接下去的 8 個字亦同
41	catch	[kætʃ]	抓住
42	hatch	[hætʃ]	孵
43	latch	[lætʃ]	門栓，彈簧鎖
44	klatch	[klætʃ]	談話會
45	match	[mætʃ]	配對
46	patch	[pætʃ]	修補，補釘

47	snatch	[snætʃ]	抓住，綁架
48	scratch	[skrætʃ]	抓，塗掉
49	tab	[tæb]	帳單
50	tack	[tæk]	平頭釘
51	at·tach	[əˋtætʃ]	給……裝上，添加，附屬於
52	tag	[tæg]	標籤
53	tamp	[tæmp]	填塞，搗固
54	tan	[tæn]	晒成褐色
55	tang	[tæŋ]	強烈的味道
56	tank	[tæŋk]	大容器，坦克
57	task	[tæsk]	工作
58	act	[ækt]	表演
59	bract	[brækt]	苞片
60	fact	[fækt]	事實
61	pact	[pækt]	契約，公約
62	tact	[tækt]	機智，圓滑
63	track	[træk]	行蹤，追蹤
64	trap	[træp]	陷阱
65	tram	[træm]	電車
66	tramp	[træmp]	徒步旅行，流浪者
67	trash	[træʃ]	垃圾
68	tract	[trækt]	一片土地，短文
69	stab	[stæb]	刺，刺傷
70	stack	[stæk]	堆積

71	stag	[stæg]	雄鹿
72	stamp	[stæmp]	郵票，跺腳
73	stance	[stæn(t)s]	擊球姿勢，姿態 C 後面有 E，C 讀本音 /s/
74	stanch	[stæntʃ]	止血，止住
75	stand	[stænd]	站
76	stash	[stæʃ]	隱藏處，藏匿物
77	strap	[stræp]	布帶
78	strand	[strænd]	絞繩
79	strass	[stræs]	一種有光彩的鉛質玻璃
80	bath	[bæθ]	沐浴
81	lath	[læθ]	板條
82	math	[mæθ]	數學
83	path	[pæθ]	小徑，路
84	thrash	[θræʃ]	打穀，推敲 TH 在子音前，讀做送氣的 /θ/
85	thank	[θæŋk]	謝謝 此 TH 讀做送氣的 /θ/
86	thatch	[θætʃ]	粗密的草 此 TH 讀做送氣的 /θ/，TCH 在一起時，T 不發音
87	than	[ðæn]	比 此 TH 讀做濁音的 /ð/
88	that	[ðæt]	那個 此 TH 讀做濁音的 /ð/
89	fas·ten	[ˋfæsn̩]	扣緊 STEN 結尾，T 不發音

(2) ~ALL、~ALT、~ALK 的 A 讀 /ɔ/

ALL、ALT、ALK 在字尾時，A 都讀 /ɔ/，像注音符號的ㄛ音。其中，ALK 的 L 不發音。

			練習表 §20.2
1	tall	[tɔl]	高的
2	stall	[stɔl]	拋錨，拖延
3	in·stall	[ɪn`stɔl]	裝置
4	thrall	[θrɔl]	奴隸，奴役 TH 在子音前，讀做送氣的 /θ/
5	halt	[hɔlt]	停止，躊躇
6	malt	[mɔlt]	麥芽
7	salt	[sɔlt]	鹽
8	talk	[tɔk]	談話
9	stalk	[stɔk]	昂首闊步地走

(3) (子音 +) A+ 子音 +E 的 A 讀 /e/，E 不發音

A 和 E 中間有子音時，根據「E 點靈」的規則，A 要讀長音（它字母的本音）/e/，像注音符號的ㄟ，字尾的 E 不發音。

			練習表 §20.3
1	take	[tek]	取，捕
2	tale	[tel]	故事，謊言

3	tame	[tem]	馴服，馴服的
4	tape	[tep]	錄音帶，線帶
5	trace	[tres]	描繪，痕跡 C 後面有 E，C 讀本音 /s/
6	trade	[tred]	貿易
7	stake	[stek]	賭注
8	stale	[stel]	陳腐的，陳舊的
9	stage	[stedʒ]	舞台
10	strafe	[stref]	砲擊
11	bate	[bet]	減少，削弱
12	cate	[ket]	佳餚，美食
13	date	[det]	日期
14	fate	[fet]	命運
15	gate	[get]	大門
16	hate	[het]	恨
17	late	[let]	遲的
18	mate	[met]	交配
19	pate	[pet]	頭，頭腦（蔑語）
20	rate	[ret]	率，比率，等級
21	sate	[set]	使滿足，餵飽
22	plate	[plet]	金屬板，盤，碟
23	slate	[slet]	石板，責罵，痛打
24	crate	[kret]	板條箱，老爺車
25	grate	[gret]	爐架，壁爐
26	prate	[pret]	嘮叨，無聊話

27	skate	[sket]	溜冰，溜冰鞋
28	spate	[spet]	洪水，突然湧到
29	state	[stet]	國家，州，情況
30	baste	[best]	粗縫，塗油脂
31	haste	[hest]	匆忙
32	paste	[pest]	糊狀物
33	taste	[test]	嘗，味覺，審美力
34	chaste	[tʃest]	貞潔的，純潔的
35	bathe	[beð]	洗澡 THE 結尾，TH 讀做濁音的 /ð/
36	lathe	[leð]	車床 THE 結尾，TH 讀做濁音的 /ð/

(4) ~ANGE 讀 /endʒ/

> ANGE 結尾的字，A 要讀它字母的本音 /e/，像注音符號的ㄟ，G 讀 /dʒ/，字尾的 E 不發音。

這幾個字雖然很多都不帶 T 但是因為到現在我們才累積夠多這類字，而且它們也會用到「E 點靈」的規則，所以提供給大家練習一下。順便提一下，A 以外的其他母音後面有 NGE 時，都不會依照「E 點靈」的規則讀。

			練習表 §20.4
1	range	[rendʒ]	範圍，距離，放牧區
2	ar·range	[əˋrendʒ]	安排
3	grange	[grendʒ]	農莊，農民協進會
4	change	[tʃendʒ]	改變

| 5 | strange | [strendʒ] | 奇怪的 |

例外：這個字的 A 讀 /æ/

下面這個字的 A 讀蝴蝶音 /æ/。

| 1 | flange | [flændʒ] | 凸緣、輪緣 |

(5) (子音 +) E+ 子音的 E 讀 /ɛ/

E 在子音前，讀它的短音 /ɛ/，像注音符號的ㄝ。

1	bet	[bɛt]	打賭
2	get	[gɛt]	得到
3	jet	[dʒɛt]	噴射機
4	let	[lɛt]	讓
5	met	[mɛt]	遇見（meet 的過去式，過去分詞）
6	net	[nɛt]	網
7	pet	[pɛt]	寵物
8	set	[sɛt]	安置，下沉
9	fret	[frɛt]	焦急，牢騷滿腹

10	debt	[dɛt]	債務 BT 結尾，B 不發音
11	deft	[dɛft]	靈巧的，熟練的
12	heft	[hɛft]	重量，影響
13	left	[lɛft]	左方的，左傾的
14	cleft	[klɛft]	裂縫，裂口
15	belt	[bɛlt]	皮帶，帶子
16	felt	[fɛlt]	呢布，覺得（feel 的過去式，過去分詞）
17	melt	[mɛlt]	融化
18	pelt	[pɛlt]	投擲，急降
19	knelt	[nɛlt]	跪下（kneel 的過去式，過去分詞） KN 開頭，K 不發音
20	smelt	[smɛlt]	香魚，嗅（smell 的過去式，過去分詞）
21	spelt	[spɛlt]	一種小麥，拼字，使入迷（spell 的過去式，過去分詞）
22	bent	[bɛnt]	彎的，決心的，癖好，彎（bend 的過去式，過去分詞）
23	cent	[sɛnt]	分，零錢 C 後面有 E，C 讀 /s/
24	dent	[dɛnt]	凹陷，凹痕
25	gent	[dʒɛnt]	紳士
26	lent	[lɛnt]	借出，貸出（lend 的過去式，過去分詞）
27	rent	[rɛnt]	租，租金
28	sent	[sɛnt]	寄，派遣（send 的過去式，過去分詞）
29	tent	[tɛnt]	帳篷
30	scent	[sɛnt]	香味，遺臭 C 後面有 E，C 讀 /s/，而前面也是 /s/，結果兩個 /s/ 只讀一次
31	spent	[spɛnt]	筋疲力竭的，花費（spend 的過去式，過去分詞）

32	kept	[kɛpt]	保持，保存（keep 的過去式，過去分詞）
33	crept	[krɛpt]	爬，徐行（creep 的過去式，過去分詞）
34	slept	[slɛpt]	睡（sleep 的過去式，過去分詞）
35	best	[bɛst]	最好的
36	jest	[dʒɛst]	玩笑，笑柄
37	nest	[nɛst]	巢
38	pest	[pɛst]	討厭的人或物
39	rest	[rɛst]	休息，剩餘的
40	crest	[krɛst]	雞冠，盔
41	chest	[tʃɛst]	胸腔
42	test	[tɛst]	測驗
43	tell	[tɛl]	告訴，講述
44	tempt	[tɛmpt]	引誘，冒風險
45	ten	[tɛn]	十
46	tend	[tɛnd]	照料，傾向
47	tense	[tɛn(t)s]	拉緊的，緊張的，動詞的時態
48	tenth	[tɛnθ]	第十
49	trek	[trɛk]	艱辛的長途旅行
50	trench	[trɛntʃ]	戰壕，溝
51	trend	[trɛnd]	方向，趨勢
52	tress	[trɛs]	一束頭髮，辮子
53	stress	[strɛs]	壓力，重量
54	stem	[stɛm]	樹幹，船頭
55	stench	[stɛntʃ]	惡臭

56	step	[stɛp]	舉步，步驟
57	etch	[ɛtʃ]	蝕刻
58	fetch	[fɛtʃ]	拿去，拿來，活人的魂
59	ketch	[kɛtʃ]	一種雙桅船
60	retch	[rɛtʃ]	乾嘔，作嘔
61	sketch	[skɛtʃ]	素描，草稿
62	stretch	[strɛtʃ]	伸展，延續
63	thresh	[θrɛʃ]	打穀，翻來覆去 TH 在子音前，讀做送氣的 /θ/
64	theft	[θɛft]	盜竊 此 TH 讀做送氣的 /θ/
65	them	[ðɛm]	他（她，它，牠）們（受格）此 TH 讀做濁音的 /ð/
66	then	[ðɛn]	當時，然後 此 TH 讀做濁音的 /ð/

(6)（子音 +）E+ 子音 +E 的 E 讀 /i/，字尾的 E 不發音

> 兩個 E 中間有子音時，根據「E 點靈」的規則，第一個 E 讀長音（它字母的本音）/i/，像注音符號的一，字尾的 E 不發音。

練習表 §20.6

1	theme	[θim]	主題 此 TH 讀做清音的 /θ/
2	these	[ðiz]	這些 此 TH 讀做濁音的 /ð/
3	de·lete	[dɪˋlit]	刪除
4	de·plete	[dɪˋplit]	弄空
5	com·plete	[kəmˋplit]	完整的，使完整

(7) (子音 +) l+ 子音的 I 讀 /ɪ/

I 在子音前，讀它的短音 /ɪ/，像短而模糊的一。

1	it	[ɪt]	它，牠
2	bit	[bɪt]	少許
3	fit	[fɪt]	適合，合身
4	hit	[hɪt]	打，擊
5	kit	[kɪt]	一組工具
6	lit	[lɪt]	點燃，使光亮（light 的過去式，過去分詞）
7	nit	[nɪt]	虱或其他寄生蟲的卵
8	pit	[pɪt]	坑
9	sit	[sɪt]	坐
10	tit	[tɪt]	山雀
11	chit	[tʃɪt]	便條，欠款的單據
12	shit	[ʃɪt]	屎
13	skit	[skɪt]	笑罵文章
14	flit	[flɪt]	輕快地飛動
15	slit	[slɪt]	裂縫
16	knit	[nɪt]	編結，針織 KN 開頭，K 不發音
17	snit	[snɪt]	怒氣
18	brit	[brɪt]	小魚群
19	frit	[frɪt]	玻璃原料

20	grit	[grɪt]	砂礫
21	spit	[spɪt]	吐口水
22	split	[splɪt]	劈開，分裂
23	sprit	[sprɪt]	斜杠
24	bitt	[bɪt]	纜柱
25	mitt	[mɪt]	棒球手套
26	gift	[gɪft]	禮物
27	lift	[lɪft]	舉起，解除
28	rift	[rɪft]	裂口，失和
29	sift	[sɪft]	篩，過濾
30	drift	[drɪft]	漂流，漂動
31	shift	[ʃɪft]	移動，變動，輪班
32	shrift	[ʃrɪft]	懺悔，告解
33	trill	[trɪl]	顫聲，（音樂）震音，以顫聲鳴唱
34	gilt	[gɪlt]	小母豬
35	hilt	[hɪlt]	柄，刀柄
36	jilt	[dʒɪlt]	任何拋棄情人的女子
37	kilt	[kɪlt]	蘇格蘭男子所穿之褶裙
38	lilt	[lɪlt]	輕快活潑的調子
39	milt	[mɪlt]	魚精液，授精於（魚卵）
40	silt	[sɪlt]	淤泥，使淤塞
41	tilt	[tɪlt]	傾斜
42	spilt	[spɪlt]	溢出，洩漏（spill 的過去式，過去分詞）
43	dint	[dɪnt]	由於，憑藉

44	hint	[hɪnt]	暗示
45	lint	[lɪnt]	繃帶用麻布，棉絨
46	mint	[mɪnt]	薄荷，造幣廠，巨額
47	tint	[tɪnt]	色調
48	flint	[flɪnt]	燧石，打火石，堅硬物
49	glint	[glɪnt]	閃光
50	print	[prɪnt]	印刷，沖印
51	stint	[stɪnt]	節省，限制
52	splint	[splɪnt]	夾板
53	sprint	[sprɪnt]	短跑，衝刺
54	fist	[fɪst]	拳頭
55	gist	[dʒɪst]	要點，要旨
56	list	[lɪst]	明細表，目標
57	mist	[mɪst]	霧
58	grist	[grɪst]	準備磨成粉的穀物
59	schist	[ʃɪst]	片岩 此 CH 讀 /ʃ/
60	kith	[kɪθ]	親屬，熟朋友，鄰居
61	pith	[pɪθ]	木髓，精力
62	frith	[frɪθ]	河口，海口
63	smith	[smɪθ]	鐵匠，金屬品工匠
64	fifth	[fɪfθ]	第五
65	filth	[fɪlθ]	污穢
66	tilth	[tɪlθ]	耕作深度，耕地
67	plinth	[plɪnθ]	底座

68	itch	[ɪtʃ]	癢，發癢 TCH 在一起時，T 不發音；接下去的 7 個字亦同
69	bitch	[bɪtʃ]	母狗，淫婦
70	ditch	[dɪtʃ]	溝，築渠
71	fitch	[fɪtʃ]	雞鼬
72	hitch	[hɪtʃ]	勾住，栓住，搭便車旅行
73	pitch	[pɪtʃ]	投，扔，音高
74	flitch	[flɪtʃ]	條板
75	snitch	[snɪtʃ]	告密，偷
76	tic	[tɪk]	痙攣
77	tick	[tɪk]	滴答聲，扁蝨
78	tiff	[tɪf]	小口角
79	till	[tɪl]	直到
80	Tim	[tɪm]	男子名
81	tin	[tɪn]	錫
82	tip	[tɪp]	小費，暗示
83	stick	[stɪk]	杖，棍，棒
84	stiff	[stɪf]	僵直的
85	still	[stɪl]	仍然
86	stilts	[stɪlts]	高蹺 TS 兩音在一起，讀像注音符號的ㄘ
87	sting	[stɪŋ]	刺，刺激
88	stink	[stɪŋk]	臭味，發臭味
89	stitch	[stɪtʃ]	針腳，針法 TCH 在一起時，T 不發音
90	trick	[trɪk]	詭計，欺騙

91	trig	[trɪg]	一絲不苟的，制止滾動
92	trim	[trɪm]	修剪
93	trip	[trɪp]	旅行，絆跌
94	strip	[strɪp]	剝去，長條
95	strict	[strɪkt]	嚴格的
96	string	[strɪŋ]	細繩，弦
97	thrift	[θrɪft]	節儉 TH 在子音前讀做送氣的 /θ/
98	thrill	[θrɪl]	一陣激動 TH 在子音前讀做送氣的 /θ/
99	thick	[θɪk]	厚的 此 TH 讀做送氣的 /θ/，下面四個亦同
100	thill	[θɪl]	車轅 此 TH 讀做送氣的 /θ/
101	thin	[θɪn]	薄的 此 TH 讀做送氣的 /θ/
102	thing	[θɪŋ]	東西 此 TH 讀做送氣的 /θ/
103	think	[θɪŋk]	想 此 TH 讀做送氣的 /θ/
104	this	[ðɪs]	這個 此 TH 讀做濁音的 /ð/
105	lis·ten	[ˋlɪsn̩]	聽，傾聽 STEN 結尾，T 不發音
106	glis·ten	[ˋglɪsn̩]	閃耀，反光，光輝 STEN 結尾，T 不發音
107	chris·ten	[ˋkrɪsn̩]	為……施洗禮，洗禮時命名 STEN 結尾，T 不發音

例外：這兩個字的 I 讀 /aɪ/

下面這兩個字的 I 讀 /aɪ/，像注音符號的ㄞ。

| 1 | pint | [paɪnt] | 品脱 |
| 2 | Christ | [kraɪst] | 基督 CHR 在一起時，CH 讀 /k/ |

(8) (子音 +) I+ 子音 +E 的 I 讀 /aɪ/，E 不發音

> I 和 E 中間有子音時，根據「E 點靈」的規則，I 要讀長音（它字母的本音）/aɪ/，像注音符號的ㄞ，字尾的 E 不發音。

1	bite	[baɪt]	咬
2	cite	[saɪt]	引証 C 後面有 I，C 讀本音 /s/
3	kite	[kaɪt]	風箏
4	mite	[maɪt]	壁虱，少量的捐款，小東西
5	rite	[raɪt]	儀式，慣例
6	site	[saɪt]	地點，場所
7	flite	[flaɪt]	爭吵
8	smite	[smaɪt]	重擊，折磨
9	spite	[spaɪt]	怨恨
10	trite	[traɪt]	陳腐的
11	tide	[taɪd]	潮
12	tile	[taɪl]	瓦，瓷磚
13	time	[taɪm]	時間
14	tine	[taɪn]	叉齒

15	tribe	[traɪb]	部落
16	trice	[traɪs]	瞬間 C 後面有 E，C 讀本音 /s/
17	tripe	[traɪp]	牛肚
18	sprite	[spraɪt]	小精靈
19	stride	[straɪd]	邁進，大步走過
20	strife	[straɪf]	爭吵，衝突
21	strike	[straɪk]	打，擊，罷工
22	stripe	[straɪp]	條紋
23	lithe	[laɪð]	輕巧自如的 THE 結尾，TH 讀做濁音的 /ð/
24	tithe	[taɪð]	十分之一，雜稅 THE 結尾，TH 讀做濁音的 /ð/
25	blithe	[blaɪð]	冒失的 THE 結尾，TH 讀做濁音的 /ð/
26	thrice	[θraɪs]	三度地 C 後面有 E，C 讀本音 /s/；TH 在子音前讀做送氣的 /θ/
27	thine	[ðaɪn]	（古英語中的）你的 此 TH 讀做濁音的 /ð/

(9) (子音 +) O+ 子音的 O 讀 /ɑ/

> O 在子音前，讀它的短音 /ɑ/，像注音符號的 ㄚ。

練習表 §20.9

1	bot	[bɑt]	馬蠅的幼蟲
2	cot	[kɑt]	帆布床
3	dot	[dɑt]	小點
4	got	[gɑt]	獲得（get 的過去式，過去分詞）

5	hot	[hat]	熱的，辣的
6	jot	[dʒat]	少量
7	lot	[lat]	一塊地，許多
8	not	[nat]	不
9	pot	[pat]	鍋子
10	rot	[rat]	腐爛
11	tot	[tat]	小孩，少量酒
12	shot	[ʃat]	發射，鏡頭
13	blot	[blat]	污漬
14	clot	[klat]	凝塊
15	plot	[plat]	情節，小塊地皮
16	slot	[slat]	狹孔，縫，職位
17	knot	[nat]	結，花結 KN 開頭，K 不發音
18	snot	[snat]	鼻涕，傲慢的人
19	spot	[spat]	點，地點
20	trot	[trat]	小跑，疾走
21	scot	[skat]	稅金
22	Scott	[skat]	男子名
23	font	[fant]	聖水盤，一副鉛字
24	botch	[batʃ]	拙劣的修補 TCH 在一起時，T 不發音，接下去的 5 個字亦同
25	notch	[natʃ]	V 形缺口，等級
26	blotch	[blatʃ]	斑，大片污漬
27	crotch	[kratʃ]	叉狀物，襠

28	scotch	[skatʃ]	蘇格蘭人，酒，戳穿
29	splotch	[splatʃ]	污漬
30	tog	[tag]	衣服
31	top	[tap]	頂峰
32	trod	[trad]	踏，行走（tread 的過去式）
33	throb	[θrab]	（心臟）跳動，抽動 TH 在子音前讀做送氣的 /θ/
34	stop	[stap]	停止，車站牌
35	stock	[stak]	樹幹，存貨
36	stomp	[stamp]	重踩，跺腳
37	sloth	[slaθ]	懶散 也可讀做 [slɔθ] 或 [sloθ]
38	troth	[traθ]	忠誠 也可讀做 [trɔθ] 或 [troθ]

例外一：這些 O 讀 /ɔ/

以下這些 O 要讀做 /ɔ/，像注音符號的ㄛ。

練習表 §20.9a

1	toss	[tɔs]	扔，拋，拌
2	cost	[kɔst]	花費，成本
3	lost	[lɔst]	遺失，喪失
4	frost	[frɔst]	霜
5	loft	[lɔft]	閣樓，打高球
6	soft	[sɔft]	柔軟的

7	cloth	[klɔθ]	布
8	moth	[mɔθ]	蛾
9	broth	[brɔθ]	肉湯，清湯
10	froth	[frɔθ]	泡沫，口邊白沫

例外二：這幾個 O 讀 /o/

以下這幾個 O 要讀做 /o/，像注音符號的ㄡ。

1	host	[host]	主人
2	host·ess	[ˋhostɪs]	女主人
3	ghost	[gost]	鬼 GH 在字頭時，讀 /g/，H 不發音
4	most	[most]	最多的
5	post	[post]	柱，郵政
6	both	[boθ]	兩者皆
7	loth	[loθ]	不願意的

例外三：這幾個 O 讀 /ʌ/

以下這幾個 O 要讀做 /ʌ/，像注音符號的ㄜ。

1	ton	[tʌn]	噸
2	front	[frʌnt]	前面
3	month	[mʌnθ]	月
4	other	[ˋʌðɚ]	其他的 THER 的 TH 在母音後面，讀做濁音 /ð/。以下 4 個字亦同。
5	moth·er	[ˋmʌðɚ]	母親
6	broth·er	[ˋbrʌðɚ]	兄弟
7	smoth·er	[ˋsmʌðɚ]	使窒息
8	an·oth·er	[ənˋʌðɚ]	另一個，又一個
9	noth·ing	[ˋnʌθɪŋ]	無，零，微不足道的人或事

例外四：這個 O 讀 /o/，但非重音

下面這個字源自法語，讀法特別。因為結尾的 T 不發音，所以這個 O 就照 O 在字尾的讀法，讀做 /o/。而整個字的重音是在 E，讀做 /ɛ/。

1	de·pot	[ˋdɛpo]	倉庫，停車場，車站 也可讀做 [ˋdipo]

(10) ~ONG 的 O 讀 /ɔ/

ONG 結尾時，O 讀 /ɔ/，像注音符號的ㄛ。

1	tongs	[tɔŋz]	鉗子 此 S 讀 /z/
2	strong	[strɔŋ]	強壯的，濃厚的
3	thong	[θɔŋ]	皮鞭，皮條，丁字褲 此 TH 讀做送氣的 /θ/

例外：這個字的 O 讀 /ʌ/

下面這個字的 O 讀 /ʌ/，像注音符號的 さ。

| 1 | a·mongst | [əˋmʌŋst] | 在……之中（文言用法） |

(11)（子音 +）O+ 子音 +E 的 O 讀 /o/，E 不發音

O 和 E 中間不管有沒有子音，都會根據「E 點靈」的規則，O 讀長音（它字母的本音）/o/，像注音符號的 ㄡ，而字尾的 E 不發音。

1	cote	[kot]	（鴿）籠
2	dote	[dot]	溺愛
3	mote	[mot]	微粒，瑕疵
4	note	[not]	注意
5	rote	[rot]	熟記

6	**smote**	[smot]	打擊，重重地打（smite 的過去式）
7	**tone**	[ton]	音調
8	**tote**	[tot]	攜帶，大手提袋
9	**stoke**	[stok]	司爐，撥旺
10	**stole**	[stol]	聖帶，披肩，偷（steal 的過去式）
11	**stone**	[ston]	石頭
12	**stope**	[stop]	礦房
13	**strode**	[strod]	跨過（stride 的過去式）
14	**stroke**	[strok]	中風，筆劃，捋
15	**clothe**	[kloð]	穿衣
16	**throne**	[θron]	御座，王位 TH 在子音前讀做送氣的 /θ/
17	**those**	[ðoz]	那些 此 TH 讀做濁音的 /ð/，S 讀做濁音的 /z/
18	**toe**	[to]	腳趾

例外：

> 底下這兩個字雖與 T 無關，但都是常用字，所以我必須在此附帶提一下。它們的 OE 都不讀做 /o/，而是讀做 /u/，像注音符號的 ㄨ。

			練習表 §20.11a
1	**shoe**	[ʃu]	鞋子
2	**ca·noe**	[kə`nu]	獨木舟

(12) AI 大多讀 /e/

MP3-046

AI 在一起時，大多讀做 /e/，像注音符號的ㄟ。

1	**tail**	[tel]	尾巴
2	**bait**	[bet]	餌
3	**gait**	[get]	步態
4	**faint**	[fent]	昏倒
5	**paint**	[pent]	油漆，畫圖
6	**saint**	[sent]	聖者
7	**taint**	[tent]	感染，病毒
8	**plaint**	[plent]	悲嘆，控訴
9	**staid**	[sted]	保守的，穩重的
10	**stain**	[sten]	污漬
11	**trail**	[trel]	足跡，小徑
12	**train**	[tren]	火車
13	**trait**	[tret]	特徵
14	**strait**	[stret]	海峽
15	**straight**	[stret]	直的 GH 在 I 後面不發音
16	**faith**	[feθ]	信念，女子名

(13) EE 讀 /i/

EE 在一起時，讀做 /i/，像注音符號的ㄧ。

			練習表 §20.13
1	tee	[ti]	高爾夫球座
2	tree	[tri]	樹
3	three	[θri]	三 TH 在子音前讀做送氣的 /θ/
4	teem	[tim]	充滿
5	beet	[bit]	甜菜
6	feet	[fit]	腳，呎（foot 的複數）
7	meet	[mit]	遇見
8	fleet	[flit]	艦隊，小海灣
9	gleet	[glit]	慢性尿道炎
10	sleet	[slit]	冰雨，雨夾雪
11	greet	[grit]	迎接，致意
12	sheet	[ʃit]	一張紙，被單
13	skeet	[skit]	飛靶射擊
14	skeeter	[skitɚ]	蚊子，小型單帆的冰上滑行船
15	steed	[stid]	儀仗馬，駿馬
16	steel	[stil]	鋼
17	steep	[stip]	陡峭的，不合理的
18	street	[strit]	街
19	seethe	[sið]	煮沸，沸騰 THE 結尾，TH 讀做濁音的 /ð/

20	teethe	[tið]	出乳牙，事情開始時暫時的困難 THE 結尾，TH 讀做濁音的 /ð/
21	teeth	[tiθ]	牙齒（tooth 的複數）
22	thee	[ði]	你（古英語，受格） 此 TH 讀做濁音的 /ð/

(14) EA 大多讀 /i/

EA 在一起時，大多讀做 /i/，像注音符號的一。

練習表 §20.14

1	eat	[it]	吃
2	beat	[bit]	打
3	feat	[fit]	技藝，功績
4	heat	[hit]	熱，熱度，加熱
5	meat	[mit]	肉
6	neat	[nit]	整潔的
7	peat	[pit]	泥炭，放浪的女子
8	seat	[sit]	座位
9	teat	[tit]	小突
10	cheat	[tʃit]	欺詐
11	bleat	[blit]	羊（小牛）叫，輕聲顫抖地說
12	cleat	[klit]	固著楔
13	pleat	[plit]	褶，打褶
14	treat	[trit]	對待，請客

15	**breathe**	[brið]	呼吸 THE 結尾，TH 讀做濁音的 /ð/
16	**east**	[ist]	東方
17	**beast**	[bist]	野獸
18	**feast**	[fist]	盛宴
19	**least**	[list]	最少的
20	**tea**	[ti]	茶
21	**teach**	[titʃ]	教
22	**teak**	[tik]	柚木
23	**teal**	[til]	水鴨
24	**team**	[tim]	隊，組
25	**tease**	[tiz]	取笑
26	**steal**	[stil]	偷竊
27	**steam**	[stim]	水蒸汽
28	**streak**	[strik]	條紋，飛跑，裸體飛跑
29	**stream**	[strim]	溪流，流動

例外：這三個字是 EA 的第三種讀法 /e/

下面這三個字的 EA 是第三種讀法 /e/，也是最少用到的讀法。還有第四個字，等學到 Y 時再告訴你。

			練習表 § 20.14a
1	**break**	[brek]	打破
2	**great**	[gret]	偉大的

| 3 | steak | [stek] | 大塊肉排 |

(15) OA 大多讀 /o/

OA 大多讀做 /o/，像注音符號的ㄡ。

1	oat	[ot]	燕麥
2	boat	[bot]	船，划船
3	coat	[kot]	大衣
4	goat	[got]	山羊
5	moat	[mot]	護城河
6	bloat	[blot]	醃燻的鯡魚，自誇
7	float	[flot]	浮
8	gloat	[glot]	凝視，盯視
9	groat	[grot]	小額
10	shoat	[ʃot]	小豬，無用的人
11	stoat	[stot]	鼬
12	throat	[θrot]	喉嚨 TH 在子音前讀做送氣的 /θ/
13	boast	[bost]	自誇，自誇的話
14	coast	[kost]	海岸
15	roast	[rost]	焙燒，烤
16	toast	[tost]	烤麵包，祝酒

17	toad	[tod]	蛤蟆
18	oath	[oθ]	誓約，詛咒
19	loath	[loθ]	不願意的
20	loathe	[loð]	憎恨

(16) OI 大多讀 /ɔɪ/

OI 在一起時大多讀做 /ɔɪ/，像注音符號的 ㄛ ㄟ ㄧ 。

1	toil	[tɔɪl]	勞累，跋涉
2	joint	[dʒɔɪnt]	關節，接合處
3	point	[pɔɪnt]	點，指
4	foist	[fɔɪst]	混入，冒稱
5	hoist	[hɔɪst]	升起，起重機
6	joist	[dʒɔɪst]	托樑
7	moist	[mɔɪst]	潮濕的
8	moist·en	[ˋmɔɪsn̩]	弄濕，沾濕 STEN 結尾，T 不發音

例外：這兩個字的 OI 讀 /ə/

下面這兩個字的 OI 讀輕音 /ə/，像注音符號的 ㄜ 。

| 1 | tor·toise | [ˋtɔrtəs] | 烏龜，緩慢的人或物 |
| 2 | por·poise | [ˋpɔrpəs] | 海豚 |

(17) OO 大多讀 /u/

OO 大多數會讀做 /u/，像注音符號的ㄨ。

1	too	[tu]	也，太，過份
2	tool	[tul]	工具
3	stool	[stul]	凳子
4	troop	[trup]	軍隊
5	stoop	[stup]	彎腰
6	stooge	[studʒ]	丑角，替罪者
7	boost	[bust]	推動
8	roost	[rust]	鳥窩，雞舍
9	roost·er	[ˋrustɚ]	公雞
10	boots	[buts]	長靴 TS 兩音在一起，讀像注音符號的ㄘ
11	coot	[kut]	大鷸，老傻瓜
12	hoot	[hut]	貓頭鷹叫聲，汽笛響聲
13	loot	[lʊt]	掠奪物，贓物
14	moot	[mut]	不必討論的

15	root	[rut]	根
16	toot	[tut]	笛聲
17	scoot	[skut]	迅速跑開，溜走
18	scoot·er	[`skutɚ]	小摩托車
19	shoot	[ʃut]	射，發射
20	sloot	[slut]	狹水道
21	snoot	[snut]	鼻，臉，鬼臉，勢利的人
22	booth	[buθ]	亭
23	sooth	[suθ]	真實的，甜蜜的
24	tooth	[tuθ]	牙齒
25	smooth	[smuð]	平滑的 此字尾的 TH 破例讀為濁音 /ð/
26	soothe	[suð]	安慰，減輕痛苦

(18) OO 少數讀 /ʊ/

OO 少數會讀做 /ʊ/，像短而模糊的 ㄨ。

練習表 §20.18

1	stood	[stʊd]	站（stand 的過去式，過去分詞）
2	took	[tʊk]	取（take 的過去式）
3	foot	[fʊt]	腳
4	toot·sie	[`tʊtsi]	寶貝兒 TS 兩音在一起，讀像注音符號的 ㄘ

(19) AR 讀 /ɑr/

> AR 讀做 /ɑr/，像注音符號的 ㄚ ㄟ ㄦ 。

練習表 §20.19

1	art	[ɑrt]	藝術，are 的古英語
2	cart	[kɑrt]	手推車
3	chart	[tʃɑrt]	圖表
4	dart	[dɑrt]	標槍，箭，刺
5	fart	[fɑrt]	屁，放屁
6	hart	[hɑrt]	公鹿
7	kart	[kɑrt]	小型汽車
8	mart	[mɑrt]	商業中心
9	smart	[smɑrt]	靈巧的，精明的，伶俐的
10	part	[pɑrt]	部份，分開
11	garth	[gɑrθ]	庭院
12	tart	[tɑrt]	酸的，果餡餅
13	tar	[tɑr]	焦油，慫恿
14	tarn	[tɑrn]	山中小湖
15	star	[stɑr]	星星
16	star·fish	[`stɑrfɪʃ]	海星
17	starch	[stɑrtʃ]	澱粉
18	start	[stɑrt]	開始，發動，鬆動
19	stark	[stɑrk]	刻板的，十分明顯的

(20) ER 讀 /ɝ/

ER 讀做 /ɝ/，像國語的「二」。

			練習表 §20.20
1	Bert	[bɝt]	男子名
2	cert	[sɝt]	必然發生的事情 C 後面有 E，C 讀本音 /s/
3	pert	[pɝt]	活躍的
4	chert	[tʃɝt]	燧石
5	berth	[bɝθ]	停泊處，臥舖
6	term	[tɝm]	條件，學期
7	tern	[tɝn]	三個一套，三桅帆船
8	stern	[stɝn]	嚴峻的，船尾
9	therm	[θɝm]	千卡（煤氣熱量單位）此 TH 讀做送氣的 /θ/

(21) IR 讀做 /ɝ/

IR 讀做 /ɝ/，像國語的「二」。

			練習表 §20.21
1	stir	[stɝ]	攪拌
2	astir	[ə`stɝ]	活動著的，興奮著的
3	dirt	[dɝt]	泥土
4	girt	[gɝt]	量（樹的）圍長

5	shirt	[∫ɝt]	襯衫
6	skirt	[skɝt]	裙子
7	first	[fɝst]	第一的
8	birth	[bɝθ]	誕生
9	firth	[fɝθ]	狹窄的海灣，河入海口
10	girth	[gɝθ]	量（樹的）圍長
11	mirth	[mɝθ]	歡笑，高興
12	third	[θɝd]	第三
13	thirst	[θɝst]	渴，口渴
14	thir·teen	[θɝ`tin]	十三
15	thir·teenth	[θɝ`tinθ]	第十三

(22) OR 讀 /ɔr/

OR 讀做 /ɔr/，像注音符號的 ㄛ ㄟ ㄦ。

練習表 § 20.22

1	torch	[tɔrt∫]	火炬
2	torn	[tɔrn]	撕破（tear 的過去分詞）
3	tort	[tɔrt]	民事的侵權行為
4	stork	[stɔrk]	鸛
5	storm	[stɔrm]	風暴，暴雨，猛攻
6	fort	[fɔrt]	堡壘，要塞
7	mort	[mɔrt]	大量，許多

8	port	[pɔrt]	港，艙口
9	sort	[sɔrt]	種類，分類，依序排列
10	short	[ʃɔrt]	短的
11	snort	[snɔrt]	噴氣息
12	sport	[spɔrt]	運動
13	forth	[fɔrθ]	向前，向外，以後
14	thorn	[θɔrn]	刺，荊棘 此 TH 讀做送氣的 /θ/

(23) ~AIR 讀 /ɛr/

AIR 在字尾讀做 /ɛr/，像注音符號的 ㄝ ㄟ ㄦ。

練習表 §20.23

1	stair	[stɛr]	樓梯

(24) ~ARE 讀 /ɛr/

ARE 在字尾讀做 /ɛr/，像注音符號的 ㄝ ㄟ ㄦ。

練習表 §20.24

1	night·mare	[ˋnaɪtmɛr]	惡夢
2	tare	[tɛr]	淨重，不良份子
3	stare	[stɛr]	凝視，瞪著

(25) ~EAR 大多讀 /ɪr/

> EAR 在字尾時，大多讀做 /ɪr/，像注音符號的ㄧ、ㄦ，但ㄧ音要短而模糊。

				練習表 §20.25
1	tear	[tɪr]	眼淚	

例外：~EAR 少數讀 /ɛr/

> EAR 在字尾時，少數會讀做 /ɛr/，像注音符號的ㄝ、ㄦ。這類字共有五個，在第 18 章「R」的練習表 23a 中，我們已經學過兩個（bear 和 pear），這是第三個，還有兩個，等教到 W 時再告訴你。

這個字（撕破）和上面那個字（眼淚）拼法一模一樣，但讀法不同，是破音字。

				練習表 §20.25a
1	tear	[tɛr]	撕破	

(26) EAR~ 或 ~EAR~，多半讀 /ɝ/

> EAR 在字頭或字中時，多半會讀做 /ɝ/，像國語的「二」。

1	ear·nest	[`ɝnəst]	誠摯的
2	earth	[ɝθ]	地球，泥土
3	earth·en	[`ɝθən]	大地的，陶製的
4	earth·ling	[`ɝθlɪŋ]	地球人
5	dearth	[dɝθ]	匱乏，飢饉

例外：這兩個字的 EAR 讀 /ɑr/

下面這兩個字的 EAR 讀 /ɑr/，像注音符號的ㄚ ㄟ ㄦ。你可以想成 E 不發音。

1	heart	[hart]	心
2	hearth	[harθ]	爐床

(27) ~EER 讀 /ɪr/

EER 在字尾讀做 /ɪr/，像注音符號的一 ㄟ ㄦ，但一音要短而模糊。

1	steer	[stɪr]	駕駛，掌舵

(28) ~IRE 讀 /aɪr/

IRE 在字尾讀做 /aɪr/，像注音符號的ㄞ丶ㄦ。

1	tire	[taɪr]	輪胎
2	re·tire	[rɪ`taɪr]	退休

(29) ~ORE 讀 /ɔr/

ORE 在字尾讀做 /ɔr/，像注音符號的ㄛ丶ㄦ。

1	tore	[tor]	撕破，使……裂傷（tear 的過去式）
2	store	[stor]	店，儲存

MP3-048

　　我們在第 15 章「O」提到：OLD 在一起時，雖然 O 是在子音前，但是要讀做 /o/。這裡我要告訴你，像這樣 O 在子音前要讀它本音，也就是長音 /o/ 的情形，還不只 OLD 而已，OLL 和 OLT 也是。

(30) OLL、OLD、OLT 的 O 讀 /o/

OLL、OLD、OLT 的 O 都讀 /o/，像注音符號的ㄡ。

1	boll	[bol]	棉，亞麻的圓莢
2	droll	[drol]	滑稽可笑的
3	poll	[pol]	投票
4	roll	[rol]	滾動，卷
5	toll	[tol]	通行費，鳴鐘
6	knoll	[nol]	土墩 KN 開頭，K 不發音
7	scroll	[skrol]	卷軸
8	troll	[trol]	高聲愉快地唱，旋轉
9	stroll	[strol]	閑逛
10	scold	[skold]	罵
11	told	[told]	告訴（tell 的過去式）
12	bolt	[bolt]	螺栓
13	colt	[kolt]	小雄鳥，小驢
14	molt	[molt]	換毛，脫皮

例外：這幾個 OLL 的 O 讀 /ɑ/

以下這幾個 OLL 的 O 要讀做 /ɑ/，像注音符號的ㄚ。

1	moll	[mɑl]	娼妓 也可讀做 [mɔl]
2	doll	[dɑl]	洋娃娃 也可讀做 [dɔl]
3	dol·lar	[`dɑlɚ]	元（貨幣單位）

接下來，我要介紹 IE 的讀法，因為我們已經累積夠多這類字了。

(31) 單音節 ~IE 的 I 讀 /aɪ/，E 不發音

> 單音節以 IE 結尾時，比照「E 點靈」的規則，I 讀做 /aɪ/，E 不發音。

			練習表 §20.31
1	**die**	[daɪ]	死
2	**fie**	[faɪ]	呸
3	**hie**	[haɪ]	催促
4	**lie**	[laɪ]	躺，說謊
5	**pie**	[paɪ]	派餅
6	**tie**	[taɪ]	束緊，打結，領帶

(32) 非單音節的 ~IE 讀 /i/

> 非單音節，但以 IE 結尾時，根據韋氏辭典所標註，這個 IE 應讀做長音 /i/，像注音符號的一，但是台灣很多辭典把它標註為短音 /ɪ/。我建議你照美國人的讀法。

			練習表 §20.32
1	**lass·ie**	[ˋlæsi]	少女，情侶
2	**free·bie**	[ˋfribi]	免費的東西
3	**hip·pie**	[ˋhɪpi]	嬉皮

4	pin·kie	[`pɪŋki]	小手指，尖尾船
5	boo·tie	[`buti]	幼兒的毛線鞋，輕便的短統
6	coo·tie	[`kuti]	虱
7	coo·lie	[`kuli]	苦力
8	cook·ie	[`kʊki]	家常小甜餅 OOK 的 OO 通常讀短音 /ʊ/
9	bird·ie	[`bɝdi]	小鳥
10	self·ie	[`sɛlfi]	自拍，自拍照

(33) ~IE~ 常讀做 /i/

> IE 在字中時，常讀做 /i/，像注音符號的一。

練習表 § 20.33

1	fief	[fif]	領地，封地
2	brief	[brif]	簡短的
3	chief	[tʃif]	主要的
4	thief	[θif]	小偷 此 TH 讀做送氣的 /θ/
5	be·lief	[bɪ`lif]	信仰
6	re·lief	[rɪ`lif]	解除，使人心慰之事
7	shriek	[ʃrik]	尖叫
8	spiel	[spil]	滔滔不絕地說，招徠生意的講話
9	niece	[nis]	姪女 C 後面有 E，C 讀本音 /s/
10	piece	[pis]	片 C 後面有 E，C 讀本音 /s/

11	**siege**	[sidʒ]	包圍攻擊
12	**field**	[fild]	領域，田野，戰場
13	**shield**	[ʃild]	盾，保護
14	**priest**	[prist]	神父，和尚，教士

例外：下面這三個字的 IE 不讀 /i/

			練習表 §20.33a
1	**friend**	[frɛnd]	朋友 此 I 不發音
2	**di·et**	[ˋdaɪət]	飲食，特定的飲食 此 IE 要讀 /aɪə/，像注音符號的ㄞ ㄜ
3	**mis·chief**	[ˋmɪstʃəf]	調皮搗蛋，惡作劇，傷害 此 IE 讀輕音 /ə/

但是這個 IE 如果是在 R 前或為輕音節時，則讀短而模糊的 /ɪ/。

(34) IER 讀 /ɪr/

IER，讀 /ɪr/，像注音符號的ㄧ ㄟ ㄦ，但一音要短而模糊。

			練習表 §20.34
1	**bier**	[bɪr]	棺材架
2	**pier**	[pɪr]	碼頭，步行棧橋
3	**tier**	[tɪr]	層，排，列
4	**fierce**	[fɪrs]	兇猛的，激烈的 C 後面有 E，C 讀本音 /s/
5	**pierce**	[pɪrs]	刺穿，刺痛，響徹 C 後面有 E，C 讀本音 /s/

6	pre·mier	[prɪ`mɪr]	首要的，總理
7	fron·tier	[frən`tɪr]	邊界，邊區
8	cash·ier	[kæ`ʃɪr]	收銀員 也可讀做 [kə`ʃɪr]

最後，我們還要再來學兩個新規則。

(35) IGH 讀 /aɪ/

IGH 在一起時，I 讀 /aɪ/，像注音符號的ㄞ，GH 不發音。

練習表 §20.35

1	high	[haɪ]	高的
2	nigh	[naɪ]	近的（地）
3	sigh	[saɪ]	嘆氣
4	thigh	[θaɪ]	大腿 此 TH 讀做送氣的 /θ/
5	bight	[baɪt]	小灣，繩套
6	dight	[daɪt]	裝飾，整頓
7	fight	[faɪt]	打
8	light	[laɪt]	光
9	might	[maɪt]	可能
10	night	[naɪt]	夜晚
11	knight	[naɪt]	騎士 KN 開頭，K 不發音
12	right	[raɪt]	右
13	sight	[saɪt]	視覺，景象
14	tight	[taɪt]	緊的

15	**blight**	[blaɪt]	枯萎病，挫折
16	**flight**	[flaɪt]	飛行，班機
17	**plight**	[plaɪt]	困境，婚約
18	**slight**	[slaɪt]	些微的
19	**bright**	[braɪt]	明亮的，聰明的，樂觀的
20	**fright**	[fraɪt]	驚嚇，怪樣子的人

(36) ~IGN 的 I 讀 /aɪ/

> IGN 在字尾時，I 讀 /aɪ/，像注音符號的ㄞ，G 不發音。

練習表 §20.36

1	**sign**	[saɪn]	簽名，指標
2	**as·sign**	[əˋsaɪn]	分配，指派
3	**align**	[əˋlaɪn]	排成一線
4	**be·nign**	[bɪˋnaɪn]	慈祥的，良性的
5	**de·sign**	[dɪˋzaɪn]	設計 此 S 讀 /z/
6	**re·sign**	[rɪˋzaɪn]	辭職 此 S 讀 /z/
7	**con·sign**	[kənˋsaɪn]	運送，打發

(1) 見字會讀

　　現在，請讀下面這些字，然後比對我的讀法，看看你是不是都讀對，而能夠「見字會讀」了。

1	consign	2	pierce	3	pinkie	4	stroll
5	dearth	6	stir	7	stern	8	thrift
9	starfish	10	scooter	11	moisten	12	throat
13	stream	14	strong	15	scotch	16	deplete
17	stretch	18	strange	19	stalk	20	stack

(1) 見字會讀解答： ●MP3-049

(2) 聽音會拼

接下來，我們來看看你是否「聽音會拼」。請聽我出題，然後把你的答案寫在下面空格裡，最後再比對我的解答。

序號	單字	音標
1		
2		
3		
4		
5		
6		
7		
8		
9		
10		

(2) 聽音會拼解答：

1	sketch	[skɛtʃ]
2	bath, bathe	[bæθ] [beð]
3	strength	[strɛŋθ]
4	night, knight	[naɪt]
5	strait, straight	[stret]
6	steel, steal	[stil]
7	strike, strick	[straɪk] [strɪk]
8	storm	[stɔrm]
9	stare, stair	[stɛr]
10	stroke	[strok]

21 **U u** 母音

　　U 這個字母的名稱的音標是 [ju]，讀起來有點像注音符號的ㄧㄨ兩個音連讀，可是開頭的音不一樣。

　　大家應該都會講英語的 yes，這個 Y 所發出來的聲音，KK 音標就是標註為 /j/。很多人以為這個符號是讀 /dʒ/ 音，那是錯誤的。

　　/u/ 這個音標則是像注音符號的ㄨ，也就是 OO 的長音讀法的音標。

　　所以 /j/ 和 /u/ 合起來就是 /ju/。

現在，讓我們來看看 U 有哪些讀法。

(1) ~U 的 U 讀 /u/

　　U 在結尾時，讀 /u/，像注音符號的ㄨ。這種讀法就是 U 在羅馬拼音裡的讀法。

練習表 §21.1

1	**flu**	[flu]	流行性感冒
2	**nu**	[nu]	希臘文第 13 個字母 也可讀做 [nju]
3	**gnu**	[nu]	非洲產的大羚羊 GN 開頭，G 不發音；也可讀做 [nju]
4	**emu**	[ˋimu]	（產於澳大利亞的）鴯鶓 也可讀做 [ˋimju]
5	**tu·tu**	[ˋtutu]	由腰部撐開的芭蕾舞用短裙
6	**gu·ru**	[ˋguru]	專家
7	**fu·gu**	[ˋfugu]	河豚屬

8	ju·ju	[ˋdʒudʒu]	（某些西非部族所用的）物神，符咒
9	pu·ku	[ˋpuku]	（中非南部產）紅羚羊

(2)（子音 +）U+ 子音的 U 大部分讀做 /ʌ/

U 在子音前，大部分會讀做 /ʌ/，像注音符號的ㄜ。

練習表 §21.2

1	bub	[bʌb]	小兄弟，小傢伙
2	cub	[kʌb]	幼獸
3	dub	[dʌb]	給……起綽號，配音，複製
4	hub	[hʌb]	沖頭，轂
5	nub	[nʌb]	要點
6	pub	[pʌb]	小酒店
7	rub	[rʌb]	磨擦
8	sub	[sʌb]	附著的，代替者
9	tub	[tʌb]	盆子
10	club	[klʌb]	俱樂部
11	stub	[stʌb]	殘根，存根
12	shrub	[ʃrʌb]	灌木，果汁甜酒
13	grub	[grʌb]	蛆，蠐
14	scrub	[skrʌb]	擦洗，矮樹
15	much	[mʌtʃ]	多
16	such	[sʌtʃ]	如此的，上述的

17	buck	[bʌk]	美元（俚），雄鹿，公鼠，雄兔
18	duck	[dʌk]	鴨子
19	luck	[lʌk]	運氣
20	muck	[mʌk]	糞肥
21	suck	[sʌk]	吸吮
22	tuck	[tʌk]	入
23	stuck	[stʌk]	黏住，刺（stick 的過去式，過去分詞）
24	chuck	[tʃʌk]	拋，放棄，輕捏
25	cluck	[klʌk]	母雞的咯咯叫聲
26	pluck	[plʌk]	採，摘，搶劫
27	truck	[trʌk]	卡車
28	struck	[strʌk]	打，擊（strike 的過去式，過去分詞）
29	schmuck	[ʃmʌk]	笨蛋 此 SCH 讀 /ʃ/
30	duct	[dʌkt]	輸送管
31	bud	[bʌd]	蓓蕾
32	cud	[kʌd]	反芻的食物
33	dud	[dʌd]	啞彈
34	mud	[mʌd]	泥漿
35	stud	[stʌd]	大頭釘，壁骨，種馬
36	thud	[θʌd]	砰的一聲 此 TH 讀做送氣的 /θ/
37	buff	[bʌf]	淺黃色，擦拭，熱心者
38	cuff	[kʌf]	袖口
39	huff	[hʌf]	怒氣沖沖
40	muff	[mʌf]	禦寒用的套筒，漏接，錯過

41	puff	[pʌf]	喘氣，噴煙
42	ruff	[rʌf]	軸環，出王牌
43	bluff	[blʌf]	以假象欺騙，直率的
44	snuff	[snʌf]	抽鼻子
45	stuff	[stʌf]	原料，要素
46	buff·er	[`bʌfɚ]	緩衝器
47	suf·fer	[`sʌfɚ]	受痛苦
48	bug	[bʌg]	蟲
49	dug	[dʌg]	挖掘（dig 的過去式，過去分詞）
50	hug	[hʌg]	摟
51	jug	[dʒʌg]	壺，罐
52	lug	[lʌg]	拖
53	mug	[mʌg]	大杯
54	rug	[rʌg]	小塊地毯
55	tug	[tʌg]	用力拖
56	drug	[drʌg]	藥物
57	plug	[plʌg]	塞子
58	slug	[slʌg]	小彈丸，重擊，鼻涕蟲，偷懶
59	shrug	[ʃrʌg]	聳肩
60	bulb	[bʌlb]	球莖，電燈泡
61	gulch	[gʌltʃ]	峽谷
62	mulch	[mʌltʃ]	護根物，地面覆料
63	gulf	[gʌlf]	海灣
64	bulk	[bʌlk]	容積，大量

65	hulk	[hʌlk]	巨大笨重的人
66	cull	[kʌl]	挑出……殺死
67	dull	[dʌl]	鈍的
68	gull	[gʌl]	鷗
69	hull	[hʌl]	船身，穀殼
70	lull	[lʌl]	使入睡
71	mull	[mʌl]	混亂，深思熟慮
72	null	[nʌl]	無效的
73	scull	[skʌl]	短槳，撸，划船
74	skull	[skʌl]	腦殼
75	gulp	[gʌlp]	一口吞下，狼吞虎嚥
76	pulp	[pʌlp]	果肉
77	sculp	[skʌlp]	雕刻術
78	cult	[kʌlt]	狂熱的崇拜，一群信徒
79	adult	[ə`dʌlt]	成人
80	bum	[bʌm]	游民
81	gum	[gʌm]	牙床，樹脂
82	hum	[hʌm]	發哼哼（嗡嗡）聲
83	mum	[mʌm]	菊花
84	rum	[rʌm]	朗姆酒
85	sum	[sʌm]	總和
86	scum	[skʌm]	浮渣
87	glum	[glʌm]	情緒低落的
88	slum	[slʌm]	貧民窟

89	plum	[plʌm]	李子
90	drum	[drʌm]	鼓
91	scrum	[skrʌm]	並列爭球
92	dumb	[dʌm]	啞的，無聲的 MB 結尾，B 不發音
93	numb	[nʌm]	麻木的 MB 結尾，B 不發音
94	crumb	[krʌm]	麵包碎屑 MB 結尾，B 不發音
95	blunt	[blʌnt]	直率的，鈍的，變鈍
96	us	[ʌs]	我們（受格）
97	bus	[bʌs]	公車
98	pus	[pʌs]	膿
99	but	[bʌt]	但是，可是
100	guts	[gʌts]	勇氣，五臟

例外：下面這兩個 U 各有各的讀法

1	truth	[truθ]	真理，真相 此 U 讀 /u/，因為源自 true [tru]
2	de·but	[`debju]	初次登場，首場的 此 T 不發音；源自法語，故讀法特別

(3) (子音 +) U+ 子音的 U 少部分讀 /ʊ/

U 在子音前，少部分會讀做 /ʊ/，一個短而模糊的ㄨ。

1	**bull**	[bʊl]	公牛
2	**full**	[fʊl]	充滿的
3	**pull**	[pʊl]	拉
4	**bush**	[bʊʃ]	樹叢
5	**bush·el**	[ˋbʊʃəl]	蒲式耳（容量等於八加侖），修補（動詞）
6	**push**	[pʊʃ]	推
7	**put**	[pʊt]	放
8	**puss**	[pʊs]	小貓，小姑娘
9	**pud·ding**	[ˋpʊdɪŋ]	布丁
10	**butch·er**	[ˋbʊtʃɚ]	屠夫，肉販
11	**bul·let**	[ˋbʊlət]	子彈
12	**bul·le·tin**	[ˋbʊlətən]	公告

(4) [非 L 或 R 的子音]+U+ 子音 +E 的 U 讀 /ju/，E 不發音

> 　　U 和結尾的 E 中間有子音時，根據「E 點靈」的規則，U 要讀長音（它字母的本音）/ju/，像注音符號的ㄧㄨ，但要很快地連讀，字尾的 E 不發音。不過，這個規則有個先決條件，就是：在 U 前面的子音不可以是 L 或 R，因為它們會改變 U 的讀法。

1	**cube**	[kjub]	方塊
2	**tube**	[tjub]	管，內胎

3	puce	[pjus]	紫褐色 C 後面有 E，C 讀本音 /s/
4	dude	[d(j)ud]	花花公子，小白臉，都市人
5	nude	[n(j)ud]	裸體的
6	huge	[hjudʒ]	巨大的
7	duke	[djuk]	公爵
8	puke	[pjuk]	嘔吐，嘔出物，令人作嘔的人、事或物
9	mule	[mjul]	騾
10	pule	[pjul]	低聲哭泣
11	fume	[fjum]	發怒
12	spume	[spjum]	泡沫
13	dune	[djun]	沙丘
14	June	[dʒun]	六月 /dʒ/ 音已隱含 /j/ 音，所以音標裡只剩 /u/
15	tune	[tjun]	音調，曲調，調音，把頻道調到……
16	dupe	[djup]	愚弄，複製
17	use	[juz]	使用 動詞時，S 讀 /z/，名詞時，S 讀 /s/
18	fuse	[fjuz]	保險絲 此 S 讀 /z/
19	muse	[mjuz]	沉思冥想 此 S 讀 /z/
20	cute	[kjut]	可愛的
21	jute	[dʒut]	印度麻，黃麻 /dʒ/ 音已隱含 /j/ 音，所以音標裡只剩 /u/
22	mute	[mjut]	啞吧，靜默的
23	chute	[ʃut]	降落傘，斜槽 此 CH 讀 /ʃ/；/ʃ/ 音已隱含 /j/ 音，所以音標裡只剩 /u/

(5) [L 或 R]+U+[非 R 的子音]+E 的 U 讀 /u/，E 不發音

> U 和結尾的 E 中間有子音時，根據「E 點靈」的規則，U 本來應該要讀長音（它字母的本音）/ju/，但是如果 U 前面的子音是 L 或 R，/j/ 的音就不發出來，而只讀 /u/，像注音符號的ㄨ，字尾的 E 不發音。這個規則還有一個先決條件，就是：U 和 E 中間的子音不可以是 R，因為 URE 的讀法會不同，請看第二篇第 39 章「URE 結尾的字」。

練習表 §21.5

1	**lube**	[lub]	潤滑油
2	**lute**	[lut]	琵琶
3	**fluke**	[fluk]	僥倖，歪打正著，錨爪
4	**flume**	[flum]	人工水道
5	**flute**	[flut]	長笛
6	**plume**	[plum]	羽毛，羽毛裝飾
7	**rube**	[rub]	鄉下人
8	**rude**	[rud]	簡陋的，粗魯的
9	**rule**	[rul]	規則，統治
10	**rune**	[run]	古北歐之文字
11	**ruse**	[ruz]	策略，詐術
12	**Bruce**	[brus]	男子名 C 後面有 E，C 讀本音 /s/
13	**brume**	[brum]	霧
14	**brute**	[brut]	人面獸心的人，畜生般的，殘忍的
15	**crude**	[krud]	天然的，粗製的
16	**cruse**	[kruz]	瓦罐

17	**drupe**	[drup]	核果
18	**truce**	[trus]	休戰 C 後面有 E，C 讀本音 /s/
19	**prude**	[prud]	過份守禮的女人
20	**prune**	[prun]	洋李脯，修剪
21	**spruce**	[sprus]	俏的，時髦的，針樅木 C 後面有 E，C 讀本音 /s/

(6) [非 L 或 R 的子音]+UE 的 UE 讀 /ju/，E 不發音

> UE 在單音節結尾時，比照「E 點靈」的規則，U 讀長音（它字母的本音）/ju/，像注音符號的ㄧㄨ，但要很快地連讀，字尾的 E 不發音。不過，這個規則有個先決條件，就是：在 U 前面的子音不可以是 L 或 R，否則就會照下一個規則讀。

練習表 §21.6

1	**cue**	[kju]	（台詞的）提示
2	**res·cue**	[ˋrɛskju]	拯救，救出
3	**bar·be·cue**	[ˋbɑrbɪˌkju]	烤肉，野外的宴會
4	**due**	[dju]	到期的
5	**hue**	[hju]	色彩
6	**fuel**	[fjul]	燃料 此字的 UE 雖非結尾，但讀法相同
7	**ar·gue**	[ˋargju]	爭論，辯論
8	**queue**	[kju]	排隊，隊伍，行列 此第一組 UE 不發音

例外：這個字的 UE 讀 /u/

下面這個字的 UE 讀 /u/，像注音符號的ㄨ。

1 **sue**	[su]	控告，女子名

(7) LUE 或 RUE 的 UE 讀 /u/，E 不發音

UE 在單音節結尾時，本來應該是比照「E 點靈」的規則，U 讀長音（它字母的本音）/ju/，字尾的 E 不發音，但是如果 U 前面的子音是 L 或 R，/j/ 的音就不發出來，而只讀 /u/，像注音符號的ㄨ。

1 **blue**	[blu]	藍色
2 **clue**	[klu]	線索
3 **glue**	[glu]	膠水
4 **rue**	[ru]	芸香
5 **grue**	[gru]	發抖
6 **true**	[tru]	真實的
7 **cruel**	[krul]	殘酷的

(8) [非 L 或 R 的子音]+EU 的 EU 讀 /ju/

> EU 在單音節時，讀 /ju/，像注音符號的ー ㄨ，但要很快地連讀。不過，這個規則有個先決條件，就是：在 EU 前面的子音不可以是 L 或 R，否則就會照下一個規則讀。

練習表 §21.8

1	feud	[fjud]	封地，長期不和，世代結仇
2	deuce	[djus]	倒霉 C 後面有 E，C 讀本音 /s/

(9) LEU 或 REU 的 EU 讀 /u/

> EU 在單音節時，本來應該讀做 /ju/，但是因為 EU 前面的子音是 L 或 R，所以 /j/ 的音就不發出來，而只讀 /u/，像注音符號的 ㄨ。

練習表 §21.9

1	lieu	[lu]	處所 此 I 不發音
2	sleuth	[sluθ]	警犬，偵探，做偵探
3	rheum	[rum]	稀黏液，黏膜炎，鼻炎 RH 開頭，H 不發音

(10) UR 讀 /ɝ/

> UR 讀做 /ɝ/，像國語的「二」。

1	bur	[bɝ]	刺果，黏附物，難以擺脫的人
2	cur	[kɝ]	劣種狗，卑怯的傢伙
3	fur	[fɝ]	毛皮
4	blur	[blɝ]	污損，弄得模糊不清，模糊一片
5	slur	[slɝ]	含糊音，含糊地發音
6	spur	[spɝ]	鼓舞，急馳
7	knur	[nɝ]	硬節，木球 KN 開頭，K 不發音
8	curr	[kɝ]	發咕咕聲
9	purr	[pɝ]	以愉快的聲調表示
10	curb	[kɝb]	路邊，控制
11	blurb	[blɝb]	大肆吹捧的廣告
12	church	[tʃɝtʃ]	教堂
13	curd	[kɝd]	凝乳
14	mur·der	[`mɝdɚ]	謀殺
15	surf	[sɝf]	拍岸之浪，做衝浪運動
16	turf	[tɝf]	草皮
17	scurf	[skɝf]	皮屑，粗皮病
18	urge	[ɝdʒ]	驅策，力勸
19	purge	[pɝdʒ]	清除淨化
20	surge	[sɝdʒ]	洶湧，起伏
21	lurk	[lɝk]	潛伏，潛行
22	murk	[mɝk]	陰暗
23	curl	[kɝl]	捲

24	furl	[fɝl]	收攏
25	hurl	[hɝl]	猛擲
26	purl	[pɝl]	潺潺地流，翻倒
27	mur·mur	[ˋmɝmɚ]	低聲說，低語聲
28	urn	[ɝn]	骨灰甕，大咖啡壺
29	burn	[bɝn]	燃燒
30	turn	[tɝn]	轉，輪流
31	burp	[bɝp]	打嗝
32	curse	[kɝs]	詛咒
33	nurse	[nɝs]	護士
34	purse	[pɝs]	女用手提包
35	burst	[bɝst]	破裂，爆發
36	curt	[kɝt]	粗率無禮的，唐突的
37	hurt	[hɝt]	傷害
38	blurt	[blɝt]	脫口說出
39	spurt	[spɝt]	噴出

(11) LUI+ 子音或 RUI+ 子音的 UI 大多讀 /u/

> 　　單音節的 UI 在 L 或 R 後面時，大多讀做長音 /u/，像注音符號的ㄨ，I 不發音。
> 　　U 本來應該讀做 /ju/，但是因為 U 前面的子音是 L 或 R，所以 /j/ 的音就不發出來，而只讀 /u/。

1	sluice	[slus]	水閘 C 後面有 E，C 讀本音 /s/
2	bruise	[bruz]	淤傷，青腫
3	cruise	[kruz]	巡航，巡遊
4	bruit	[brut]	散播謠言
5	fruit	[frut]	水果
6	re·cruit	[rɪ`krut]	徵募，新成員

例外：下面這三個 UI 讀 /uɪ/

以下這三個 UI，除了 U 讀 /u/ 以外，I 也要讀出 /ɪ/，像短而模糊的一。

練習表 §21.11a

1	sui·cide	[`suɪ͵saɪd]	自殺 C 後面有 I，C 讀本音 /s/
2	ru·in	[`ruɪn]	毀滅
3	dru·id	[`druɪd]	巫師，占卜者

(12) AU 大多讀 /ɔ/

● MP3-052

AU 在一起時，大多讀做 /ɔ/，像注音符號的ㄛ。

練習表 §21.12

| 1 | au·thor | [`ɔθɚ] | 作家，著者 此 TH 讀做送氣的 /θ/ |

2	Au·gust	[`ɔgəst]	八月
3	au·burn	[`ɔbɚn]	金褐色
4	au·to	[`ɔto]	汽車，自動
5	au·to·crat	[`ɔtə͵kræt]	獨裁者
6	au·to·graph	[`ɔtə͵græf]	親筆簽名
7	daub	[dɔb]	塗抹，劣畫
8	sauce	[sɔs]	調味汁 C 後面有 E，C 讀本音 /s/
9	sau·cer	[`sɔsɚ]	淺碟，墊盤 C 後面有 E，C 讀本音 /s/
10	fau·cet	[`fɔsət]	水龍頭 C 後面有 E，C 讀本音 /s/；也可讀做 [`fasət]
11	cau·cus	[`kɔkəs]	幹部會議
12	gaud	[gɔd]	華麗的裝飾
13	laud	[lɔd]	讚美，讚美詩
14	ap·plaud	[ə`plɔd]	鼓掌
15	caught	[kɔt]	抓住（catch 的過去式、過去分詞）此 GH 不發音
16	naught	[nɔt]	零 此 GH 不發音
17	taught	[tɔt]	教（teach 的過去式、過去分詞）此 GH 不發音
18	daugh·ter	[`dɔtɚ]	女兒 此 GH 不發音
19	slaugh·ter	[`slɔtɚ]	屠殺 此 GH 不發音
20	haul	[hɔl]	用力拖
21	fault	[fɔlt]	錯誤，缺點
22	faun	[fɔn]	司農牧之神
23	sau·na	[`sɔnə]	三溫暖
24	launch	[lɔntʃ]	發射，船下水

25	laun·der	[`lɔndɚ]	洗，洗燙
26	daunt	[dɔnt]	使氣餒
27	gaunt	[gɔnt]	瘦削的，憔悴的
28	haunt	[hɔnt]	常去，出沒，糾纏
29	haunt·ed	[`hɔntɪd]	有鬼魂出沒的
30	haunt·ing	[`hɔntɪŋ]	難以忘懷的
31	jaunt	[dʒɔnt]	短途遊覽
32	taunt	[tɔnt]	辱罵
33	flaunt	[flɔnt]	誇耀，飄揚
34	di·no·saur	[`daɪnə͵sɔr]	恐龍
35	taurus	[tɔrəs]	金牛座
36	pause	[pɔz]	暫停 此 S 讀 /z/
37	men·o·pause	[`mɛnə͵pɔz]	更年期 此 S 讀 /z/
38	clause	[klɔz]	子句，條款 此 S 讀 /z/
39	as·tro·naut	[`æstrə͵nɔt]	太空人
40	Paul	[pɔl]	男了名

例外一：這三個 AU 讀 /æ/

底下這三個 AU 讀蝴蝶音 /æ/，就像 U 不存在此字中的讀法。

1	aunt	[ænt]	姑母，姨母，舅母，伯母，叔母 這樣讀跟「螞蟻」一樣，所以有些美國人喜歡把這個字讀做 [ɑnt]

2	laugh	[læf]	大笑 此 GH 讀 /f/
3	laugh·ter	[`læftə]	大笑聲 此 GH 讀 /f/

例外二：這個 AU 讀 /e/

底下這個 AU 讀 /e/，像注音符號的ㄟ，就像 U 不存在字中一樣。

練習表 §21.12b

1	gauge	[gedʒ]	量計，標準規格

例外三：這些 AU 讀 /aʊ/

底下這兩個 AU 讀 /aʊ/，像注音符號的ㄠ，這是德文 AU 的讀法。

練習表 §21.12c

1	gauss	[gaʊs]	高斯（電磁單位）
2	sau·er·kraut	[`saʊ(ə)r‚kraʊt]	德國泡菜

(13) OU 的第一種讀法是 /aʊ/

OU 最多的讀法是 /aʊ/，像注音符號的ㄠ。其他的讀法可以當做例外，要個別背。/aʊ/ 是個雙母音。

1	thou	[ðaʊ]	你（古英語主格） 此 TH 讀做濁音的 /ð/
2	doubt	[daʊt]	懷疑 BT 結尾時，B 不發音
3	ouch	[aʊtʃ]	哎唷
4	couch	[kaʊtʃ]	長沙發
5	pouch	[paʊtʃ]	小袋，成袋狀
6	loud	[laʊd]	大聲的
7	cloud	[klaʊd]	雲
8	bough	[baʊ]	較粗大的樹枝 此 GH 不發音
9	plough	[plaʊ]	犁 此 GH 不發音
10	slough	[slaʊ]	絕望境地 另一種讀法請見練習表 §21.17 的第 4 個字
11	drought	[draʊt]	旱災 此 GH 不發音
12	foul	[faʊl]	惡臭的，犯規
13	noun	[naʊn]	名詞
14	ounce	[aʊn(t)s]	盎司 C 後面有 E，C 讀本音 /s/
15	bounce	[baʊn(t)s]	反彈起 C 後面有 E，C 讀本音 /s/
16	bound	[baʊnd]	準備到……去的
17	found	[faʊnd]	發現（find 的過去式、過去分詞）
18	hound	[haʊnd]	獵狗
19	pound	[paʊnd]	磅，重擊，猛敲
20	round	[raʊnd]	圓的
21	around	[əˋraʊnd]	在周圍
22	sound	[saʊnd]	聲音
23	lounge	[laʊndʒ]	會客室

24	count	[kaʊnt]	數
25	fount	[faʊnt]	噴泉，泉
26	mount	[maʊnt]	騎上，嵌進
27	amount	[ə`maʊnt]	量
28	our	[aʊr]	我們的
29	hour	[aʊr]	小時 此 H 不發音
30	sour	[saʊr]	酸的
31	flour	[flaʊr]	麵粉
32	house	[haʊs]	房子 此 S 讀 /s/
33	louse	[laʊs]	蝨子 此 S 讀 /s/
34	mouse	[maʊs]	老鼠 此 S 讀 /s/
35	blouse	[blaʊs]	女短衫 此 S 可讀 /s/ 或 /z/
36	spouse	[spaʊs]	配偶 此 S 可讀 /s/ 或 /z/
37	rouse	[raʊz]	喚醒 此 S 讀 /z/
38	out	[aʊt]	在外
39	gout	[gaʊt]	痛風症
40	pout	[paʊt]	噘嘴
41	rout	[raʊt]	擊潰，烏合之眾
42	route	[raʊt]	由某一路線發送 也可讀 [rut]，見練習表 §21.15 第 4 個字
43	clout	[klaʊt]	敲，打
44	shout	[ʃaʊt]	大叫
45	snout	[snaʊt]	豬嘴
46	spout	[spaʊt]	噴口

47	**stout**	[staʊt]	肥大的，剛勇的
48	**trout**	[traʊt]	鱒魚
49	**sprout**	[spraʊt]	嫩芽
50	**about**	[ə`baʊt]	大約，關於
51	**mouth**	[maʊθ]	口
52	**south**	[saʊθ]	南方

(14) OU 的第二種讀法是 /ɔ/

OU 的第二種讀法是 /ɔ/，像注音符號的ㄛ。

練習表 §21.14

1	**ought**	[ɔt]	應當 此 GH 不發音
2	**bought**	[bɔt]	買（**buy** 的過去式，過去分詞）此 GH 不發音
3	**fought**	[fɔt]	戰鬥，打架（**fight** 的過去式，過去分詞）此 GH 不發音
4	**nought**	[nɔt]	零 此 GH 不發音
5	**sought**	[sɔt]	尋找（**seek** 的過去式，過去分詞）此 GH 不發音
6	**thought**	[θɔt]	思想（**think** 的過去式，過去分詞）此 TH 讀做送氣的 /θ/；GH 不發音
7	**brought**	[brɔt]	帶來（**bring** 的過去式，過去分詞）此 GH 不發音
8	**cough**	[kɔf]	咳嗽 此 GH 讀 /f/
9	**trough**	[trɔf]	長槽，飼料槽 此 GH 讀 /f/
10	**pour**	[pɔr]	倒，灌，傾注

11	four	[fɔr]	四
12	fourth	[fɔrθ]	第四
13	four·teen	[fɔr`tin]	十四
14	gourd	[gɔrd]	葫蘆
15	court	[kɔrt]	法庭
16	mourn	[mɔrn]	哀悼
17	course	[kɔrs]	課程，一道菜
18	source	[sɔrs]	源，根源 C 後面有 E，C 讀本音 /s/

(15) OU 的第三種讀法是 /u/

OU 的第三種讀法是 /u/，像注音符號的ㄨ。這些字有很多都是由法語來的。

練習表 §21.15

1	coup	[ku]	政變 此 P 不發音
2	douche	[duʃ]	灌洗器 此 CH 讀 /ʃ/
3	rouge	[ruʒ]	胭脂，口紅，搽胭脂 此 G 讀 /ʒ/
4	route	[rut]	路線，由某一路線發送 也可讀 [raʊt]，見練習表 §21.13 第 42 個字
5	soup	[sup]	湯
6	group	[grup]	群，團體，聚集
7	troupe	[trup]	一團，一班，一隊
8	through	[θru]	通過，經由 TH 在子音前讀做送氣的 /θ/；GH 不發音

9	cou·gar	[`kugɚ]	美洲獅
10	cou·pon	[`kupɑn]	優待券 此 OU 也可讀做 /ju/
11	rou·tine	[ru`tin]	例行公事，例行的
12	sou·ve·nir	[ˌsuvə`nɪr]	土產，紀念品 此 IR 讀 /ɪr/，像注音符號的ㄧㄦ

例外：OUR 讀 /ʊr/

如果 OU 之後的子音為 R 時，則此 /u/ 音要變為短而模糊的 /ʊ/。

練習表 §21.15a

1	tour	[tʊr]	旅行，觀光
2	tour·ist	[`tʊrɪst]	觀光客
3	tour·na·ment	[`tʊrnəmənt]	錦標賽
4	de·tour	[`ditʊr]	改道

(16) OU 的第四種讀法是 /o/

OU 的第四種讀法是 /o/，像注音符號的ㄡ。

練習表 §21.16

1	dough	[do]	麵團 此 GH 不發音
2	though	[ðo]	雖然 此 TH 讀做濁音的 /ð/；GH 不發音
3	al·though	[ɔl`ðo]	雖然 此 TH 讀做濁音的 /ð/；GH 不發音

4	thor·ough	[ˋθɝo]	徹底的 此 TH 讀做送氣的 /θ/；OR 讀 /ɝ/；GH 不發音
5	bor·ough	[ˋbɝo]	紐約市行政區，自治村鎮 此 OR 讀 /ɝ/，此 GH 不發音
6	soul	[sol]	靈魂
7	poult	[polt]	幼禽
8	boul·der	[ˋboldɚ]	巨礫，圓石
9	shoul·der	[ˋʃoldɚ]	肩膀

(17) OU 的第五種讀法是 /ʌ/

OU 的第五種讀法是 /ʌ/，像注音符號的ㄜ。

練習表 §21.17

1	touch	[tʌtʃ]	摸
2	tough	[tʌf]	堅強的，硬的 此 GH 讀 /f/
3	rough	[rʌf]	粗陋的，粗野的 此 GH 讀 /f/
4	slough	[slʌf]	蛻皮 此GH讀 /f/；另一種讀法請見練習表 §21.13 的第 10 個字
5	enough	[ɪˋnʌf]	足夠的 此 GH 讀 /f/
6	cou·sin	[ˋkʌzn̩]	堂、表兄弟姊妹 此 S 讀 /z/
7	south·ern	[ˋsʌðɚn]	南方的 此 TH 讀做濁音的 /ð/
8	mous·tache	[ˋmʌˌstæʃ]	八字鬍 此 CH 讀 /ʃ/

● MP3-053

接下來，我要講 QUE 和 GUE 結尾的字的讀法。這類字多半是源自法語或拉丁語，所以你可能會覺得規則和其他的字有些不同。

先講 QUE 結尾的字的讀法。

這裡的 QU 並不是在字頭，所以不會讀做 /kw/，而且與 W 的發音無關，所以我們可以在這裡先探討。

QUE 結尾的字會有六種：AQUE、IQUE、OQUE、ARQUE、IRQUE 和 ORQUE。

我們就照這順序來練習。

(18) ~AQUE 多半讀 /æk/

AQUE 在字尾時，多半是讀做 /æk/，而且重音就在最後這個音節。

1	claque	[klæk]	劇院雇用的拍手喝彩員
2	plaque	[plæk]	牌匾，牙斑
3	ma·caque	[mə`kæk]	短尾猿，獼猴

例外：下面這個字的 A 讀長音 /e/

1	opaque	[o`pek]	不透明的

(19) ~IQUE 多半讀 /ik/

> IQUE 在字尾時，多半是讀做 /ik/，而且重音就在最後這個音節。

			練習表 §21.19
1	**pique**	[pik]	激起（興趣或好奇心）
2	**clique**	[klik]	派系，小圈子
3	**unique**	[jʊ`nik]	獨特的
4	**an·tique**	[æn`tik]	古董
5	**tech·nique**	[tɛk`nik]	技術
6	**cri·tique**	[krɪ`tik]	批評
7	**be·zique**	[bə`zik]	一種紙牌戲
8	**bou·tique**	[bu`tik]	精品店
9	**an·ge·lique**	[ˌændʒə`lik]	戀愛天使

例外 : 下面這兩個 ~IQUE 字的結尾 E 都讀 /e/

> 下面這兩個 IQUE 結尾的字的結尾 E 都要讀做 /e/。

			練習表 §21.19a
1	**fique**	[`fiˌke]	菲奎葉纖維
2	**ap·pli·que**	[ˌæplə`ke]	嵌花，嵌花的

(20) ~OQUE 多半讀 /ok/

OQUE 在字尾時，多半是讀做 /ok/，而且重音就在最後這個音節。

			練習表 §21.20
1	**roque**	[rok]	槌球
2	**toque**	[tok]	無邊女帽
3	**ba·roque**	[bə`rok]	巴洛克藝術

例外： ~OQUE 特別的讀法

以下兩個 OQUE 結尾的字，讀法都不一樣。

			練習表 §21.20a
1	**equi·voque**	[`ɛkwə͵vok]	雙關語，含糊措辭，諧語 重音節不在最後 OQUE 處
2	**clo·que**	[klo`ke]	泡泡（狀織物）結尾的 E 讀為重音 /e/

(21) ~ 母音 +R+QUE 照各個母音 +R 的規則讀

ARQUE 在字尾時，讀做 /ark/；IRQUE 在字尾時，讀做 /ɝk/；ORQUE 在字尾時，讀做 /ɔrk/。

1	**barque**	[bɑrk]	三桅帆船
2	**marque**	[mɑrk]	商品型號，補拿特許，標記
3	**cirque**	[sɝk]	天然的圓形場地，馬戲團 C 後面有 I，C 讀本音 /s/
4	**torque**	[tɔrk]	扭矩，力矩，轉矩

接下來，我要講 GUE 結尾的字的讀法。

> GUE 結尾的字有六種：~AGUE、~EAGUE、~IGUE、~OGUE、~UGUE 和 ~ORGUE。我們將在規則第 22 到 28 照這個順序練習。

還有一個字 argue（爭論）已經在本章練習表 6 的第 7 個字提過，它並不照這裡講的規則讀。

這幾個表裡頭有些帶有還沒學到的 V 字母，我們將在下一章中再詳細說明它的讀法。

(22) ~AGUE 多半讀 /eg/

> AGUE 在字尾時，多半是讀做 /eg/，而且重音就在這個音節。

1	**vague**	[veg]	模糊的，含糊的，不明確的
2	**plague**	[pleg]	瘟疫，苦惱，災禍，折磨
3	**gy·ro·vague**	[ˈdʒaɪroˌveg]	遊方僧人

例外：下面這個 ~AGUE 的 A 讀 /ɑ/

			練習表 §21.22a
1 Prague	[prɑg]	布拉格	

(23) ~EAGUE 讀 /ig/

> EAGUE 在字尾時，讀做 /ig/。

			練習表 §21.23
1 league	[lig]	聯盟	
2 col·league	[ˋkɑˌlig]	同仁，同行	

(24) ~IGUE 讀 /ig/

> IGUE 在字尾時，讀做 /ig/，而且重音就在最後這個音節。

			練習表 §21.24
1 digue	[dig]	防浪堤，設堤防，築堤	
2 gigue	[ʒig]	吉格舞曲，吉格舞 注意：字頭的 G 讀做 /ʒ/	
3 brigue	[brig]	詭計，陰謀	
4 fa·tigue	[fəˋtig]	疲乏	
5 in·trigue	[ɪnˋtrig]	陰謀，詭計，激起……的興趣，用詭計取得	

(25) 單音節 ~OGUE 讀 /og/

> OGUE 在單音節字的結尾時，讀做 /og/。

練習表 §21.25

1	**vogue**	[vog]	時尚
2	**rogue**	[rog]	流氓
3	**brogue**	[brog]	土音，厚底皮鞋
4	**drogue**	[drog]	風向指示筒，測流浮標

(26) 多音節 ~OGUE，多半讀 /ɔg/

> OGUE 在多音節字的結尾時，多半是讀做 /ɔg/。

練習表 §21.26

1	**an·a·logue**	[ˋænəˌlɔg]	類似物，相似體 也可讀做 [ˋænəˌlɑg]
2	**cat·a·log(ue)**	[ˋkætəˌlɔg]	目錄 也可讀做 [ˋkætəˌlɑg]
3	**di·a·logue**	[ˋdaɪəˌlɔg]	對話 也可讀做 [ˋdaɪəˌlɑg]
4	**mon·o·logue**	[ˋmɑnəˌlɔg]	獨白 也可讀做 [ˋmɑnəˌlɑg]
5	**ho·mo·logue**	[ˋhoməˌlɔg]	同系物，相應物 也可讀做 [ˋhoməˌlɑg]
6	**ep·i·logue**	[ˋɛpəˌlɔg]	結語，尾聲，收場白 也可讀做 [ˋɛpəˌlɑg]
7	**ideo·logue**	[ˋaɪdɪəˌlɔg]	思想家，理論家，空想家 也可讀做 [ˋaɪdɪəˌlɑg]
8	**trav·el·ogue**	[ˋtrævəˌlɔg]	旅行紀錄片，旅行報告 也可讀做 [ˋtrævəˌlɑg]

例外：下面這些多音節 ~OGUE 的字中的 O 讀 /ɑ/

			練習表 §21.26a
1	**dem·a·gog(ue)**	[ˋdɛməˏgɑg]	群眾煽動者
2	**ped·a·gogue**	[ˋpɛdəˏgɑg]	教育者，愛假裝博學者
3	**syn·a·gogue**	[ˋsɪnəˏgɑg]	猶太人集會，猶太教會堂.

(27) ~UGUE 讀 /jug/

> UGUE 在字尾時，讀做 /jug/。

			練習表 §21.27
1	**fugue**	[fjug]	賦格曲，朦朧狀態，記憶喪失症

(28) ~ORGUE 讀 /ɔrg/

> ORGUE 在字尾時，讀做 /ɔrg/。

			練習表 §21.28
1	**orgue**	[ɔrg]	千斤閘，管風琴
2	**morgue**	[mɔrg]	陳屍所，參考資料室，調查組

　　最後，我們要講一些 DGE 結尾或 DGET 結尾的字的讀法。雖然它們很多都沒帶有 U 這個字母，但是因為我們到現在才把五個母音學完，而這類字已經累積得很多了，可以看得出規則來了，所以該輪到它們上場了。

DGE 或 DGET 結尾時，

(1) D 都不發音。為什麼 D 不發音呢？因為 /dʒ/ 的音標已經有個 /d/ 了啊！但是由於 D 的存在，會使得它前面的母音讀它的變音（短音），而非本音（長音）。

(2) DGE 讀做 /dʒ/，這時的 E 不發音。

(3) DGET 讀做 /dʒət/，這時的 E 要發輕音 /ə/。

(29) ~ADGE 讀 /ædʒ/；~ADGET 讀 /ædʒət/

ADGE 在字尾時，讀做 /ædʒ/；ADGET 在字尾時，讀做 /ædʒət/。

練習表 §21.29

1	**badge**	[bædʒ]	勳章
2	**cadge**	[kædʒ]	乞討，索取
3	**fadge**	[fædʒ]	適合，成功，愛爾蘭的馬鈴薯麵包
4	**madge**	[mædʒ]	一種貓頭鷹，女子名
5	**dradge**	[drædʒ]	較差的礦石
6	**gad·get**	[`gædʒət]	小玩意兒，小配件，圈套

(30) ~EDGE 讀 /ɛdʒ/，~EDGET 讀 /ɛdʒət/

EDGE 在字尾時，讀做 /ɛdʒ/；EDGET 在字尾時，讀做 /ɛdʒət/。

1	edge	[ɛdʒ]	邊緣
2	hedge	[hɛdʒ]	樹籬
3	kedge	[kɛdʒ]	拋小錨移船
4	ledge	[lɛdʒ]	岩石的突出部
5	sedge	[sɛdʒ]	蓑衣草
6	fledge	[flɛdʒ]	長飛羽，長翅
7	pledge	[plɛdʒ]	誓言
8	sledge	[slɛdʒ]	大錘
9	dredge	[drɛdʒ]	疏濬，挖掘，挖泥機，挖泥船
10	pled·get	[ˋplɛdʒət]	紗布，脫脂棉

(31) ~IDGE 讀 /ɪdʒ/；~IDGET 讀 /ɪdʒət/

> IDGE 在字尾時，讀做 /ɪdʒ/；IDGET 在字尾時，讀做 /ɪdʒət/。

1	fidge	[fɪdʒ]	坐立不安，抽筋
2	midge	[mɪdʒ]	小蚊，侏儒
3	ridge	[rɪdʒ]	山脊，埂
4	bridge	[brɪdʒ]	橋，橋牌
5	fridge	[frɪdʒ]	電冰箱（簡稱）
6	Coo·lidge	[ˋkulɪdʒ]	美國第 30 位總統的姓

7	car·tridge	[ˋkɑrtrɪdʒ]	盒式磁帶，彈藥筒
8	fidg·et	[ˋfɪdʒət]	摸弄，坐立不安，使坐立不安，坐立不安的人
9	midg·et	[ˋmɪdʒət]	侏儒，極小的，小型的

(32) ~ODGE 讀 /ɑdʒ/

ODGE 在字尾時，讀 /ɑdʒ/。

練習表 §21.32

1	bodge	[bɑdʒ]	暫時修補
2	dodge	[dɑdʒ]	躲避，搪塞
3	hodge	[hɑdʒ]	莊稼人
4	lodge	[lɑdʒ]	包廂，住宿
5	podge	[pɑdʒ]	矮胖的人，粥
6	plodge	[plɑdʒ]	蹚水
7	stodge	[stɑdʒ]	油膩的食物
8	splodge	[splɑdʒ]	污漬
9	hodge·podge	[ˋhɑdʒˌpɑdʒ]	大雜燴，雜菜，混煮

(33) ~UDGE 讀 /ʌdʒ/；~UDGET 讀 /ʌdʒət/

UDGE 在字尾時，讀 /ʌdʒ/；UDGET 在字尾時，讀 /ʌdʒət/。

1	budge	[bʌdʒ]	微微移動
2	fudge	[fʌdʒ]	牛奶軟糖
3	judge	[dʒʌdʒ]	判決，法官，裁判員
4	nudge	[nʌdʒ]	用肘輕推
5	bludge	[blʌdʒ]	搾取油脂或汁液，剝削
6	sludge	[slʌdʒ]	淤泥
7	smudge	[smʌdʒ]	濃煙
8	snudge	[snʌdʒ]	挪近
9	drudge	[drʌdʒ]	做苦工，乏味的工作
10	grudge	[grʌdʒ]	怨恨
11	trudge	[trʌdʒ]	跋涉
12	bud·get	[`bʌdʒət]	預算

例外：下面這個字的 U 讀 /u/

1	kludge	[kludʒ]	湊合的東西，雜牌電腦

(1) 見字會讀

現在，請讀下面這些字，然後比對我的讀法，看看你是不是都讀對，而能夠「見字會讀」了。

1	stodge	2	midget	3	brogue	4	plague
5	antique	6	sprout	7	autocrat	8	fruit
9	cruel	10	barbecue	11	huge	12	tutu
13	shrug	14	Bruce	15	deuce	16	rheum
17	urge	18	doubt	19	plaque	20	cirque

(1) 見字會讀解答： ▶MP3-054

(2) 聽音會拼

　　接下來，我們來看看你是否「聽音會拼」。請聽我出題，然後把你的答案寫在下面空格裡，最後再比對我的解答。

序號	單字	音標
1		
2		
3		
4		
5		
6		
7		
8		
9		
10		

(2) 聽音會拼解答：

1	brute, bruit	[brut]
2	hunchback	[ˋhʌntʃˏbæk]
3	cadge, kedge	[kædʒ] [kɛdʒ]
4	couch, coach	[kaʊtʃ] [kotʃ]
5	bounce	[baʊn(t)s]
6	church	[tʃɝtʃ]
7	budge	[bʌdʒ]
8	rescue	[ˋrɛskju]
9	cut, cute	[kʌt] [kjut]
10	astronaut	[ˋæstrəˏnɔt]

22 V v 子音

MP3-056

V 這個字母的名稱的讀法就是把上門牙壓到下嘴唇上，震動聲帶，然後再發出一個一音來。它的音標是 [vi]。

拼音時，看到 V 這個字母，就讀那個把上門牙壓到下嘴唇上，震動聲帶的音 /v/。

V 難得會在一個字的結尾，所以 /v/ 音結尾的字，在 V 後常常都有個不發音的 E 陪著。而此時的 E 就不一定有「E 點靈」的作用。例如 give 這個字的 I 就不照「E 點靈」的規則讀長音 /aɪ/，而是讀短音 /ɪ/。

現在就讓我們把 V 跟前面學過的母音一起讀讀看吧！

(1)（子音 +）A+ 子音的 A 讀 /æ/

A 在子音前，讀它的短音，蝴蝶音 /æ/。

練習表 §22.1

1	van	[væn]	運貨車
2	vat	[væt]	甕
3	vast	[væst]	浩瀚的
4	vamp	[væmp]	鞋面，蕩婦
5	vam·pire	[ˋvæmˌpaɪr]	吸血鬼
6	val·id	[ˋvælɪd]	有效的
7	val·ue	[ˋvælju]	價值
8	van·ish	[ˋvænɪʃ]	消失，消散

(2)（子音 +）A+ 子音 +E 的 A 讀 /e/，E 不發音

> A 和 E 中間有子音時，根據「E 點靈」的規則，A 讀長音（它字母的本音）/e/，像注音符號的ㄟ，字尾的 E 不發音。

1	vale	[vel]	谷
2	vane	[ven]	葉片
3	vase	[ves]	花瓶
4	cave	[kev]	山洞
5	Dave	[dev]	男子名
6	gave	[gev]	給（give 的過去式）
7	lave	[lev]	緩慢流過，沐浴
8	nave	[nev]	教堂的正廳
9	knave	[nev]	流氓，無賴 KN 開頭，K 不發音
10	pave	[pev]	舖（路面）
11	rave	[rev]	推崇地談論
12	save	[sev]	拯救，儲蓄
13	shave	[ʃev]	剃，略過
14	clave	[klev]	固守，劈開（cleave 的過去式）
15	slave	[slev]	奴隸
16	stave	[stev]	詩句，桶板
17	brave	[brev]	勇敢的
18	crave	[krev]	渴望

19	**grave**	[grev]	墳墓，嚴肅的
20	**be·have**	[bɪˋhev]	舉止，舉動，使舉動好，舉止端正
21	**ha·ven**	[ˋhevən]	港
22	**ra·ven**	[ˋrevən]	渡鴉
23	**cra·ven**	[ˋkrevən]	懦夫，膽小鬼，膽小的，怯懦的

例外：下面這個字的 A 讀蝴蝶音 /æ/，E 沒作用

練習表 §22.2a

| 1 | **have** | [hæv] | 有 |

(3) (子音 +) E+ 子音的 E 讀 /ɛ/

> E 在子音前，讀做 /ɛ/，像注音符號的 ㄝ。

練習表 §22.3

1	**vend**	[vɛnd]	售賣
2	**vel·vet**	[ˋvɛlvət]	天鵝絨，絲絨
3	**vent**	[vɛnt]	排氣孔
4	**vest**	[vɛst]	背心
5	**vet**	[vɛt]	獸醫
6	**vetch**	[vɛtʃ]	野豌豆
7	**ev·er**	[ˋɛvɚ]	曾經
8	**nev·er**	[ˋnɛvɚ]	不曾

9	clev·er	[ˋklɛvɚ]	靈巧的
10	delve	[dɛlv]	探究，查考
11	shelve	[ʃɛlv]	擱置，漸次傾斜
12	svelte	[svɛlt]	苗條的，婷婷裊裊的

(4) (子音 +) E+ 子音 +E 的第一個 E 讀 /i/，字尾的 E 不發音

兩個 E 中間有子音時，根據「E 點靈」的規則，第一個 E 讀長音（它字母的本音）/i/，像注音符號的一，字尾的 E 不發音。

練習表 §22.4

1	eve	[iv]	前夕，夏娃
2	breve	[briv]	短音符
3	Steve	[stiv]	男子名

(5) (子音 +) I+ 子音的 I 讀 /ɪ/

I 在子音前，讀它的短音 /ɪ/，一個短而模糊的一。

下面這個練習表中的第 2、3、4、6 個字的音標中的 /ə/ 是按照韋氏辭典所標的。不過美國其他辭典則標為 /ɪ/。所以我認為兩種讀法皆可。

練習表 §22.5

1	vim	[vɪm]	精力，精神

2	viv·id	[`vɪvəd]	生動的，鮮麗的，逼真的 也可讀做 [`vɪvɪd]
3	vis·it	[`vɪzət]	拜訪，探望，遊覽，出診，閒聊 也可讀做 [`vɪzɪt]
4	vic·tim	[`vɪktəm]	受害者 也可讀做 [`vɪktɪm]
5	vic·tor	[`vɪktə]	戰勝者
6	liv·id	[`lɪvəd]	青黑色的，青灰色的 也可讀做 [`lɪvɪd]
7	shiv·er	[`ʃɪvə]	顫抖，迎風飄動，冷顫
8	riv·er	[`rɪvə]	河流
9	liv·er	[`lɪvə]	肝臟
10	sliv·er	[`slɪvə]	裂片，碎片，做魚餌用的小魚片
11	de·liv·er	[dɪ`lɪvə]	傳送，提供，表達，接生

(6) (子音 +) I+(子音 +) E 的 I 讀 /aɪ/，E 不發音

I 和 E 中間不管有沒有子音，I 都會根據「E 點靈」的規則，讀長音（它字母的本音）/aɪ/，像注音符號的ㄞ，字尾的 E 不發音。

練習表 §22.6

1	vie	[vaɪ]	互相競爭
2	vice	[vaɪs]	缺點，副…… C 後面有 E，C 讀本音 /s/
3	vise	[vaɪs]	虎鉗
4	vile	[vaɪl]	卑鄙的，可恥的，壞透的
5	vine	[vaɪn]	藤本植物
6	dive	[daɪv]	潛水
7	five	[faɪv]	五

8	hive	[haɪv]	蜂房，喧鬧的地區
9	jive	[dʒaɪv]	搖擺樂，花言巧語，欺弄
10	rive	[raɪv]	撕開，劈開，使沮喪
11	live	[laɪv]	有生命的，實況轉播的 此字另一種讀法請見下面練習表 §22.6a 的第 2 個字
12	alive	[ə`laɪv]	活著的
13	chive	[tʃaɪv]	韭菜
14	drive	[draɪv]	駕駛，驅，趕，動力
15	knives	[naɪvz]	刀子（複數）KN 開頭，K 不發音。此 S 讀 /z/
16	strive	[straɪv]	努力
17	thrive	[θraɪv]	成功，興盛 TH 在子音前讀做送氣的 /θ/
18	re·vive	[rɪ`vaɪv]	蘇醒，再生
19	re·vise	[rɪ`vaɪz]	修訂，訂正
20	ar·rive	[ə`raɪv]	抵達

例外：下面這幾個字的 I 讀 /ɪ/，E 沒作用

下面這幾個字的 I 讀 /ɪ/，一個短而模糊的一，E 沒作用。

練習表 §22.6a

1	give	[gɪv]	給
2	live	[lɪv]	活，生活 此字另一種讀法請見上面練習表 §22.6 的第 11 個字
3	for·give	[fɚ`gɪv]	原諒

(7) (子音 +) O+ 子音的 O 讀 /ɑ/

O 在子音前，讀做它的短音 /ɑ/，像注音符號的ㄚ。

			練習表 §22.7
1	**vom·it**	[ˋvamɪt]	嘔吐
2	**vod·ka**	[ˋvadkə]	伏特加酒
3	**in·volve**	[ɪnˋvalv]	包含，陷入，拖累
4	**re·volve**	[rɪˋvalv]	使旋轉，週期性地發生

(8) (子音 +) O+ 子音 +E 的 O 讀 /o/，E 不發音（包含 ~OVE 的第一種讀法）

O 和 E 中間有子音時，根據「E 點靈」的規則，O 要讀長音（它字母的本音）/o/，像注音符號的ㄡ，字尾的 E 不發音。

下表中第 7~14 個字是 OVE 結尾的字的第一種讀法。還有兩種讀法，我將在下兩個規則裡說明。

			練習表 §22.8
1	**vole**	[vol]	田鼠，大滿貫
2	**vote**	[vot]	投票，表決
3	**evoke**	[ɪˋvok]	引起，召（魂）
4	**re·voke**	[rɪˋvok]	撤銷，召回，有牌不跟
5	**in·voke**	[ɪnˋvok]	祈求保佑，援引，引起
6	**pro·voke**	[prəˋvok]	煽動

			以下八個字是 OVE 結尾的字的第一種讀法
7	cove	[kov]	小海灣
8	dove	[dov]	潛水（dive 的過去式）另一種讀法在下表第 1 個字
9	drove	[drov]	駕駛（drive 的過去式）
10	grove	[grov]	樹叢
11	clove	[klov]	丁香，蒜瓣
12	stove	[stov]	火爐
13	strove	[strov]	苦幹，努力（strive 的過去式）
14	throve	[θrov]	成功，興盛（thrive 的過去式）TH 在子音前讀做送氣的 /θ/

(9) ~OVE 的第二種讀法，O 讀 /ʌ/

　　以下這些 OVE 結尾的字裡頭的 O 讀做 /ʌ/，像注音符號的ㄜ，不照「E 點靈」的規則。

			練習表 §22.9
1	dove	[dʌv]	和平鴿 另一種讀法在上表第 8 個字
2	shove	[ʃʌv]	推開
3	above	[ə`bʌv]	在……之上
4	love	[lʌv]	愛
5	glove	[glʌv]	手套

			下面這個字尾巴多了個 N，但 O 的讀法屬於本組字。有鑑於很多人把這個 O 讀錯，故特此一提
6	**oven**	[`ʌvən]	烤箱，烤爐

(10) ~OVE 的第三種讀法，O 讀 /u/

以下這些 OVE 結尾的字裡頭的 O 讀做 /u/，像注音符號的ㄨ，不照「E 點靈」的規則。

			練習表 §22.10
1	**move**	[muv]	移動
2	**re·move**	[rɪ`muv]	除去
3	**prove**	[pruv]	證明
4	**ap·prove**	[ə`pruv]	批准，贊許
5	**im·prove**	[ɪm`pruv]	改進，進步
6	**re·prove**	[rɪ`pruv]	譴責，不贊成

(11) AI 大多讀 /e/　🔊 MP3-057

AI 在一起時，大多讀做 /e/，像注音符號的ㄟ。

			練習表 §22.11
1	**vain**	[ven]	徒勞的

2	vail	[vel]	低垂，脫帽
3	avail	[ə`vel]	利用

例外：下面這個字的 A 讀 /ɑ/，I 讀 /i/，E 沒作用

下面這個字的 A 讀 /ɑ/，像注音符號的ㄚ；I 讀 /i/，像注音符號的一；E 沒作用。這是法語來的。

			練習表 §22.11a
1	na·ive	[nɑ`iv]	天真的，幼稚的

(12) AU 讀 /ɔ/

AU 在一起時，讀做 /ɔ/，像注音符號的ㄛ。

			練習表 §22.12
1	vault	[vɔlt]	撐竿跳
2	vaunt	[vɔnt]	自誇，吹牛

(13) EA 大多讀 /i/

EA 在一起時，大多讀做 /i/，像注音符號的一。

1	veal	[vil]	小牛肉
2	re·veal	[rɪˋvil]	顯露
3	heave	[hiv]	舉起，發出
4	leave	[liv]	離開
5	bea·ver	[ˋbivɚ]	水獺
6	cleave	[kliv]	劈開，分裂，固守
7	clea·ver	[ˋklivɚ]	中國菜刀
8	sleave	[sliv]	細絲，解析
9	sheave	[ʃiv]	滑車輪

(14) EE 讀 /i/

EE 在一起時，讀做 /i/，像注音符號的ㄧ。

1	peeve	[piv]	使生氣
2	pee·vish	[ˋpivɪʃ]	易怒的
3	sleeve	[sliv]	袖子

(15) ~IE~ 常讀 /i/

IE 在字中時，常讀做 /i/，像注音符號的ㄧ。

1	grieve	[griv]	悲痛，使悲痛
2	thieve	[θiv]	偷 此 TH 讀做送氣的 /θ/
3	thieves	[θivz]	小偷（複數） 此 TH 在子音前讀做送氣的 /θ/
4	be·lieve	[bɪ`liv]	相信，信仰
5	re·lieve	[rɪ`liv]	減輕
6	achieve	[ə`tʃiv]	成就
7	re·trieve	[rɪ`triv]	取回，追溯
8	re·prieve	[rɪ`priv]	緩刑，挽救

例外一：下面這個字的 IE 讀 /i/

下面這個字的 IE 雖然不是在字中，但也是讀長音 /i/。請見第 20 章 T 的練習表 §20.32 之解說。

1	mov·ie	[`muvi]	電影 此 O 讀做 /u/，因源自 move [muv]

例外二：下面這個字的 IE 讀 /ɪ/

下面這個字的 IE 讀 /ɪ/，一個短而模糊的一。

1	sieve	[sɪv]	篩子 此 IE 讀 /ɪ/，一個短而模糊的一

(16) OI 大多讀 /ɔɪ/

OI 在一起時，大多讀 /ɔɪ/，像注音符號的ㄛ ˋ ㄧ。

			練習表 §22.16
1	**voice**	[vɔɪs]	聲音 C 後面有 E，C 讀本音 /s/
2	**void**	[vɔɪd]	空虛的，無效的
3	**avoid**	[ə`vɔɪd]	避免

(17) OU 的第一種讀法是 /aʊ/

OU 的第一種讀法是 /aʊ/，像注音符號的ㄠ。

OU 的五種讀法，在第 21 章「U」的練習表 §21.13~17 已經講過了。這裡補充 OU 最多的讀法中，有 V 字母的字。

			練習表 §22.17
1	**vouch**	[vaʊtʃ]	證實，擔保
2	**vouch·er**	[`vaʊtʃə]	擔保人，憑證
3	**avouch**	[ə`vaʊtʃ]	主張，為……擔保

(18) AR 讀 /ɑr/

🔴 MP3-058

AR 讀做 /ɑr/，像注音符號的ㄚ ˋ ㄦ。

1	carve	[kɑrv]	雕刻
2	starve	[stɑrv]	挨餓
3	var·nish	[ˋvɑrnɪʃ]	亮光漆，修飾

(19) ER 讀 /ɝ/ 或 /ɚ/

ER 讀做重音 /ɝ/，像國語的「二」，或輕音 /ɚ/，像國語的「耳」。

1	verb	[vɝb]	動詞
2	verge	[vɝdʒ]	邊際，瀕於
3	verse	[vɝs]	韻文
4	derv	[dɝv]	柴油
5	nerve	[nɝv]	神經
6	verve	[vɝv]	氣魄，活力
7	serve	[sɝv]	服務
8	ser·vant	[ˋsɝvənt]	僕人
9	ser·vice	[ˋsɝvəs]	服務 C 後面有 E，C 讀本音 /s/；也可讀做 [ˋsɝvɪs]
10	re·verse	[rɪˋvɝs]	倒退
11	overt	[oˋvɝt]	明白的，公然的，公開的
12	in·vert	[ɪnˋvɝt]	使顛倒，使內翻
13	di·vert	[daɪˋvɝt]	轉移，使轉向，使高興

14	re·vert	[rɪˋvɝt]	回復，歸還
15	con·vert	[kənˋvɝt]	轉變，使皈依宗教
16	per·vert	[pɚˋvɝt]	使墮落，曲解，濫用
17	sub·vert	[səbˋvɝt]	顛覆，暗中破壞
18	in·tro·vert	[ˋɪntrəˌvɝt]	使內向，使內彎，進行內省
			以下這些 ER 讀輕音 /ɚ/
19	over	[ovɚ]	在……之上，完成的 此 O 讀做 /o/
20	Grover	[ˋgrovɚ]	男子名 此 O 讀做 /o/
21	co·vert	[ˋkovɚt]	隱密的 此 O 讀做 /o/
22	lov·er	[lʌvɚ]	愛人，情人 此 O 讀做 /ʌ/
23	cov·er	[ˋkʌvɚ]	遮蓋，包含 此 O 讀做 /ʌ/
24	dis·cov·er	[dɪsˋkʌvɚ]	發現 此 O 讀做 /ʌ/
25	gov·ern	[ˋgʌvɚn]	治理 此 O 讀做 /ʌ/
26	cav·ern	[ˋkævɚn]	洞穴，巨穴
27	tav·ern	[ˋtævɚn]	酒館，客棧

(20) UR 讀 /ɝ/

UR 讀做 /ɝ/，像國語的「二」。

1	curve	[kɝv]	曲線，曲球，轉彎

最後，我們要學一個新規則。

(21) ~ALVE~ 的 A 讀 /æ/，L 不發音

ALVE 的 A 讀蝴蝶音 /æ/，L 不發音。

1	**calve**	[kæv]	產犢，崩解
2	**calves**	[kævz]	小牛（複數）
3	**halve**	[hæv]	等分
4	**halves**	[hævz]	一半（複數）
5	**salve**	[sæv]	軟膏，慰藉

(1) 見字會讀

現在，請讀下面這些字，然後比對我的讀法，看看你是不是都讀對，而能夠「見字會讀」了。

1	calve	2	curve	3	verge	4	varnish
5	avoid	6	grieve	7	peevish	8	beaver
9	vault	10	move	11	love	12	vodka
13	arrive	14	vim	15	Steve	16	svelt
17	cave	18	value	19	vale	20	vest

(1) 見字會讀解答： ●MP3-059

(2) 聽音會拼

　　接下來，我們來看看你是否「聽音會拼」。請聽我出題，然後把你的答案寫在下面空格裡，最後再比對我的解答。

序號	單字	音標
1		
2		
3		
4		
5		
6		
7		
8		
9		
10		

(2) 聽寫單字拼讀答：

1	vain, vane	[ven]
2	voice	[vɔɪs]
3	vetch	[vɛtʃ]
4	starve	[stɑrv]
5	drove, strove	[drov] [strov]
6	jive, drive	[dʒaɪv] [draɪv]
7	sleeve, sleave	[sliv]
8	vampire	[ˈvæmpaɪr]
9	movie	[ˈmuvɪ]
10	voucher	[ˈvaʊtʃɚ]

23 W w 半母音

● MP3-061

W 是個半母音，在母音前是子音，在母音後則是母音。

這個字母的名稱，KK 音標是 [`dʌbəlju]，聽起來像注音符號的ㄉ
ㄜ‧ㄅㄜ‧ㄌㄧㄨ，但第二個ㄜ要輕一點，最後的ㄧㄨ要很快地連讀。

W 在母音前，當子音用的時候，讀起來像注音符號的ㄨ，但較模
糊，且雙唇之間在發音時會有點麻麻的。這個聲音的 KK 音標的符號
就是 /w/。

A 後面有子音的時候，本來 A 該讀蝴蝶音 /æ/。但是如果 A 前面
有個 W，那麼這個 A 大多會變成讀做 /ɑ/，像注音符號的ㄚ，反而較少
讀做蝴蝶音 /æ/。

那麼，到底有沒有方法決定該讀 /ɑ/，還是 /æ/ 呢？經過我仔細觀
察後，幸好發現了一點端倪。就是：

(1) 讀 /æ/ 的字，在 WA 後面大多帶著 G 或 K 的字母或聲音，例如
wag 這個字，在 WA 後面有個 G，音標是 /g/，所以 A 就讀做蝴
蝶音 /æ/。

(2) 讀 /ɑ/ 的字，在 WA 後面則不帶 G 或 K 的字母或聲音，例如
wash 這個字在 WA 後面是 SH，所以 A 就讀做 /ɑ/。

WR 開頭，W 不發音。例如 wrap 就讀做 [ræp]，W 不發音。

WH 在音節頭時大多讀為 /hw/，但 /h/ 音常被省略。例如 wham 的
音標就標註為 [(h)wæm]。「(h)」表示 h 可省去不唸，也就是說可以唸
[hwæm]，也可以唸 [wæm]。事實上，現在絕大多數（約 83%）的美國
人已經不讀這個 H 的聲音了，所以我建議你不要讀它。少數情形是 W
不發音，例如 whole 的 WH 就只讀 H 的聲音，整個字就讀做 [hol]。

DW 合讀，像注音符號的ㄉㄨ。例如 dwarf 這個字讀起來就像國語
的「舵爾府」，但尾音的 /f/ 只送氣而已，不要多個ㄨ的聲音。

TW 合讀，像注音符號的ㄊㄨ。例如 twee 這個字讀起來就像注音
符號的「ㄊㄨㄧˋ」，但「ㄨㄧˋ」要很快地連讀。

在第 17 章「Q」，我說過：Q 的讀法要等到教 W 時才一併解釋。所以，現在我也要講一講 Q 的讀法。

Q 會讀做 /k/，而且 Q 的後面幾乎一定會有個 U。如果 QU 在音節頭的時候，讀出來的聲音的音標是 /kw/，像注音符號的ㄎㄨ。

如果 QU 的前面多個 S，那麼音標當然就多個 S，寫成 /skw/。而這個 S 也當然會把這個 /k/ 的聲音變成不送氣音（像注音符號的ㄍ），所以 /skw/ 讀起來會像國語的「死菇」。例如 squash 這個字就讀做 [skwɑʃ]，像注音符號的「ㄙㄍㄨㄚˋㄒㄩ」，但結尾的 /ʃ/ 音，嘴巴不要尖出去，而且「ㄙ」音要很快地溜過去。

現在，就讓我們來學學 W 做子音時的讀法。當然也會包含帶有 QU 的字。

(1) 子音 +A 的 A 讀 /ɑ/

A 在單音節結尾時，讀 /ɑ/，像注音符號的ㄚ。

練習表 §23.1		
1 **schwa**	[ʃwɑ]	ə 這個輕聲音標的名稱 此 SCH 讀 /ʃ/

(2) (WA 或 WHA 或 QUA)+ 子音，子音中帶有 G 或 K 的字母或聲音，A 讀 /æ/

WA 或 WHA 或 QUA 後面的子音如果帶有 G 或 K 的字母或聲音，那麼這個 A 會讀做蝴蝶音 /æ/。

1	wack	[wæk]	怪人
2	wag	[wæg]	搖擺（尾巴）
3	wag·gish	[`wægɪʃ]	幽默的，開玩笑的
4	wag·on	[`wægən]	旅行汽車
5	swag	[swæg]	贓物
6	swag·ger	[`swægɚ]	昂首闊步
7	swank	[swæŋk]	說大話，擺架子
8	twang	[twæŋ]	撥弦聲
9	whack	[(h)wæk]	使勁打
10	whacked	[(h)wækt]	非常疲勞的
11	quack	[kwæk]	鴨叫聲，庸醫
12	quag	[kwæg]	沼池，困境
13	quag·mire	[`kwæg͵maɪr]	泥潭，困境

例外一：下面這兩個 WR~ 字照 R 的讀法

下面這兩個字是 WR 開頭的，而 WR 開頭，W 是不發音的，所以其實它們並沒受到 W 的影響，而是照 R 的讀法。

1	wrack	[ræk]	毀壞 此字湊巧帶有 /k/ 音
2	wrap	[ræp]	包捆

例外二：下面這兩個字的 A 讀 /æ/

下面這兩個字都沒帶著 G 或 K 的字母或聲音，但要讀做蝴蝶音 /æ/。

1	**swam**	[swæm]	游泳（swim 的過去式）
2	**wham**	[(h)wæm]	重擊

(3) [WA 或 WHA 或 QUA]+ 子音，子音沒帶著 G 或 K 的字母或聲音，A 讀 /ɑ/

WA 或 WHA 或 QUA 後面的子音如果沒帶著 G 或 K 的字母或聲音，那麼這個 A 要讀做 /ɑ/，像注音符號的ㄚ。

1	**wad**	[wɑd]	一束，填料
2	**waft**	[wɑft]	飄送 此字也可讀做 [wæft]
3	**wan**	[wɑn]	有倦容的
4	**wand**	[wɑnd]	魔杖
5	**wan·der**	[`wɑndɚ]	漫步
6	**want**	[wɑnt]	要，想要
7	**was**	[wɑz]	是（am 和 is 的過去式）
8	**wash**	[wɑʃ]	洗 也可讀做 [wɔʃ]

9	wash·er	[`waʃɚ]	洗滌器，墊圈 也可讀做 [`wɔʃɚ]
10	wasp	[wɑsp]	黃蜂，易動怒的人，刻毒的人
11	watch	[wɑtʃ]	觀看，手錶
12	wa·ter	[wɑtɚ]	水 也可讀做 [`wɔtɚ]
13	wa·ter·fall	[`wɑtɚ,fɔl]	瀑布
14	watt	[wɑt]	瓦特
15	what	[(h)wɑt]	什麼
16	swab	[swɑb]	拭子，擦洗
17	swatch	[swɑtʃ]	樣品，一小片
18	swamp	[swɑmp]	沼澤地
19	swan	[swɑn]	天鵝
20	swap	[swɑp]	交換
21	swash	[swɑʃ]	濺潑
22	swat	[swɑt]	猛打
23	swath	[swɑθ]	割草留下的草條 也可讀做 [swɔθ]
24	quad	[kwɑd]	四邊形
25	quash	[kwɑʃ]	取消，鎮壓
26	squab	[skwɑb]	幼鳥，矮胖的人
27	squad	[skwɑd]	一小群人，小隊
28	squash	[skwɑʃ]	把……壓扁，南瓜
29	squat	[skwɑt]	蹲坐
30	kum·quat	[`kʌm,kwɑt]	金桔
31	lo·quat	[`lo,kwɑt]	枇杷

(4) ~ALL 和 ~ALK 的 A 都讀 /ɔ/，但 ALK 的 L 不發音

> ALL、ALK 結尾時，A 讀做 /ɔ/，像注音符號的ㄛ，但 ALK 的 L 不發音。

1	**wall**	[wɔl]	牆
2	**squall**	[skwɔl]	大聲叫喊，狂風，悲鳴
3	**walk**	[wɔk]	走路

(5) (子音 +) A+ 子音 +E 的 A 讀 /e/，E 不發音　　●MP3-062

> A 和 E 中間有子音時，根據「E 點靈」的規則，A 要讀長音（它字母的本音）/e/，像注音符號的ㄟ，字尾的 E 不發音。

1	**wade**	[wed]	涉水
2	**wage**	[wedʒ]	工資，發動
3	**wake**	[wek]	喚醒
4	**wane**	[wen]	月虧，衰微
5	**waste**	[west]	浪費，廢棄物
6	**wave**	[wev]	揮手，波動
7	**swage**	[swedʒ]	陷型模，鐵模，用陷型模使成型
8	**swale**	[swel]	沼澤

9	whale	[(h)wel]	鯨魚
10	quake	[kwek]	震動，地震
11	equate	[ɪˋkwet]	使相等，把……作成等式

(6)（子音 +）E+ 子音的 E 讀 /ɛ/

E 在子音前，讀做 /ɛ/，像注音符號的ㄝ。

練習表 §23.6

1	web	[wɛb]	網狀物
2	wed	[wɛd]	結婚
3	weft	[wɛft]	緯線
4	weld	[wɛld]	焊接
5	well	[wɛl]	井，健全的，良好地
6	welt	[wɛlt]	貼邊，鑲邊
7	wel·come	[ˋwɛlkəm]	歡迎
8	wel·fare	[ˋwɛlˌfɛr]	福利
9	wen	[wɛn]	良性腫瘤
10	wench	[wɛntʃ]	少女，妓女
11	wend	[wɛnd]	回家
12	went	[wɛnt]	去（go 的過去式）
13	wept	[wɛpt]	哭泣，流淚（weep 的過去式，過去分詞）
14	west	[wɛst]	西方

15	**wet**	[wɛt]	濕的
16	**dwell**	[dwɛl]	寓於
17	**swell**	[swɛl]	腫脹，高質量的
18	**swept**	[swɛpt]	掃（**sweep** 的過去式，過去分詞）
19	**twelve**	[twɛlv]	十二
20	**twelfth**	[twɛlfθ]	第十二
21	**whet**	[(h)wɛt]	磨，刺激
22	**whelk**	[(h)wɛlk]	蛾螺
23	**whelp**	[(h)wɛlp]	幼獸，野孩子
24	**when**	[(h)wɛn]	何時，當……時
25	**whence**	[(h)wɛn(t)s]	從哪裡，為什麼
26	**wheth·er**	[ˋ(h)wɛðɚ]	是否 此 TH 讀做濁音的 /ð/。
27	**wreck**	[rɛk]	遭難，摧殘 WR 開頭，W 不發音。
28	**wren**	[rɛn]	女子，鷦鷯 WR 開頭，W 不發音。
29	**wrench**	[rɛntʃ]	扳鉗 WR 開頭，W 不發音。
30	**wrest**	[rɛst]	奪取 WR 開頭，W 不發音。
31	**wretch**	[rɛtʃ]	可憐的人 WR 開頭，W 不發音。
32	**quell**	[kwɛl]	撲滅，壓服，使鎮靜
33	**squelch**	[skwɛltʃ]	壓制
34	**quench**	[kwɛntʃ]	熄滅，冷卻
35	**quest**	[kwɛst]	探索
36	**be·quest**	[bɪˋkwɛst]	遺贈，遺物
37	**re·quest**	[rɪˋkwɛst]	要求

(7) (子音 +) l+ 子音的 l 讀 /ɪ/

> I 在子音前，讀做 /ɪ/，一個短而模糊的一。

1	wick	[wɪk]	燈心
2	wig	[wɪg]	假髮
3	will	[wɪl]	將，意志，遺囑
4	wilt	[wɪlt]	枯萎
5	win	[wɪn]	贏，贏得
6	wince	[wɪn(t)s]	畏縮
7	winch	[wɪntʃ]	絞車
8	wing	[wɪŋ]	翅膀
9	wink	[wɪŋk]	眨眼
10	wish	[wɪʃ]	希望
11	wisp	[wɪsp]	小把，小束
12	wit	[wɪt]	機智
13	witch	[wɪtʃ]	女巫
14	with	[wɪθ]	和……一起 也可讀做 [wɪð]
15	with·er	[ˋwɪðɚ]	枯萎 THER 的 TH 在母音後讀做濁音的 /ð/
16	swift	[swɪft]	迅速的
17	swill	[swɪl]	沖刷，殘食
18	swim	[swɪm]	游泳
19	swing	[swɪŋ]	搖擺，鞦韆

20	swink	[swɪŋk]	辛苦地工作
21	swish	[swɪʃ]	嗖地揮動
22	Swiss	[swɪs]	瑞士的，瑞士人
23	switch	[swɪtʃ]	開關，轉換
24	twig	[twɪg]	細枝
25	twill	[twɪl]	斜紋布
26	twinge	[twɪndʒ]	刺痛
27	twist	[twɪst]	扭
28	twit	[twɪt]	傻子，白痴
29	twitch	[twɪtʃ]	驟然抽動
30	twit·ter	[ˋtwɪtɚ]	吱吱地叫
31	which	[(h)wɪtʃ]	何者
32	whiff	[(h)wɪf]	一吸，輕拂
33	whim	[(h)wɪm]	奇想
34	whin	[(h)wɪn]	荊豆
35	wrick	[rɪk]	扭傷 WR 開頭，W 不發音。
36	wring	[rɪŋ]	絞，擰 WR 開頭，W 不發音。
37	wrist	[rɪst]	腕 WR 開頭，W 不發音。
38	writ	[rɪt]	令狀 WR 開頭，W 不發音。
39	quick	[kwɪk]	急速的
40	quid	[kwɪd]	一鎊，煙草塊
41	quiff	[kwɪf]	一陣風，一口煙，輕佻的女子
42	quill	[kwɪl]	羽莖，鵝毛筆
43	quince	[kwɪn(t)s]	一種果樹

44	quip	[kwɪp]	說妙語，諷刺，遁詞，奇異之舉動或事物
45	quit	[kwɪt]	離開，辭職
46	quilt	[kwɪlt]	棉被，被單
47	quits	[kwɪts]	對等的，兩相抵消的
48	squib	[skwɪb]	信口講，放爆竹
49	squid	[skwɪd]	魷魚
50	squill	[skwɪl]	海蔥
51	squint	[skwɪnt]	斜眼看，瞇眼看
52	squish	[skwɪʃ]	咯咯聲，壓爛，壓扁
53	van·quish	[`væn͵kwɪʃ]	徹底戰勝
54	quiv·er	[`kwɪvɚ]	顫動，顫聲

(8)（子音 +）I+ 子音 +E 的 I 讀 /aɪ/，E 不發音

> I 和 E 中間有子音時，根據「E 點靈」的規則，I 要讀長音（它字母的本音）/aɪ/，像注音符號的ㄞ，字尾的 E 不發音。

練習表 §23.8

1	wide	[waɪd]	寬的
2	wife	[waɪf]	妻子
3	wile	[waɪl]	詭計
4	wine	[waɪn]	酒
5	wipe	[waɪp]	擦拭
6	wise	[waɪz]	有智慧的 此 S 讀 /z/

7	swine	[swaɪn]	豬
8	swipe	[swaɪp]	猛擊，大口喝湯
9	twice	[twaɪs]	兩度
10	twine	[twaɪn]	捻搓
11	twite	[twaɪt]	黃嘴朱頂雀
12	while	[(h)waɪl]	當……時
13	whine	[(h)waɪn]	嘀咕，發哀鳴聲
14	white	[(h)waɪt]	白色，白的
15	write	[raɪt]	寫 WR 開頭，W 不發音。
16	writhe	[raɪð]	扭曲 WR 開頭，W 不發音。
17	quite	[kwaɪt]	完全地，相當地，真正地

(9) (子音 +) O+ 子音的 O 讀 /ɑ/

O 在子音前，讀它的短音 /ɑ/，像注音符號的ㄚ。

練習表 §23.9

1	swop	[swɑp]	交換
2	swot	[swɑt]	書呆子
3	whop	[(h)wɑp]	特大號

(10) (子音 +) O+(子音)+E 的 O 讀 /o/，E 不發音

O 和 E 中間不管有沒有子音，都會根據「E 點靈」的規則，O 讀
長音（它字母的本音）/o/，像注音符號的ㄡ，而字尾的 E 不發音。

練習表 §23.10

1	woe	[wo]	悲哀，苦惱
2	woke	[wok]	喚醒（wake 的過去式）
3	wove	[wov]	編織（weave 的過去式）
4	whole	[hol]	全部 此 W 不發音。
5	wrote	[rot]	寫（write 的過去式） WR 開頭，W 不發音。
6	quote	[kwot]	引用，報價

(11) AI 大多讀 /e/

● MP3-063

AI 在一起時，大多讀做 /e/，像注音符號的ㄟ。

練習表 §23.11

1	waif	[wef]	流浪兒
2	wail	[wel]	嚎咷
3	waist	[west]	腰
4	wait	[wet]	等待
5	waive	[wev]	不堅持，放棄
6	twain	[twen]	兩個

7	wraith	[reθ]	生魂 WR 開頭，W 不發音。
8	quail	[kwel]	鶉，漂亮姑娘
9	quaint	[kwent]	富有奇趣的
10	ac·quaint	[ə`kwent]	使認識

(12) EA 大多讀 /i/

> EA 在一起時，大多讀做 /i/，像注音符號的一。

練習表 §23.12

1	weak	[wik]	弱的
2	weal	[wil]	傷痕
3	wean	[win]	斷奶
4	weave	[wiv]	編織
5	tweak	[twik]	擰，扭
6	wheat	[(h)wit]	小麥
7	wreak	[rik]	發洩 WR 開頭，W 不發音
8	wreath	[riθ]	花圈 WR 開頭，W 不發音
9	wreathe	[rið]	將……紮成圈 WR 開頭，W 不發音；THE 結尾，TH 讀做濁音的 /ð/
10	squeak	[skwik]	吱吱聲，勉強通過
11	squeal	[skwil]	長聲尖叫，告密，敲竹槓
12	be·queath	[bɪ`kwiθ]	立遺言，傳給
13	squea·mish	[`skwimɪʃ]	反胃的，過於拘謹的

(13) EE 讀 /i/

EE 在一起時，讀做 /i/，像注音符號的一。

			練習表 §23.13
1	**wee**	[wi]	極小的
2	**weed**	[wid]	野草
3	**week**	[wik]	星期
4	**weep**	[wip]	哭泣
5	**sweep**	[swip]	打掃
6	**sweet**	[swit]	甜的
7	**twee**	[twi]	矯飾的，冶豔的
8	**tweet**	[twit]	啁啾
9	**wheel**	[(h)wil]	車輪
10	**queen**	[kwin]	女王，王后
11	**squee·gee**	[`skwidʒi]	T 形拖把

(14) OI 大多讀 /ɔɪ/

OI 在一起時，大多讀做 /ɔɪ/，像注音符號的ㄛ丶一。

			練習表 §23.14
1	**quoit**	[kwɔɪt]	鐵圈，金屬環
2	**quoits**	[kwɔɪts]	擲環套樁遊戲

(15) 幾個特別字的 O 讀 /u/

底下是幾個 O 讀做 /u/（像注音符號的 ㄨ）的特別字。

1	**two**	[tu]	二
2	**who**	[hu]	誰 此 W 不發音
3	**whom**	[hum]	誰（**who** 的受格）此 W 不發音
4	**whose**	[huz]	誰的 此 W 不發音
5	**womb**	[wum]	子宮
6	**to**	[tu]	到 此字雖沒帶有 W，但與本表第 1 個字 **two** 發音相同
7	**tomb**	[tum]	墳墓 此字雖沒帶有 W，但與本表第 5 個字 **womb** 發音類似

(16) OO 大多數讀 /u/

OO 大多數會讀做長音的 /u/，像注音符號的 ㄨ。

1	**woo**	[wu]	求婚
2	**woof**	[wuf]	織物，緯線 另一種讀法請見下表第 6 個字
3	**swoon**	[swun]	神魂顛倒
4	**whoop**	[hup]	高呼，咳嗽 此 W 不發音
5	**whoop·la**	[ˋhuplə]	喧嘩，投環套遊戲 此 W 不發音

6	swoop	[swup]	搶去
7	whoosh	[huʃ]	飛快地移動 此 W 不發音

(17) OO 少數讀 /ʊ/

OO 少數會讀做短音的 /ʊ/，似短而模糊的ㄨ。

練習表 §23.17

1	hood·wink	[ˋhʊdwɪŋk]	矇騙
2	wood	[wʊd]	木
3	wood·cock	[ˋwʊdkak]	丘鷸，山鷸
4	wood·block	[ˋwʊdblak]	鋪木，版木
5	wood·peck·er	[ˋwʊdˌpɛkɚ]	啄木鳥
6	woof	[wʊf]	狗的低吠聲 另一種讀法請見上表第 2 個字
7	wool	[wʊl]	羊毛
8	whoo·pee	[ˋ(h)wʊpi]	欣喜若狂而發出的聲音

(18) 三個常用的 ~OULD 都讀 /ʊd/，L 不發音

底下有三個很常用的助動詞，它們的 OULD 都讀 /ʊd/，而 L 不發音。

練習表 §23.18

1	could	[kʊd]	能（can 的過去式）

| 2 | would | [wʊd] | 願，要（will 的過去式） |
| 3 | should | [ʃʊd] | 應該，居然，萬一（shall 的過去式） |

繞口令：

How much wood would a woodchuck chuck if a woodchuck could chuck wood?

（如果土撥鼠能丟木頭的話，牠會丟多少木頭呢？）

(19) WAR(+ 子音) 的 AR 讀 /ɔr/

MP3-064

> WAR 在一起時，AR 會變成讀做 /ɔr/，像注音符號的ㄛ ㄦ。
>
> AR 的 A 本來是讀做 /ɑ/，嘴巴是張得最大的，可是被 W 一管，嘴巴就縮小成 /ɔ/（像注音符號的ㄛ）了。這個 W 好厲害啊！

			練習表 §23.19
1	war	[wɔr]	戰爭
2	ward	[wɔrd]	病房
3	award	[ə`wɔrd]	獎，獎品
4	warm	[wɔrm]	溫暖的
5	warn	[wɔrn]	警告
6	warp	[wɔrp]	變歪
7	wart	[wɔrt]	疣
8	dwarf	[dwɔrf]	侏儒
9	sward	[swɔrd]	草地，草皮，鋪上草皮
10	swarf	[swɔrf]	金屬的切屑
11	swarm	[swɔrm]	一大群，密集，擠滿，爬樹或桿

12	swart	[swɔrt]	有害的，惡毒的
13	wharf	[(h)wɔrf]	停泊處
14	quart	[kwɔrt]	夸脫，四張同花順
15	quart·er	[`kwɔrtɚ]	四分之一，25 分錢

(20) 子音 +ARE 的 ARE 讀 /ɛr/

> WARE 在一起時，ARE 仍然讀做 /ɛr/，像注音符號的 ㄝ ㄟ ㄦ。這裡的 W 不發威。

1	ware	[wɛr]	商品，製品
2	aware	[ə`wɛr]	意識到的
3	be·ware	[bɪ`wɛr]	謹防
4	flat·ware	[`flæt͵wɛr]	扁平餐具
5	hard·ware	[`hɑrd͵wɛr]	五金，硬體
6	soft·ware	[`sɔft͵wɛr]	軟體
7	stone·ware	[`ston͵wɛr]	石製品
8	iron·ware	[`aɪ(ə)rn͵wɛr]	鐵器 這個字的讀法要特別注意。
9	sil·ver·ware	[`sɪlvɚ͵wɛr]	銀餐具
10	ware·house	[`wɛr͵haʊs]	倉庫
11	square	[skwɛr]	正方形，城市廣場，平方

(21) ~EAR 少數讀 /ɛr/

> EAR 在字尾時，少數會讀 /ɛr/，像注音符號的ㄝ ㄦ。

　　這類字還有三個：bear、pear 和 tear，已經在前面第 18 章「R」的練習表 §18.23a 以及第 20 章 T 的練習表 §20.25a 告訴過你了。

			練習表 §23.21
1	**wear**	[wɛr]	穿，戴
2	**swear**	[swɛr]	發誓，詛咒

(22) ~EER 讀 /ɪr/

> EER 在字尾讀做 /ɪr/，像注音符號的一 ㄦ。

			練習表 §23.22
1	**queer**	[kwɪr]	奇怪的，可疑的

(23) 三個常用字的 ERE 都讀 /ɛr/

> 底下這三個 ERE 都不照規則，讀做 /ɛr/，像注音符號的ㄝ ㄦ。

			練習表 §23.23
1	**there**	[ðɛr]	那裡

2	where	[(h)wɛr]	哪裡
3	were·wolf	[`wɛr͵wʊlf]	狼人

(24) IR 讀 /ɝ/

IR 讀做 /ɝ/，像國語的「二」。

1	swirl	[swɝl]	旋動，紛亂
2	twirl	[twɝl]	扭動
3	whir	[(h)wɝ]	作呼呼聲
4	whirr	[(h)wɝ]	呼呼的聲音
5	whirl	[(h)wɝl]	迴旋
6	quirk	[kwɝk]	怪癖，奇行，花體字
7	quirt	[kwɝt]	馬鞭
8	squirm	[skwɝm]	蠕動
9	squirt	[skwɝt]	噴射器，噴出

(25) IRE 讀 /aɪr/

IRE 讀做 /aɪr/，像注音符號的 ㄞ ㄟ ㄦ。

1	wire	[waɪr]	金屬線
2	quire	[kwaɪr]	24 或 25 張同質同大小的一疊紙
3	squire	[skwaɪr]	鄉紳，地方法官
4	in·quire	[ɪn`kwaɪr]	查詢
5	ac·quire	[ə`kwaɪr]	獲得，養成

(26) WOR 的 OR 大多讀 /ɝ/

WOR 在一起時，OR 大多會變成讀做 /ɝ/，像國語的「二」。

OR 本來讀做 /ɔr/，可是這裡的 /ɔr/ 的音已經被 WAR 的 AR 搶去了，所以它的嘴型只好變得更小，變成 /ɝ/ 了。又是 W 在作怪！

1	word	[wɝd]	文字，語言
2	work	[wɝk]	工作
3	world	[wɝld]	世界
4	worm	[wɝm]	蟲
5	wor·ried	[`wɝid]	焦慮的 /ɝ/ 的音尾帶 r，所以不另標 /r/。
6	worse	[wɝs]	較差的
7	worst	[wɝst]	最差的
8	wor·ship	[`wɝʃəp]	崇拜
9	worth	[wɝθ]	值

例外：以下這些 OR 讀 /ɔr/

以下這些 OR 仍讀 /ɔr/，像注音符號的ㄛ ヽ ㄦ。你可以發現其中有好幾個都是過去式、過去分詞。而唯一一個不是的，其實是 W 不發音的。所以，好像也不難記。

			練習表 §23.26a
1	wore	[wɔr]	穿，戴（wear 的過去式）
2	worn	[wɔrn]	穿，戴（wear 的過去分詞）
3	swore	[swɔr]	發誓，詛咒（swear 的過去式）
4	sworn	[swɔrn]	發誓，詛咒（swear 的過去分詞）
5	sword	[sɔrd]	劍 此 W 不發音

再來，我們要練習一些已經累積夠多，而看得出規則的字。

(27) ~ILD，~IND 為重音節時，I 大多讀 /aɪ/

ILD，IND 結尾，且為重音節時，I 大多讀為 /aɪ/，像注音符號的ㄞ，雖然這裡的 I 後面跟的也是子音。

			練習表 §23.27
1	child	[tʃaɪld]	小孩
2	mild	[maɪld]	溫和的
3	wild	[waɪld]	野的
4	bind	[baɪnd]	綁

5	blind	[blaɪnd]	盲的
6	find	[faɪnd]	找到
7	hind	[haɪnd]	後面的
8	be·hind	[bɪˋhaɪnd]	在……之後
9	kind	[kaɪnd]	仁慈的，種類
10	mind	[maɪnd]	頭腦，介意
11	re·mind	[rɪˋmaɪnd]	提醒
12	rind	[raɪnd]	樹皮，肉皮
13	grind	[graɪnd]	磨
14	wind	[waɪnd]	繞，上緊發條 另一種讀法，請見例外表第 4 個字

例外：底下這些字的 I 讀 /ɪ/

底下這些字的 I 仍讀 /ɪ/，一個短而模糊的一。

練習表 §23.27a

1	build	[bɪld]	建築 此 U 不發音
2	gild	[gɪld]	給……鍍金
3	guild	[gɪld]	同業公會 此 U 不發音
4	wind	[wɪnd]	風 另一種讀法，請見上表第 14 個字
5	re·scind	[rɪˋsɪnd]	廢止，取消

(28) ALM 讀 /ɑm/ 或 /ɑlm/

MP3-065

ALM 在一起時，會讀做 /ɑ(l)m/，L 可發音也可不發音，不過大多數美國人會發 L 音。

在這裡，我只列幾個較有用的字：

			練習表 §23.28
1	balm	[bɑ(l)m]	香脂，止痛藥膏
2	calm	[kɑ(l)m]	鎮靜，鎮靜的
3	malm	[mɑ(l)m]	泥灰岩
4	palm	[pɑ(l)m]	手心，棕櫚樹
5	psalm	[sɑ(l)m]	讚美詩
6	qualm	[kwɑ(l)m]	內疚
7	al·mond	[`ɑ(l)mənd]	杏子 很多美國人會讀做 [`ɔlmənd]

接下來，我們要學 W 做母音時的讀法，這就與 Q 無關了。

(29) AW 讀 /ɔ/

AW 讀做 /ɔ/，像注音符號的ㄛ。

			練習表 §23.29
1	caw	[kɔ]	烏鴉的叫聲
2	daw	[dɔ]	穴烏
3	haw	[hɔ]	呃，嗯（表示躊躇，疑問或支吾的語聲）

4	jaw	[dʒɔ]	顎
5	law	[lɔ]	法律
6	maw	[mɔ]	動物的胃或咽喉
7	paw	[pɔ]	爪子
8	raw	[rɔ]	生的
9	saw	[sɔ]	看見（see 的過去式），鋸，鋸子
10	see·saw	[`sisɔ]	蹺蹺板，玩蹺蹺板，漲落，搖擺不定的
11	jig·saw	[`dʒɪg͵sɔ]	使互相交錯搭接，豎鋸，線鋸
12	chaw	[tʃɔ]	咀嚼
13	claw	[klɔ]	腳爪
14	flaw	[flɔ]	瑕疵，一陣狂風
15	slaw	[slɔ]	包心菜沙拉
16	gnaw	[nɔ]	唸 GN 開頭，G 不發音
17	braw	[brɔ]	華麗的
18	craw	[krɔ]	動物的胃
19	draw	[drɔ]	畫，拉，引出，吸引
20	thaw	[θɔ]	融解 此 TH 讀做送氣的 /θ/
21	straw	[strɔ]	稻草，麥桿
22	squaw	[skwɔ]	美洲印地安女人，女子氣的男人
23	bawd	[bɔd]	鴇母，淫話
24	awe	[ɔ]	威嚇
25	awful	[`ɔfʊl]	令人畏懼的，可怕的，極壞的
26	dawk	[dɔk]	中間派
27	gawk	[gɔk]	笨拙或害羞的人

28	hawk	[hɔk]	鷹
29	squawk	[skwɔk]	粗厲地叫，訴苦，抗議，愛報怨者，告密者
30	awl	[ɔl]	錐子
31	bawl	[bɔl]	叫喊
32	pawl	[pɔl]	爪，倒齒，齒輪剎車
33	brawl	[brɔl]	爭吵
34	crawl	[krɔl]	爬行
35	drawl	[drɔl]	慢吞吞地說
36	shawl	[ʃɔl]	披肩
37	trawl	[trɔl]	拖網
38	scrawl	[skrɔl]	潦草筆跡
39	sprawl	[sprɔl]	蔓延
40	awn	[ɔn]	芒
41	dawn	[dɔn]	黎明
42	fawn	[fɔn]	小鹿
43	lawn	[lɔn]	草地
44	pawn	[pɔn]	典當，兵卒
45	sawn	[sɔn]	鋸（saw 的過去分詞）
46	brawn	[brɔn]	肌肉，醃肉
47	drawn	[drɔn]	畫，拉，引出，吸引（draw 的過去分詞）
48	prawn	[prɔn]	大蝦
49	spawn	[spɔn]	魚卵，菌絲

(30) [非 L 或 R 的子音]+EW 的 EW 讀 /ju/

EW 前面的子音如果不是 L 或 R，那麼 EW 就讀做 /ju/，像注音符號的一ㄝㄨ。如果是，就要照下一個規則的讀法。

1	dew	[dju]	露水
2	few	[fju]	少數的
3	hew	[hju]	砍，劈，開闢
4	hewn	[hjun]	砍，劈，開闢（hew 的過去分詞）
5	Jew	[dʒu]	猶太人 音標 /dʒ/ 已經隱含 /j/ 音，所以後面只須寫 /u/
6	mew	[mju]	貓叫聲
7	new	[nju]	新的
8	news	[njuz]	新聞
9	newt	[njut]	水蜥
10	knew	[nju]	知道（know 的過去式）KN 開頭，K 不發音
11	pew	[pju]	教堂內的靠背長凳
12	chew	[tʃu]	嚼 音標 /tʃ/ 已經隱含 /j/ 音，所以後面只須寫 /u/
13	skew	[skju]	歪的
14	spew	[spju]	嘔吐
15	stew	[st(j)u]	燜，燉
16	view	[vju]	視野，風景，看法
17	re·view	[rɪˋvju]	複習，覆查，回顧

18	cash·ew	[`kæʃu]	腰果 音標 /ʃ/ 已經隱含 /j/ 音,所以後面只須寫 /u/
19	cur·few	[`kɝfju]	宵禁
20	neph·ew	[`nɛfju]	姪兒

(31) LEW 或 REW 的 EW 讀 /u/

EW 本來是讀 /ju/,可是在 L 或 R 後面時,/j/ 音就不讀出來,而只讀 /u/,像注音符號的ㄨ。

			練習表 §23.31
1	lewd	[lud]	淫亂的
2	blew	[blu]	吹(blow 的過去式)
3	clew	[klu]	金屬環
4	flew	[flu]	飛(fly 的過去式)
5	slew	[slu]	殺害(slay 的過去式)
6	brew	[bru]	釀造
7	He·brew	[`hibru]	希伯來人,希伯來語,猶太人
8	crew	[kru]	全體船員,同事們
9	drew	[dru]	畫,拉,引出,吸引(draw 的過去式)
10	grew	[gru]	長大(grow 的過去式)
11	screw	[skru]	螺絲
12	shrew	[ʃru]	潑婦
13	shrewd	[ʃrud]	精明的,銳利的,劇烈的,機靈的

14	strew	[stru]	散播
15	strewn	[strun]	散播（strew 的過去分詞）
16	threw	[θru]	投，擲（throw 的過去式）TH 在子音前讀做送氣的 /θ/

接下去我們要講 OW 的讀法。OW 有兩種讀法，勢均力敵，而且都沒有明顯的規則，所以得每個字個別背。

(32) OW 的第一種讀法是 /o/

OW 的第一種讀法是 /o/，像注音符號的ㄡ。

練習表 §23.32

1	bow	[bo]	弓 另一種讀法，請見下面練習表 33 第 1 個字
2	el·bow	[ˋɛlbo]	肘
3	shad·ow	[ˋʃædo]	陰影，幻影，遮蔽，預示，尾隨
4	wid·ow	[ˋwɪdo]	寡婦
5	win·dow	[ˋwɪndo]	窗戶
6	low	[lo]	低的
7	be·low	[bɪˋlo]	在……之下
8	mow	[mo]	剪草
9	row	[ro]	行，列 另一種讀法，請見下面練習表 33 的第 5 個字
10	sow	[so]	播種 另一種讀法，請見下面練習表 33 第 6 個字
11	tow	[to]	拖

12	be·stow	[bɪˋsto]	將勳位、學位、獎賞等授與
13	show	[ʃo]	演出，展示
14	blow	[blo]	吹
15	flow	[flo]	流動
16	glow	[glo]	發光
17	slow	[slo]	慢的
18	know	[no]	知道 KN 開頭，K 不發音
19	snow	[sno]	雪
20	crow	[kro]	烏鴉
21	scare·crow	[ˋskɛrˌkro]	稻草人
22	grow	[gro]	長大
23	throw	[θro]	投，擲 TH 在子音前讀做送氣的 /θ/
24	stow	[sto]	包裝，收藏起來
25	ar·row	[ˋæro]	箭
26	bar·row	[ˋbæro]	單輪手推車
27	mar·row	[ˋmæro]	骨髓，精華，活力，生氣
28	nar·row	[ˋnæro]	狹窄的
29	spar·row	[ˋspæro]	麻雀
30	shal·low	[ˋʃælo]	淺的，淺薄的
31	swal·low	[ˋswɑlo]	吞，燕子
32	fel·low	[ˋfɛlo]	傢伙，伙伴，同事，特別研究員
33	mel·low	[ˋmɛlo]	甘美多汁的，芳醇的，使豐美，使醇香
34	pil·low	[ˋpɪlo]	枕頭
35	wil·low	[ˋwɪlo]	柳樹，柳木製的，板球的球棒

36	fol·low	[`falo]	跟隨
37	hol·low	[`halo]	中空的，凹陷的，虛假的，挖空
38	bor·row	[`baro]	借入 也可讀做 [`bɔro]
39	sor·row	[`saro]	悲痛，傷心事 也可讀做 [`sɔro]
40	owe	[o]	欠 此 E 沒功用，因這裡的 W 是做母音用
41	bowl	[bol]	碗，打保齡球
42	bowl·ing	[`bolɪŋ]	保齡球
43	own	[on]	自己的
44	mown	[mon]	剪草（mow 的過去分詞）
45	sown	[son]	播種（sow 的過去分詞）
46	shown	[ʃon]	顯示（show 的過去分詞）
47	blown	[blon]	吹（blow 的過去分詞）
48	flown	[flon]	飛（fly 的過去分詞）
49	known	[non]	著名的，已知的，知道（know 的過去分詞）KN 開頭，K 不發音
50	grown	[gron]	成熟的，茂盛的，生長（grow 的過去分詞）
51	thrown	[θron]	扔，擲（throw 的過去分詞）TH 在子音前讀做送氣的 /θ/
52	growth	[groθ]	生長，瘤

(33) OW 的第二種讀法是 /aʊ/

OW 的第二種讀法是 /aʊ/，像注音符號的 ㄠ。

1	bow	[baʊ]	鞠躬 另一種讀法，請見練習表 32 第 1 個字
2	cow	[kaʊ]	乳牛
3	how	[haʊ]	如何
4	now	[naʊ]	現在
5	row	[raʊ]	吵嚷 另一種讀法，請見上面練習表 32 第 9 個字
6	sow	[saʊ]	大母豬 另一種讀法，請見上面練習表 32 第 10 個字
7	vow	[vaʊ]	宣誓
8	avow	[əˋvaʊ]	公開承認，坦白承認
9	wow	[waʊ]	表示驚奇羨慕的嘆詞
10	scow	[skaʊ]	大型平底船
11	chow	[tʃaʊ]	食物，吃
12	dhow	[daʊ]	單桅帆船 DH 開頭，H 不發音
13	plow	[plaʊ]	挖，鏟雪機
14	brow	[braʊ]	眉毛，懸崖
15	prow	[praʊ]	英勇的，船首，機首
16	al·low	[əˋlaʊ]	允許
17	en·dow	[ɛnˋdaʊ]	賦與，賦有，捐贈基金給
18	kow·tow	[ˋkaʊˏtaʊ]	磕頭
19	pow·wow	[ˋpaʊˏwaʊ]	北美印地安人的狂歡典禮，巫師，巫醫
20	crowd	[kraʊd]	人群，擠
21	owl	[aʊl]	貓頭鷹
22	cowl	[kaʊl]	頭巾，連帶頭巾的寬鬆長袍

23	fowl	[faʊl]	禽鳥
24	howl	[haʊl]	哀嚎
25	jowl	[dʒaʊl]	顎
26	scowl	[skaʊl]	怒容，皺眉
27	growl	[graʊl]	忿忿不平，咆哮
28	prowl	[praʊl]	徘徊
29	down	[daʊn]	朝下
30	gown	[gaʊn]	長袍
31	town	[taʊn]	城鎮
32	clown	[klaʊn]	小丑
33	brown	[braʊn]	褐色，褐色的
34	crown	[kraʊn]	王冠
35	drown	[draʊn]	淹死
36	frown	[fraʊn]	皺眉
37	dowse	[daʊz]	用卜棒探尋水、礦脈 此 S 讀 /z/
38	browse	[braʊz]	瀏覽 此 S 讀 /z/
39	drowse	[draʊz]	假寐 此 S 讀 /z/
40	tow·er	[ˋtaʊɚ]	塔
41	tow·el	[ˋtaʊ(ə)l]	毛巾
42	bow·el	[ˋbaʊ(ə)l]	腸

(1) 見字會讀

現在,請讀下列這些字,然後比對我的讀法,看看你是不是都讀對,而能夠「見字會讀」了。

1	strewn	2	twang	3	whale	4	twelfth
5	squall	6	twinge	7	world	8	acquaint
9	nephew	10	swatch	11	behind	12	writhe
13	squeegee	14	screw	15	squawk	16	kumquat
17	whirl	18	sprawl	19	squire	20	dwarf

(1) 見字會讀解答: ● MP3-066

(2) 聽音會拼

接下來，我們來看看你是否「聽音會拼」。請聽我出題，然後把你的答案寫在下面空格裡，最後再比對我的解答。

序號	單字	音標
1		
2		
3		
4		
5		
6		
7		
8		
9		
10		

(2) 聽音會拼解答：

1	waste, waist	[west]
2	new, knew	[nju]
3	dwell	[dwɛl]
4	quagmire	[ˋkwæɡmaɪr]
5	squash	[skwɑʃ]
6	wharf	[(h)wɔrf]
7	weak, week	[wik]
8	twitch	[twɪtʃ]
9	quoits	[kwɔɪts]
10	ventriloquist	[vɛnˋtrɪləkwɪst]

24 X x 子音

MP3-068

X 這個字母的名稱的讀法是先發個ㄝˋ。然後把ㄎㄙ兩音很快地帶過去，這樣就會讀出正確的聲音了，音標是 [ɛks]。

X 在字頭時，讀做 /z/。

X 在字尾時，讀 /ks/。例如 lax 的 X 在字尾，所以要讀做 /ks/。而這個字的延伸字 laxative 裡的 X 也還是讀做 /ks/。

含 X 的字很多都以 EX 開頭。這時的 X，有時讀 /ks/，有時讀 /gz/，有的有規則，有的沒有規則。

在讀多音節的字時，你要把 /k/ 或 /g/ 的聲音跟前面的母音一起讀，而 /s/ 或 /z/ 的聲音則跟後面的母音一起讀。

(1) X~ 的 X 讀 /z/

X 在字頭時，讀做 /z/。這種字不多，而我們日常生活中能用到的更是少之又少。

練習表 §24.1

1	**xe·rox**	[ˋzɪrɑks]	用靜電印刷術複製
2	**xe·no·pho·bia**	[ˌzɛnəˋfobɪə]	懼恨外國人症 此 I 的讀法，台灣辭典多標註為短音 /ɪ/

接下去，讓我們來練一練 X 在字尾及其延伸字時的讀法：

(2)（子音 +）A+ 子音的 A 讀 /æ/

> A 在子音前，讀它的短音，蝴蝶音 /æ/。

下表第 6 和 12 個字的 maxi 及 taxi 兩個字的 I，根據美國很多辭典，都應該讀做長音 /i/，但台灣出版的很多辭典都標註成短音 /ɪ/。我的建議是：請讀長音。

			練習表 §24.2
1	ax(e)	[æks]	斧頭
2	fax	[fæks]	傳真
3	lax	[læks]	鬆弛的，馬虎的
4	lax·a·tive	[ˋlæksətɪv]	輕瀉劑
5	max	[mæks]	最大限度，男子名
6	maxi	[ˋmæksi]	長裙，長大衣
7	max·im	[ˋmæksəm]	格言，諺語
8	max·i·mum	[ˋmæksəməm]	頂點，最大限度
9	sax	[sæks]	薩克斯管
10	sax·o·phone	[ˋsæksəˌfon]	薩克斯管
11	tax	[tæks]	稅，徵稅，加重負擔
12	taxi	[ˋtæksi]	計程車
13	wax	[wæks]	臘，上臘
14	flax	[flæks]	麻線
15	re·lax	[rɪˋlæks]	放鬆

(3) (子音 +) E+ 子音的 E 讀 /ɛ/

E 在子音前，讀做 /ɛ/，像注音符號的ㄝ。

1	**hex**	[hɛks]	巫婆，施魔法
2	**rex**	[rɛks]	君王，男子名
3	**sex**	[sɛks]	性，性別
4	**vex**	[vɛks]	煩擾
5	**flex**	[flɛks]	屈曲
6	**next**	[nɛkst]	下一個
7	**text**	[tɛkst]	本文

(4) (子音 +) I+ 子音的 I 讀 /ɪ/

I 在子音前，讀做 /ɪ/，一個短而模糊的一。

1	**fix**	[fɪks]	修理
2	**mix**	[mɪks]	混合
3	**six**	[sɪks]	六
4	**pix·ie**	[ˋpɪksi]	小精靈，小妖精
5	**jinx**	[dʒɪŋks]	不吉祥的人
6	**minx**	[mɪŋks]	頑皮的女孩

| 7 | sphinx | [sfɪŋks] | 獅身人面像 |

(5) (子音 +) O+ 子音的 O 讀 /ɑ/

> O 在子音前，讀它的短音 /ɑ/，像注音符號的ㄚ。

1	ox	[ɑks]	牛之通稱，公牛
2	box	[bɑks]	盒子，拳擊
3	cox	[kɑks]	舵手，艦長
4	fox	[fɑks]	狐狸
5	lox	[lɑks]	燻鮭魚
6	pox	[pɑks]	痘

(6) (子音 +) U+ 子音的 U 讀 /ʌ/

> U 在子音前，讀做 /ʌ/，像注音符號的ㄜ。

1	lux	[lʌks]	照明單位
2	mux	[mʌks]	弄糟，混亂
3	tux	[tʌks]	燕尾服
4	flux	[flʌks]	流出，連續的改變

| 5 | crux | [krʌks] | 關鍵 |

(7) OA 大多讀 /o/

OA 在一起時，大多讀做 /o/，像注音符號的 ㄡ。

| 1 | coax | [koks] | 用好話勸 |
| 2 | hoax | [hoks] | 惡作劇 |

● MP3-069

　　接下去，讓我們來練一練 X 在 EX 開頭的字中的讀法，但是在開始練習之前，我要先解釋一下這些字當中哪些是有規則的。

　　　X 既然可讀出 /ks/ 的音，也就是說它的結尾音是 /s/，而這個 /s/ 音又是個能把後面的 /k/、/p/、/t/ 等音變成不送氣的音，所以：

　　當 EX 開頭，而接下去的字母是 C、P 或 T 時，X 一定讀為帶有 /s/ 音的 /ks/。這樣，它才有機會來把後面的 /k/、/p/、/t/ 等聲音變成不送氣音。

　　另外，EXA 和 EXU 開頭時，X 則讀做 /gz/。

(8) EXCE~ 或 EXCI~ 的 X 讀 /ks/，C 讀 /s/

　　　EXC 後面接的字母是 E 或 I 時，X 讀做 /ks/，而 C 因為後面有 E 或 I，所以讀 /s/，這就與前面 /ks/ 的 /s/ 重複了，於是兩個 /s/ 音只要讀一次。

1	**ex·ceed**	[ɪk`sid]	超越
2	**ex·cel**	[ɪk`sɛl]	優於
3	**ex·cept**	[ɪk`sɛpt]	除了
4	**ex·cess**	[ɪk`sɛs]	過量
5	**ex·cite**	[ɪk`saɪt]	使興奮

(9) EXC(非 E 或 I) 的 X 讀 /ks/，C 讀不送氣的 /k/

EXC 後面接的字母不是 E 或 I 時，X 也讀做 /ks/，但後面的 C 所讀出的 /k/，因為在 /s/ 後面，所以要變成像注音符號的ㄍ音，不送氣。

1	**ex·claim**	[ɪks`klem]	呼喊，大聲説
2	**ex·cuse**	[ɪks`kjuz]	原諒（動詞）
3	**ex·cuse**	[ɪks`kjus]	藉口（名詞）

(10) EXCH~ 的 X 讀 /ks/，CH 讀不送氣的 /tʃ/

EXCH 的 X 還是讀 /ks/，可是 CH 所讀出的 /tʃ/，因為在 /s/ 後面，所以要變成像注音符號的ㄐㄩ音，不送氣。注意：嘴巴不要尖出去。

1	**ex·change**	[ɪks`tʃendʒ]	交換

(11) EXP~ 的 X 讀 /ks/，P 讀不送氣的 /p/

EXP 的 X 還是讀 /ks/，可是 P 因為在 /s/ 後面，所以要讀成像注音符號的ㄅ音，不送氣。

1	**ex·pand**	[ɪk`spænd]	擴充
2	**ex·panse**	[ɪk`spæn(t)s]	廣闊，太空，浩瀚，膨脹
3	**ex·plain**	[ɪk`splen]	解釋
4	**ex·pel**	[ɪk`spɛl]	驅逐
5	**ex·pend**	[ɪk`spɛnd]	消費
6	**ex·pense**	[ɪk`spɛn(t)s]	花費，消耗
7	**ex·pect**	[ɪk`spɛkt]	預期
8	**ex·press**	[ɪk`sprɛs]	表白，快車，快遞
9	**ex·pert**	[`ɛkspɚt]	專家
10	**ex·plic·it**	[ɪk`splɪsət]	明晰的
11	**ex·pose**	[ɪk`spoz]	使暴露
12	**ex·plode**	[ɪk`splod]	爆炸
13	**ex·plo·sive**	[ɪk`splosɪv]	爆炸性的，炸藥
14	**ex·ploit**	[ɪk`splɔɪt]	剝削
15	**ex·port**	[ɪk`sport]	輸出，出口（動詞）動詞的重音在後
16	**ex·port**	[`ɛksport]	輸出，出口（名詞）名詞的重音在前
17	**ex·plore**	[ɪk`splɔr]	探測

(12) EXT~ 的 X 讀 /ks/，T 讀不送氣的 /t/

> EXT 的 X 讀 /ks/，而 T 因為在 /s/ 後，所以要讀成像注音符號的ㄅ音，不送氣。

			練習表 §24.12
1	**ex·tend**	[ɪk`stɛnd]	擴展，提供
2	**ex·tent**	[ɪk`stɛnt]	範圍，程度
3	**ex·tinct**	[ɪk`stɪŋkt]	絕種的
4	**ex·tin·guish**	[ɪk`stɪŋgwɪʃ]	熄滅
5	**ex·tort**	[ɪk`stɔrt]	敲詐

(13) EXTR~ 的 X 讀 /ks/，TR 讀不送氣的 /tr/

> EXTR 的 X 讀 /ks/，TR 因為在 /s/ 後，所以要讀成像注音符號的ㄓㄨ音，不送氣。

			練習表 §24.13
1	**ex·tra**	[`ɛkstrə]	額外的
2	**ex·tract**	[ɪk`strækt]	抽出，拔精汁 動詞的重音在後
3	**ex·tract**	[`ɛkstrækt]	精汁 名詞的重音在前
4	**ex·treme**	[ɪk`strim]	極度的，極端

(14) EXA~ 和 EXU~ 的 X 讀 /gz/

EXA 在一起、EXU 在一起時，X 讀 /gz/。

1	**ex·act**	[ɪgˋzækt]	精確的
2	**ex·alt**	[ɪgˋzɔlt]	提拔
3	**ex·u·ber·ant**	[ɪgˋzub(ə)rənt]	興高采烈的
4	**ex·ude**	[ɪgˋzud]	使滲出
5	**ex·ult**	[ɪgˋzʌlt]	歡欣鼓舞

　　其他還有一些 EXH、EXI 和 EXO 開頭的字，但那些 X 的讀法沒規則，所以等你學到時，再個別記吧！

(1) 見字會讀

現在，請讀下面這些字，然後比對我的讀法，看看你是不是都讀對，而能夠「見字會讀」了。

1	maxwell	2	maximum	3	saxophone	4	text
5	pixie	6	minx	7	cox	8	mux
9	hoax	10	except	11	excite	12	explain
13	expanse	14	explore	15	extinct	16	extreme
17	exalt	18	exult	19	excel	20	relax

(1) 見字會讀解答： ▶ MP3-070

(2) 聽音會拼：

接下來，我們來看看你是否「聽音會拼」。請聽我出題，然後把你的答案寫在下面空格裡，最後再比對我的解答。

序號	單字	音標
1		
2		
3		
4		
5		
6		
7		
8		
9		
10		

(2) 聽寫音標解答 :

1	flax	[flæks]
2	next	[nekst]
3	sphinx	[sfiŋks]
4	boxing	[ˈbɑksiŋ]
5	crux	[krʌks]
6	excuse	[iks'kjuz]
7	exchange	[iks'tʃendʒ]
8	expend, expand	[ik'spend] [ik'spænd]
9	extract	[ik'strækt]
10	exact	[ig'zækt]

25 Y y 半母音

Y 這個字母的名稱的音標是 [waɪ]，像注音符號的ㄨㄞ。它有時做母音，有時做子音，所以叫做半母音。

Y 做子音時，位於母音之前，其讀音似模模糊糊的一，KK 音標為 /j/。大家都會講 yes，這個 Y 的讀法，就是這個 /j/ 音。

又，例如口頭投票表贊成時就說 [je]（像注音符號的一ㄟ丶，但只有一個音節）。[je] 這個字拼做 yea，是 EA 讀做 /e/ 的第四個單字，在此順便一提。

現在就讓我們先來將作為子音的 Y 跟從前學過的母音一起讀讀看。

(1)（子音 +）A+ 子音的 A 讀 /æ/

A 在子音前，讀它的短音，蝴蝶音 /æ/。

練習表 §25.1

1	yak	[jæk]	廢話，瞎扯，高聲大笑，犛牛
2	yam	[jæm]	蕃薯
3	yank	[jæŋk]	猛拉，使勁拉
4	Yan·kee	[ˋjæŋki]	新英格蘭人，美國佬
5	yap	[jæp]	狂吠，瞎談，哇啦哇啦講
6	yapp	[jæp]	卷邊裝訂

例外：

| 1 | yacht | [jɑt] | 快艇，輕舟 此 A 讀 /ɑ/，CH 不發音 |

(2)（子音 +）A+ 子音 +E 的 A 讀 /e/，E 不發音

A 和 E 中間有子音時，根據「E 點靈」的規則，A 要讀長音（它字母的本音）/e/，像注音符號的ㄟ，字尾的 E 不發音。

| 1 | Yale | [jel] | 耶魯大學，耶魯牌的鎖 |

(3)（子音 +）E+ 子音的 E 讀 /ɛ/

E 在子音前，讀做 /ɛ/，像注音符號的ㄝ。

1	yell	[jɛl]	叫喊，叫著説
2	yel·low	[ˋjɛlo]	黃色，黃色的
3	yelp	[jɛlp]	叫喊，叫喊著説，短促而尖鋭的吠聲或叫喊聲
4	yep	[jɛp]	是（= yes）
5	yes	[jɛs]	是
6	yes·man	[ˋjɛsˏmæn]	唯唯諾諾的人

7	yet	[jɛt]	尚，仍然，然而

(4) (子音 +) I+ 子音的 I 讀 /ɪ/

I 在子音前，讀做 /ɪ/，一個短而模糊的一。

練習表 §25.4

1	Yid	[jɪd]	猶太人
2	yip	[jɪp]	吠，叫喊，犬吠聲，叫喊聲
3	yip·pee	[ˋjɪpi]	表示歡欣鼓舞

(5) (子音 +) O+ 子音的 O 讀 /ɑ/

O 在子音前，讀它的短音 /ɑ/，像注音符號的ㄚ。

練習表 §25.5

1	yon	[jɑn]	那邊，在遠處
2	yon·der	[ˋjɑndɚ]	那邊，在遠處

(6) (子音 +) O+ 子音 +E 的 O 讀 /o/，E 不發音

O 和 E 中間有子音時，根據「E 點靈」的規則，O 要讀長音（它字母的本音）/o/，像注音符號的ㄡ，字尾的 E 不發音。

| 1 | **yoke** | [jok] | 牛軛，同軛的一對牛或馬 |

(7)（子音 +）U+ 子音的 U 讀 /ʌ/

> U 在子音前，讀做 /ʌ/，像注音符號的ㄜ。

1	**yuk**	[jʌk]	大笑，引起大笑的事
2	**yup**	[jʌp]	是，是的（＝ yes）
3	**yup·pie**	[ˋjʌpi]	雅痞

(8)（子音 +）U+ 子音 +E 的 U 讀 /ju/，E 不發音

> U 和 E 中間有子音時，根據「E 點靈」的規則，U 要讀長音（它字母的本音）/ju/，像注音符號的一ㄨ，字尾的 E 不發音。

| 1 | **yule** | [jul] | 聖誕節期 |
| 2 | **yule·tide** | [ˋjulˌtaɪd] | 聖誕節期 |

(9) AW 讀 /ɔ/

> AW 讀做 /ɔ/，像注音符號的ㄛ。

練習表 §25.9

1	yaw	[jɔ]	越出航線
2	yawl	[jɔl]	縱帆快艇
3	yawn	[jɔn]	打呵欠，裂口
4	yawp	[jɔp]	喧鬧，抱怨，大聲打哈欠

OU 共有五種讀法，在第 21 章「U」的發音規則 13~17 已經講過了，這裡補充一些有 Y 的字。

(10) OU 的第三種讀法 /u/

> OU 的第三種讀法是 /u/，像注音符號的ㄨ。

練習表 §25.10

1	you	[ju]	你，你們
2	youth	[juθ]	青春，青年時期

例外：~OUR 讀 /ʊr/。

> 如果讀做長音 /u/ 的 OU 後面是 R 時，此 /u/ 音要變短音 /ʊ/。

1	**your**	[jʊr]	你的，你們的
2	**your·self**	[jʊrˋsɛlf]	你自己 也可讀做 [jəˋsɛlf]
3	**your·selves**	[jʊrˋsɛlvz]	你們自己 也可讀做 [jəˋsɛlvz]

(11) OU 的第五種讀法 /ʌ/

OU 的第五種讀法是 /ʌ/，像注音符號的 ㄜ。

1	**young**	[jʌŋ]	年輕的
2	**young·er**	[ˋjʌŋgɚ]	較年輕的
3	**young·ster**	[ˋjʌŋstɚ]	年輕人

(12) AR 讀 /ɑr/

AR 讀做 /ɑr/，像注音符號的 ㄚ ˋ ㄦ。

1	**yard**	[jɑrd]	庭院
2	**yard·stick**	[ˋjɑrd͵stɪk]	碼尺
3	**yarn**	[jɑrn]	紗線，毛線

(13) EAR 在字頭或字中時，多半讀 /ɚ/

> EAR 在字頭或字中時，多半會讀做 /ɚ/，像國語的「二」。

練習表 §25.13

| 1 | yearn | [jɚn] | 渴望 |

在這兒，我們要再學一個新的母音規則：

(14) OLK 的 O 讀 /o/，L 不發音

> OLK 的 O 讀做 /o/，像注音符號的ㄡ，L 不發音。
>
> O 在子音前通常是讀做 /ɑ/，但是有些 O 在子音前會讀做 /o/，其中有規則的就是 OLL、OLD、OLT 和 OLK 裡的 O。前面三種我們早已在第 15 章「O」和第 20 章「T」學過，這是第四種。

練習表 §25.14

1	folk	[fok]	民間的
2	pol·ka	[ˈpokə]	波爾卡舞
3	yolk	[jok]	蛋黃

● MP3-074

接下來，我們來看看 Y 在單音節做母音時有哪些讀法。基本上，你把 Y 想成 I，那麼你就會知道怎麼讀了。

(15) 子音 +Y+ 子音的 Y 讀 /ɪ/

> Y 在子音前，就會像 him 這個字裡頭的 I 一樣，讀做 /ɪ/，一個短而模糊的一。

1	**gym**	[dʒɪm]	體育館，體操
2	**hymn**	[hɪm]	讚美詩 MN 結尾時，N 不發音
3	**lymph**	[lɪmf]	淋巴，淋巴腺
4	**nymph**	[nɪmf]	美少女，蛹
5	**lynch**	[lɪntʃ]	私刑
6	**lynx**	[lɪŋks]	山貓
7	**gyp**	[dʒɪp]	嚴懲
8	**crypt**	[krɪpt]	地下室，土窖
9	**cyst**	[sɪst]	胞囊，小瘤 C 後面有 Y，C 讀本音 /s/
10	**tryst**	[trɪst]	約會，幽會
11	**myth**	[mɪθ]	神話

(16) ~Y 的 Y 讀 /aɪ/

> 單音節字 Y 結尾時，Y 就像 hi 這個字裡頭的 I 一樣，因為是結尾，所以讀做 /aɪ/，像注音符號的ㄞ。
>
> 但是以 Y 結尾的多音節字，結尾的 Y 就有另外的規則了。請看第二篇第 33 章「Y 結尾的字」。

1	**by**	[baɪ]	被，經由，在⋯⋯旁
2	**my**	[maɪ]	我的
3	**shy**	[ʃaɪ]	害羞的
4	**thy**	[ðaɪ]	你的（古英語） 此 TH 讀做濁音的 /ð/
5	**why**	[(h)waɪ]	為什麼
6	**cry**	[kraɪ]	喊，哭
7	**dry**	[draɪ]	乾的，弄乾
8	**fry**	[fraɪ]	炸
9	**pry**	[praɪ]	窺探，槓桿作用
10	**try**	[traɪ]	試，嘗試
11	**wry**	[raɪ]	彎曲的，挖苦的 WR 開頭，W 不發音
12	**sky**	[skaɪ]	天空
13	**spy**	[spaɪ]	間諜
14	**sty**	[staɪ]	豬圈，瞼腺炎
15	**spry**	[spraɪ]	敏捷的，活潑的
16	**fly**	[flaɪ]	飛
17	**ply**	[plaɪ]	層片，折，彎
18	**sly**	[slaɪ]	狡猾的，靈巧的
19	**Ju·ly**	[dʒʊˋlaɪ]	七月
			下面這個字的 Y 雖然不在字尾，但在第一音節尾
20	**my·nah**	[ˋmaɪnə]	八哥 此 A 讀輕音 /ə/；H 在母音後面不發音

(17) (子音 +) YE 的 Y 讀 /aɪ/，E 不發音

> 單音節以 YE 結尾時，Y 就像 die 這個字裡頭的結尾 I 一樣，會比照「E 點靈」的規則，讀做 /aɪ/，像注音符號的ㄞ，字尾的 E 不發音。

練習表 §25.17

1	**bye**	[baɪ]	再見
2	**dye**	[daɪ]	染色
3	**lye**	[laɪ]	鹼液
4	**rye**	[raɪ]	黑麥
5	**wye**	[waɪ]	字母 Y 的名稱，Y 形物
6	**aye**	[aɪ]	贊成票 此字的 A 不發音
7	**eye**	[aɪ]	眼睛 此字的第一個 E 不發音

(18) 子音 +Y+ 子音 +E 的 Y 讀 /aɪ/，E 不發音

> Y 和 E 中間有子音時，Y 就會像 dine 這個字裡頭的 I 一樣，照「E 點靈」的規則，讀做 /aɪ/，像注音符號的ㄞ，字尾的 E 不發音。

練習表 §25.18

1	**gybe**	[dʒaɪb]	改變帆的方向 此 G 讀 /dʒ/，像注音符號的ㄐㄩ，但嘴巴不要往前尖出去
2	**dyne**	[daɪn]	達因（力的單位）
3	**type**	[taɪp]	打字，型式
4	**Skype**	[skaɪp]	一種網路上的服務

5	lyre	[laɪr]	七絃琴
6	thyme	[taɪm]	百里香 此 H 不發音
7	rhyme	[raɪm]	押韻 RH 開頭時，H 不發音
8	chyme	[kaɪm]	食糜 此 CH 讀做 /k/
9	style	[staɪl]	設計，風格，式樣，使成為時髦
10	scythe	[saɪð]	大鐮刀 C 後面有 Y，C 讀本音 /s/

(19) AY 大多讀 /e/

AY 就像 rain 這個字裡頭的 AI 一樣，會讀做長音 /e/，像注音符號的ㄟ。

AY 讀法雖然和 AI 一樣，但是 AY 會在字的尾巴，而 AI 不會，除非是外來語，例如：盆栽 bonsai [`bɑnˌsaɪ]，這個字的 AI 是照羅馬拼音的讀法，因為這個字是從日語來的。

練習表 §25.19

1	ay(e)	[e]	（詩語）永久，經常
2	bay	[be]	海灣，絕境
3	cay	[ke]	珊瑚礁
4	day	[de]	日子
5	fay	[fe]	小妖精，仙女
6	gay	[ge]	愉快的，同性戀者
7	hay	[he]	乾草
8	jay	[dʒe]	橿鳥

9	jay·walk	[ˋdʒeˌwɔk]	亂穿馬路
10	may	[me]	可以，可能
11	may·be	[ˋmebi]	也許
12	nay	[ne]	反對票
13	say	[se]	説，發言權
14	shay	[ʃe]	二輪輕便馬車
15	stay	[ste]	停留
16	lay	[le]	放置，躺（lie 的過去式）
17	clay	[kle]	黏土，陶土
18	flay	[fle]	剝皮，嚴責
19	play	[ple]	玩，戲劇
20	slay	[sle]	殺害
21	splay	[sple]	延展，歪斜的
22	pay	[pe]	付帳
23	spay	[spe]	切除動物的卵巢或閹割
24	ray	[re]	光線
25	bray	[bre]	驢叫聲，小喇叭聲
26	dray	[dre]	運貨馬車
27	fray	[fre]	爭吵，打架
28	gray	[gre]	灰色，灰色的
29	pray	[pre]	祈禱
30	tray	[tre]	拖盤，公文格
31	spray	[spre]	噴灑，小樹枝
32	stray	[stre]	迷途的

33	astray	[əˋstre]	入歧途
34	way	[we]	道路，遠遠地，習慣
35	sway	[swe]	搖動，偏向一邊
36	de·cay	[dɪˋke]	腐爛，衰退
37	de·lay	[dɪˋle]	耽擱，延遲
38	re·lay	[riˋle]	重新鋪設，接續 動詞的重音在後
39	re·lay	[ˋriˌle]	接力賽，接替人員，繼電器 名詞的重音在前

例外：

			練習表 §25.19a
1	ay	[aɪ]	唉（表悲傷或後悔）
2	says	[sɛz]	（他，她）說 此 AY 讀 /ɛ/，像注音符號的ㄝ
3	quay	[ki]	碼頭 此 U 不發音，AY 讀 /i/，像注音符號的一，非常特別

(20) ~EY 為重音節時，讀 /e/

> EY 為重音節時，就像 eight 這個字裡頭的 EI 一樣，會讀做 /e/，像注音符號的ㄟ。
>
> EI 的讀法，請見第 27 章「補充篇」。

			練習表 §25.20
1	bey	[be]	長官，省長
2	dey	[de]	總督

3	fey	[fe]	能預知未來的
4	hey	[he]	嗨
5	ley	[le]	暫做牧場的可耕地
6	they	[ðe]	他（她，它，牠）們 此 TH 讀做濁音的 /ð/
7	whey	[(h)we]	乳清，蒼白的人（臉）
8	prey	[pre]	被獵之物
9	trey	[tre]	三點（骰子，紙牌）
10	obey	[o`be]	服從
11	con·vey	[kən`ve]	傳送

例外：

			練習表 §25.20a
1	key	[ki]	鑰匙 此 EY 讀 /i/，像注音符號的ㄧ
2	gey·ser	[`gaɪzɚ]	間歇泉 此 EY 讀 /aɪ/，像注音符號的ㄞ；S 讀 /z/

(21) ~OY 讀 /ɔɪ/

OY，就像 boil 這個字裡頭的 OI 一樣，會讀做 /ɔɪ/，像注音符號的ㄛ　ㄟ　ㄧ。

			練習表 §25.21
1	boy	[bɔɪ]	男孩

2	**buoy**	[bɔɪ]	浮標，浮筒，救生圈 此 U 不發音；但大多數 美國人會把此字讀做 [ˋbui]
3	**coy**	[kɔɪ]	怕羞的
4	**de·coy**	[dɪˋkɔɪ]	圈套
5	**joy**	[dʒɔɪ]	歡欣
6	**Roy**	[rɔɪ]	男子名
7	**soy**	[sɔɪ]	黃豆
8	**toy**	[tɔɪ]	玩具
9	**cloy**	[klɔɪ]	厭膩
10	**ploy**	[plɔɪ]	策略
11	**em·ploy**	[ɛmˋplɔɪ]	雇用
12	**an·noy**	[əˋnɔɪ]	惹怒
13	**ahoy**	[əˋhɔɪ]	唷咳

(22) ~UY 讀 /aɪ/

單音節 UY 結尾時，也讀做 /aɪ/，像注音符號的 ㄞ。這個規則也只有這兩個字而已。你可以想成是 U 不發音。

練習表 §25.22

1	**buy**	[baɪ]	購買
2	**guy**	[gaɪ]	傢伙

至於 Y 在兩個音節或多於兩個音節的字裡頭的讀法，請參照第二篇的第 33 章「Y 在多音節裡的字」。

(1) 見字會讀

現在，請讀下面這些字，然後比對我的讀法，看看你是不是都讀對，而能夠「見字會讀」了。

1	Yankee	2	yelp	3	yippee	4	yonder
5	yuppie	6	yuletide	7	yawl	8	yardstick
9	yearn	10	polka	11	hymn	12	lymph
13	myth	14	why	15	wry	16	dye
17	rhyme	18	jaywalk	19	stray	20	convey

(1) 見字會讀解答： ◉ MP3-075

(2) 聽音會拼

接下來，我們來看看你是否「聽音會拼」。請聽我出題，然後把你的答案寫在下面空格裡，最後再比對我的解答。

序號	單字	音標
1		
2		
3		
4		
5		
6		
7		
8		
9		
10		

(2) 聽音會拼解答：

1	yank	[jæŋk]
2	yelp	[jɛlp]
3	yoke, yolk	[jok]
4	style	[staɪl]
5	yawn	[jɔn]
6	pray, prey	[pre]
7	employ	[ɛm`plɔɪ]
8	nymph	[nɪmf]
9	rhyme	[raɪm]
10	yard	[jɑrd]

26 **Z z** 子音

▶ MP3-077

> 這個字母的名稱讀為 [zi]。
>
> 在拼音時，只要看到 Z 就讀 /z/ 的聲音。而 /z/ 音，就是第 19 章「S」中提及的，/s/ 的濁音。如果你照著讀ㄓㄔㄕㄖ的方法，把ㄗㄘㄙ一路讀下來，就可得此音。
>
> CZ 在一起時，C 不發音。例如 czar 這個字的音標就只是 [zɑr] 而已。
>
> TZ 在一起時，就像 TS 一樣，音標為 /ts/，讀似注音符號的ㄘ。例如 blitz 這個字的音標就是 [blɪts]。

(1) (子音 +) A+ 子音的 A 讀 /æ/

> A 在子音前，讀它的短音，蝴蝶音 /æ/。

練習表 §26.1

1 **zap**	[zæp]	快速地用力打死	
2 **razz**	[ræz]	酷評，嘲笑	

(2) (子音 +) A+ 子音 +E 的 A 讀 /e/，E 不發音

> A 和 E 中間有子音時，根據「E 點靈」的規則，A 要讀長音（它字母的本音）/e/，像注音符號的ㄟ，字尾的 E 不發音。

1	**daze**	[dez]	使昏花，眼花繚亂
2	**faze**	[fez]	打擾，狼狽，混亂
3	**gaze**	[gez]	凝視，注視
4	**star·gaze**	[`star͵gez]	凝視，觀察星象
5	**haze**	[hez]	煙霧，使受挫折，戲弄，行惡作劇
6	**laze**	[lez]	懶散，懶散地混
7	**blaze**	[blez]	火焰，燃燒
8	**ablaze**	[ə`blez]	著火，激昂
9	**glaze**	[glez]	裝玻璃於，上釉於，釉料，光滑面
10	**maze**	[mez]	迷宮，迷惑
11	**amaze**	[ə`mez]	使驚愕
12	**raze**	[rez]	剷平，消除
13	**braze**	[brez]	銅焊，硬焊，用銅鋅合金焊接
14	**craze**	[krez]	使發狂，狂熱，風氣
15	**graze**	[grez]	放牧，擦傷，擦過

(3) (子音 +) E+ 子音 +E 的第一個 E 讀 /i/，字尾的 E 不發音

> 　　兩個 E 中間有子音時，根據「E 點靈」的規則，第一個 E 讀長音（它字母的本音）/i/，像注音符號的ㄧ，字尾的 E 不發音。

| 1 | **tra·peze** | [trə`piz] | 高空鞦韆 |

(4) (子音 +) I+ 子音的 I 讀 /ɪ/

I 在子音前，讀做 /ɪ/，一個短而模糊的一。

1	zig	[zɪg]	曲折的，Z 字型的
2	zinc	[zɪŋk]	鋅
3	zing	[zɪŋ]	尖嘯聲，活力
4	zip	[zɪp]	使增加熱情，拉拉鍊
5	blitz	[blɪts]	閃擊
6	spitz	[spɪts]	狐狸狗
7	chintz	[tʃɪnts]	擦光，印花布，印花布的
8	biz	[bɪz]	事務
9	quiz	[kwɪz]	小考
10	whiz	[(h)wɪz]	颼颼聲
11	fizz	[fɪz]	嘶嘶聲
12	frizz	[frɪz]	捲曲，捲髮
13	zig·zag	[ˋzɪg͵zæg]	彎彎曲曲的
14	zip·per	[ˋzɪpɚ]	拉鍊

(5) (子音 +)[I 或 Y]+ 子音 +E 的 [I 或 Y] 讀 /aɪ/，E 不發音

[I 或 Y] 和 E 中間有子音時，根據「E 點靈」的規則，[I 或 Y] 要讀做長音 /aɪ/，像注音符號的ㄞ，字尾的 E 不發音。

1	size	[saɪz]	尺寸，大小
2	prize	[praɪz]	獎品
3	en·zyme	[ˋɛnˏzaɪm]	酵素，酶

(6) (子音 +) O+ 子音 +E 的 O 讀 /o/，E 不發音

> O 和 E 中間有子音時，根據「E 點靈」的規則，O 要讀長音（它字母的本音）/o/，像注音符號的ㄡ，字尾的 E 不發音。

1	zone	[zon]	地帶
2	coze	[koz]	談心
3	doze	[doz]	打盹兒
4	froze	[froz]	使結冰（ freeze 的過去式）

(7) (子音 +) U+ 子音的 U 讀 /ʌ/

> U 在子音前，讀 /ʌ/，像注音符號的ㄜ。

1	buzz	[bʌz]	流言，嗡嗡聲
2	fuzz	[fʌz]	茸毛

(8) (子音 +) U+ 子音 +E 的 U 讀 /ju/，E 不發音

U 和 E 中間有子音時，根據「E 點靈」的規則，U 要讀長音（它字母的本音）/ju/，像注音符號的一ㄨ，字尾的 E 不發音。

練習表 § 26.8

1	fuze	[fjuz]	引信

(9) AI 大多讀 /e/

● MP3-078

AI 在一起時，大多讀 /e/，像注音符號的ㄟ。

練習表 § 26.9

1	baize	[bez]	粗呢
2	maize	[mez]	玉米

(10) AU 讀 /ɔ/

AU 在一起時，讀 /ɔ/，像注音符號的ㄛ。

練習表 § 26.10

1	gauze	[gɔz]	紗布，薄霧

(11) EE 讀 /i/

EE 在一起時，讀做 /i/，像注音符號的一。

			練習表 §26.11
1	feeze	[fiz]	驅逐，折磨
2	breeze	[briz]	微風
3	freeze	[friz]	凍結
4	sneeze	[sniz]	打噴嚏
5	wheeze	[(h)wiz]	哮喘，咻咻聲
6	squeeze	[skwiz]	擠壓，搾取
7	twee·zers	[`twizəz]	鉗子

(12) OO 大多讀 /u/

OO 大多數會讀做長音 /u/，像注音符號的ㄨ。

			練習表 §26.12
1	zoo	[zu]	動物園
2	zoom	[zum]	激增，圖像電子放大
3	ooze	[uz]	滲流
4	booze	[buz]	痛飲，酒宴
5	snooze	[snuz]	打瞌睡
6	doo·zer	[`duzə]	非常出色的人

(13) AR 讀 /ɑr/

AR 讀 /ɑr/，像注音符號的ㄚ ㄟ ㄦ。

			練習表 §26.13
1	**czar**	[zɑr]	沙皇 C 不發音

(14) ER 讀 /ɝ/

ER 讀 /ɝ/，像國語的「二」。

			練習表 §26.14
1	**hertz**	[hɝts]	赫茲（頻率單位，週／秒）

(1) 見字會讀

現在，請讀下面這些字，然後比對我的讀法，看看你是不是都讀對，而能夠「見字會讀」了。

1	razz	2	stargaze	3	trapeze	4	zigzag
5	zipper	6	size	7	coze	8	buzz
9	fuze	10	baize	11	gauze	12	squeeze
13	snooze	14	czar	15	hertz	16	sneeze
17	tweezers	18	enzyme	19	chintz	20	glaze

(1) 見字會讀解答： ●MP3-079

(2) 聽音會拼

接下來，我們來看看你是否「聽音會拼」。請聽我出題，然後把你的答案寫在下面空格裡，最後再比對我的解答。

序號	單字	音標
1		
2		
3		
4		
5		
6		
7		
8		
9		
10		

(2) 聽音會拼解答：

1	spitz	[spɪts]
2	zoom	[zum]
3	fuze, fuse	[fjuz]
4	zap	[zæp]
5	froze	[froz]
6	prize	[praɪz]
7	quiz	[kwɪz]
8	zing	[zɪŋ]
9	maze, maize	[mez]
10	breeze	[briz]

27 補充篇－EA、EI、入聲音、和其他 🔴 MP3-081

在這裡，我把一些 EA 第二種讀法的字，以及看不出什麼規則的、帶有 EI 的字分別集中羅列出來，供你參考、記憶、和練習。另外，也加入了入聲音的說明，和其他幾個少見的字的規則。

(1) EA 的第二種讀法 /ɛ/

> EA 的第二種讀法是 /ɛ/。

我在第 12 章「L」的規則中說過，EA 在單音節的字裡頭共有三種讀法，依使用頻率排列，分別為：(1) /i/，(2) /ɛ/ 及 (3) /e/。

第一種用得最多，而且在前面已經做過很多練習，所以你應該已經非常熟悉了。

第二種和第三種的字，沒有明顯的規律可循，只能個別記它們的讀法。其中，第三種只有四個字，我已經在 T 和 Y 兩章中告訴過你了。

現在我把字中所帶 EA 為第二多讀法 /ɛ/ 的字，也集中起來給大家做參考，方便練習和記憶。其中，以 EAD 結尾的字來講，讀做 /ɛ/ 的字（下表中有 16 個）反而比讀做長音 /i/ 的字（前面篇章中只有 6 個）多。

			練習表 §27.1
1	dead	[dɛd]	死的
2	head	[hɛd]	頭
3	lead	[lɛd]	鉛 另一種讀法，請見練習表 §12.9 的第 10 個字
4	read	[rɛd]	閱讀（read 的過去式、過去分詞） 此字另一種讀法請見練習表 §18.12 的第 2 個字
5	stead	[stɛd]	替代，對……有利

6	**in·stead**	[ɪn`stɛd]	頂替
7	**bread**	[brɛd]	麵包
8	**dread**	[drɛd]	畏懼
9	**tread**	[trɛd]	踩
10	**spread**	[sprɛd]	展開
11	**thread**	[θrɛd]	線 TH 在子音前讀做送氣的 /θ/
12	**mead·ow**	[`mɛdo]	牧草地
13	**heady**	[`hɛdi]	急躁的，衝動的
14	**ready**	[`rɛdi]	準備好的
15	**steady**	[`stɛdi]	穩固的
16	**thready**	[`θrɛdi]	纖細的，線狀的
17	**heavy**	[`hɛvi]	重的
18	**deaf**	[dɛf]	聾的
19	**realm**	[rɛlm]	領域，王國
20	**health**	[hɛlθ]	健康
21	**wealth**	[wɛlθ]	財富
22	**stealth**	[stɛlθ]	祕密
23	**jeal·ous**	[`dʒɛləs]	妒羨的 OUS 在輕音節時讀為 /əs/
24	**zeal·ous**	[`zɛləs]	熱忱的 OUS 在輕音節時讀為 /əs/
25	**treach·er·ous**	[`trɛtʃərəs]	不忠的，靠不住的 OUS 在輕音節時讀為 /əs/
26	**bear**	[bɛr]	熊，忍受
27	**pear**	[pɛr]	梨子
28	**tear**	[tɛr]	撕破

29	**wear**	[wɛr]	穿，戴
30	**swear**	[swɛr]	發誓，詛咒
31	**peas·ant**	[ˋpɛzənt]	農民
32	**pleas·ant**	[ˋplɛzənt]	悅人的
33	**pheas·ant**	[ˋfɛzənt]	雉，野雞
34	**mea·sure**	[ˋmɛʒɚ]	測量
35	**plea·sure**	[ˋplɛʒɚ]	樂事
36	**trea·sure**	[ˋtrɛʒɚ]	寶藏
37	**trea·sur·er**	[ˋtrɛʒɚrɚ]	出納，會計
38	**sweat**	[swɛt]	出汗
39	**sweat·er**	[ˋswɛtɚ]	毛衣
40	**threat**	[θrɛt]	威脅
41	**death**	[dɛθ]	死亡
42	**breath**	[brɛθ]	氣息
43	**feath·er**	[ˋfɛðɚ]	羽毛 THER 的 TH 在母音後讀做濁音的 /ð/，以下 4 個字亦同
44	**heath·er**	[ˋhɛðɚ]	石南屬植物
45	**leath·er**	[ˋlɛðɚ]	皮革
46	**weath·er**	[ˋwɛðɚ]	天氣
47	**weath·er·cock**	[ˋwɛðɚˌkɑk]	風標，隨風倒的人
48	**heav·en**	[ˋhɛvən]	天堂
49	**leav·en**	[ˋlɛvən]	發酵，使漸變，發酵劑
50	**dealt**	[dɛlt]	交易，應付（**deal** 的過去式，過去分詞）
51	**leant**	[lɛnt]	倚靠（**lean** 的過去式，過去分詞）

52	**meant**	[mɛnt]	意指（**mean** 的過去式，過去分詞）
53	**leapt**	[lɛpt]	跳（**leap** 的過去式，過去分詞）
54	**dreamt**	[drɛmt]	夢（**dream** 的過去式，過去分詞）
55	**cleanse**	[klɛnz]	使清潔
56	**breast**	[brɛst]	胸
57	**break·fast**	[`brɛkfəst]	早餐
58	**weap·on**	[`wɛpən]	武器
59	**en·deav·or**	[ɪn`dɛvɚ]	努力

> 　　下面的發音規則分別列出 EI 的三種讀法：/i/、/e/、和 /aɪ/。實際上它們並沒有「規則」，所以我只是把這些字蒐集在一起方便你參考和記憶。它們都得個別背。

(2) EI 的第一種讀法 /i/

> 　　EI 的第一種讀法是 /i/，其中有不少是 CEI 在一起的字。

練習表 §27.2

1	**seize**	[siz]	抓住，侵襲，佔有
2	**sheik**	[ʃik]	阿拉伯酋長，美男子
			以下這些字的重音都在 EI
3	**ceil·ing**	[`silɪŋ]	天花板
4	**ei·ther**	[`iðɚ]	二者中任一的，也（不）

5	nei·ther	[`niðɚ]	兩者皆不，也不
			下面這兩個字重音不在 EI
6	co·deine	[`koˌdin]	可待因（鹼）
7	pro·tein	[`proˌtin]	蛋白質
			以下幾個有 CEI 的單字，C 後面有 E，C 讀 /s/
8	de·ceive	[dɪ`siv]	欺騙
9	re·ceive	[rɪ`siv]	接到，收到
10	con·ceive	[kən`siv]	構想出，懷孕
11	per·ceive	[pɚ`siv]	領悟，覺察
12	con·ceit	[kən`sit]	自負，華而不實的東西
13	con·ceit·ed	[kən`sitɪd]	自負的，花俏的
14	de·ceit·ful	[dɪ`sitfʊl]	欺詐的
15	re·ceipt	[rɪ`sit]	收據 此 P 不發音
16	caf·feine	[kæ`fin]	咖啡因

例外一：

/i/ 音在 R 前面時，要變成讀短音 /ɪ/。

				練習表 §27.2a
1	weir	[wɪr]	堰	
2	weird	[wɪrd]	怪誕的，奇異的	

例外二：以下這兩個字的 EI 要分開讀

以下這兩個字的 EI 要分開讀成兩個音節，E 讀它的本音 /i/，I 則讀輕聲 /ə/。

			練習表 §27.2b
1	**de·i·fy**	[`diəfaɪ]	把……神化 此 Y 讀為 /aɪ/；也可讀做 [`deəfaɪ]
2	**de·i·ty**	[`diəti]	神 此 Y 讀為 /i/；也可讀做 [`deəti]

(3) EI 的第二種讀法 /e/

EI 的第二種讀法是 /e/。

			練習表 §27.3
1	**lei**	[le]	（夏威夷）花圈
			以下有 EIGH 的單字，GH 在 I 後面，不發音
2	**sleigh**	[sle]	雪橇，雪車
3	**neigh**	[ne]	馬嘶
4	**neigh·bor**	[`nebə]	鄰居
5	**weigh**	[we]	秤重
6	**weight**	[wet]	重量
7	**freight**	[fret]	運費
8	**eight**	[et]	八

9	eighth	[eθ]	第八
10	eigh·teen	[e`tin]	十八
11	eigh·teenth	[e`tinθ]	第十八
12	eighty	[`eti]	八十
13	beige	[beʒ]	米黃色 此 G 讀為 /ʒ/
14	deign	[den]	俯就 GN 結尾時，G 不發音
15	feign	[fen]	假裝 GN 結尾時，G 不發音
16	reign	[ren]	統治，支配 GN 結尾時，G 不發音
17	rein	[ren]	韁繩
18	rein·deer	[`renˌdɪr]	馴鹿
19	vein	[ven]	靜脈
20	skein	[sken]	束，絞
21	seine	[sen]	拉網
22	feint	[fent]	偽裝，聲東擊西
23	veil	[vel]	面紗
24	obei·sance	[o`besn̩(t)s]	鞠躬，尊敬

例外：

/e/ 音在 R 前面時，要變成讀短音 /ɛ/。

練習表 §27.3a

1	heir	[ɛr]	繼承者 此 H 不發音
2	heiress	[`ɛrəs]	女繼承者 此 H 不發音

3	heir·loom	[`ɛr‚lum]	繼承物，傳家寶 此 H 不發音
4	their	[ðɛr]	他（她，它）們的
5	theirs	[ðɛrz]	他（她，它）們的

(4) EI 的第三種讀法 /aɪ/

EI 的第三種讀法是 /aɪ/。

練習表 §27.4

1	stein	[staɪn]	啤酒杯
2	feist	[faɪst]	無用的人，壞脾氣的人
3	heist	[haɪst]	劫奪
4	height	[haɪt]	高度 GH 在 I 後面，不發音
5	sleight	[slaɪt]	手法巧妙 GH 在 I 後面，不發音
6	Fahr·en·heit	[`fɛrən‚haɪt]	華氏溫度 此第一個 H 不發音
7	apart·heid	[ə`pɑrt‚aɪt]	種族隔離 此 H 不發音，而結尾的 D 讀做 /t/，因源自荷蘭語
8	ka·lei·do·scope	[kə`laɪdə‚skop]	萬花筒

(5) /tn̩/ 和 /dn̩/ 的讀法（入聲音）　　● MP3-082

在 T 的那章中，我提到 /n̩/ 在 T 或 D 後面的讀法特別，現在請聽我解釋。

我想先舉兩個例字，來比較一下。

386 / 27. 補充篇 – EA、EI、入聲音、和其他

總統：president [`prɛzədənt]

學生：student [`st(j)udn̩t]

總統這個字的 D 要發出聲音來，/dən/ 要讀似注音符號的ㄉㄜㄣ（單音節），請聽我讀一次整個字的讀法。

但是學生這個字的 D 卻不要發出聲音來，要把舌尖頂到上面牙齒的後面，促頓一下，然後只發出 /n/ 的聲音來，千萬不要帶個ㄜ的聲音在前面。請聽我讀一次整個字的讀法。

這種光是把舌尖頂到上面牙齒的後面但不發出聲音的音就叫做「入聲音」。閩南話及客家話裡頭的一、七的尾音，就是一種入聲音。（另外還有一種 K 的入聲音，如閩南話中的六及殼的尾音，則與英語無關。）台灣學校的老師幾乎都沒教這個讀法。我是 1970 年到了美國後，才發現美國人是如此發這個音，於是自我糾正的。後來我查了許多辭典，並向一些以美語為母語的人驗證後，才確定這兩個不同音標的差別。

不過，如果這些帶有入聲音的字在慢慢講話或唱歌時，還是有可能會照普通的讀法，讀出ㄉㄜㄣ或ㄊㄜㄣ來。

接下來，我們練習一些常用的、讀做入聲音的字。

練習表 §27.5

1	Sa·tan	[`setn̩]	撒旦
2	sad·den	[`sædn̩]	使憂愁，使悲哀
3	flat·ten	[`flætn̩]	壓平，平整
4	man·hat·tan	[mæn`hætn̩]	一種雞尾酒，紐約曼哈頓
5	threat·en	[`θrɛtn̩]	威脅
6	bid·den	[`bɪdn̩]	出價，投標，致意（bid 的過去分詞）
7	bit·ten	[`bɪtn̩]	咬（bite 的過去分詞）

8	hid·den	[ˋhɪdn̩]	躲藏（hide 的過去分詞）
9	rid·den	[ˋrɪdn̩]	騎，搭乘（ride 的過去分詞）
10	strid·den	[ˋstrɪdn̩]	大步走（stride 的過去分詞）
11	writ·ten	[ˋrɪtn̩]	寫（write 的過去分詞）
12	kit·ten	[ˋkɪtn̩]	小貓
13	mit·ten	[ˋmɪtn̩]	連指手套（除了拇指其餘四指連著的）
14	smit·ten	[ˋsmɪtn̩]	重擊，折磨（smite 的過去分詞）
15	for·bid·den	[fɚˋbɪdn̩]	禁止（forbid 的過去分詞）
16	cot·ton	[ˋkɑtn̩]	棉花
17	rot·ten	[ˋrɑtn̩]	腐爛的
18	trod·den	[ˋtrɑdn̩]	踩（tread 的過去分詞）
19	got·ten	[ˋgɑtn̩]	得到，到達（get 的過去分詞）
20	for·got·ten	[fɚˋgɑtn̩]	忘記（forget 的過去分詞）
21	but·ton	[ˋbʌtn̩]	鈕扣，按鈕
22	mut·ton	[ˋmʌtn̩]	羊肉
23	sud·den	[ˋsʌdn̩]	突然的
24	eat·en	[ˋitn̩]	吃（eat 的過去分詞）
25	beat·en	[ˋbitn̩]	打（beat 的過去分詞）
26	light·en	[ˋlaɪtn̩]	照亮，發亮 GH 在 I 後面，不發音；以下 4 個字亦同
27	en·light·en	[ɪnˋlaɪtn̩]	啟發，啟蒙
28	bright·en	[ˋbraɪtn̩]	使發亮，使有希望
29	fright·en	[ˋfraɪtn̩]	使驚嚇
30	tight·en	[ˋtaɪtn̩]	緊縮，繃緊，扣緊

31	**ti·tan**	[ˋtaɪtn̩]	鈦，大力神，太陽神
32	**wid·en**	[ˋwaɪdn̩]	加寬，擴大
33	**straight·en**	[ˋstretn̩]	弄直，使正確，整頓 GH 在 I 後面，不發音
34	**stu·dent**	[ˋst(j)udn̩t]	學生
35	**par·don**	[ˋpɑrdn̩]	寬恕
36	**gar·den**	[ˋgɑrdn̩]	花園，菜園
37	**kin·der·gar·ten**	[ˋkɪndə(r)͵gɑrtn̩]	幼稚園
38	**bur·den**	[ˋbɝdn̩]	負擔
39	**cer·tain**	[ˋsɝtn̩]	確定的，某一，某些
40	**cur·tain**	[ˋkɝtn̩]	窗簾，幕簾
41	**short·en**	[ˋʃɔrtn̩]	縮短，變短
42	**short·en·ing**	[ˋʃɔrtn̩ɪŋ]	縮短（shorten 的現在分詞），酥油
43	**im·por·tant**	[ɪmˋpɔrtn̩t]	重要的
44	**foun·tain**	[ˋfaʊntn̩]	噴泉
45	**moun·tain**	[ˋmaʊntn̩]	山
46	**didn't**	[ˋdɪdn̩t]	助動詞 don't 的過去式
47	**hadn't**	[ˋhædn̩t]	助動詞 haven't 和 hasn't 的過去式
48	**couldn't**	[ˋkʊdn̩t]	助動詞 can't 的過去式
49	**wouldn't**	[ˋwʊdn̩t]	助動詞 won't 的過去式
50	**shouldn't**	[ˋʃʊdn̩t]	助動詞，不應該

(6) PF~、PN~、PS~ 的 P 不發音

> PF、PN、PS 開頭時，P 不發音。

在這裡，我只列幾個較常用的字：

1	**pneu·mo·nia**	[njʊ`monjə]	肺炎
2	**pseu·do·nym**	[`sudə͵nɪm]	假名
3	**psy·chol·o·gy**	[saɪ`kɑlədʒi]	心理學
4	**psy·chi·a·try**	[saɪ`kaɪətri]	精神科 也可讀成 [sə`kaɪətri]
5	**psy·chi·a·trist**	[saɪ`kaɪətrəst]	精神科醫生 也可讀成 [saɪ`kaɪətrɪst]

注意：上表中第三及第四個字的結尾 Y 讀做長音 /i/，而非像台灣很多辭典中所標註的短音 /ɪ/，請參考第二篇的第 33 章「Y 結尾的字」。

　　PF 應該只會出現在德語類的姓氏上。我曾有個朋友姓 Pfeiffer，讀做 [`faɪfɚ]。

(7) MN~ 這些字開頭的 M 不發音

> MN 開頭時，M 不發音。我們在第一篇第 14 章「N」裡頭講過，MN 結尾時，N 不發音。所以，MN 在字頭，就去掉前面的字母的聲音；在字尾，就去掉後面的字母的聲音。好記吧？

在這裡，我只列幾個較常用的字：

1	**mneme**	[`nimi]	記憶基質
2	**mne·mon·ic**	[ni`mɑnɪk]	記憶的
3	**mne·mon·ics**	[ni`mɑnɪks]	記憶術

　　本章這些字既然都是要個別背，我們就不做自我檢測了。等你將來學到那些字時，再來參考一下本書，或查字典。

補充說明：KK音標、DJ音標與Webster音標差異對照表

本書採用台灣通用的美語音標系統：KK 音標（Kenyon and Knott Phonetic Symbols）。但是在許多英語辭典，尤其是英國式發音的辭典，則使用 DJ 音標（Daniel Jones Phonetic Symbols），美國人則使用 Webster 音標。因此，在這裡我把這三套系統有差異的部分列出來，方便你查找對照。

KK 音標	DJ 音標	Webster 音標	單字舉例
i	i:	ē	bee
ɪ	i	i	sit
e	ei	ā	pain
ɛ	e	e	set
æ	æ	a	fat
ɑ	ɑ:	ä	hot
ɔ	ɔ:	ȯ	all
o	ou	ō	no
u	u:	ü	too
ʊ	u	u̇	put
aɪ	ai	ī	pie
aʊ	au	au̇	house
ɔɪ	ɔi	ȯi	coin
ʌ	ʌ	ə	but
ə	ə	ə	again
ɝ	ə:	ər	bird
ɚ	ə	ər	player
ɑr	ɑ:	är	car
ɛr	ɛə	er	dare
ɪr	iə	ir	here
aɪr	aiə	ī(-ə)r	fire
ʊr	uə	u̇r	tour
ɔr	ɔ:	ȯr	for
aʊr	auə	au̇(-ə)r	our
ʃ	ʃ	sh	cash
ʒ	ʒ	zh	garage
tʃ	tʃ	ch	each
dʒ	dʒ	j	jam
θ	θ	th	bath
ð	ð	<u>th</u>	that
j	j	y	yes
ṇ	(ə)n	ᵊne	student

練習表單字索引

「美語發音寶典」套書分為兩篇，《美語發音寶典 第一篇：單音節的字》和《美語發音寶典 第二篇：多音節的字》。本索引包括兩篇所有練習表中的練習字。其中 §1~§27 在第一篇，§28~§46 在第二篇。例如，26.2-8 代表第一篇第 26 章的第 2 個表中的第 8 個字，35.5-6 代表第二篇第 35 章的第 5 個表中的第 6 個字。

練習表單字索引

B

ditch, 20.7-70
ditty, 33.12-30
dive, 22.6-6
divert, 22.19-13
division, 36.7-10
dizzy, 33.12-33
do, 15.1-2, 15.1a-1
dock, 15.8-19
dockage, 29.5-5
documentary, 33.34-6
dodge, 21.32-2
dodo, 15.2-1
doe, 15.6-1
dog, 15.8a-3
doggy, 33.13a-5
dole, 15.3-18
doll, 20.30a-2
dollar, 20.30a-3
dolly, 33.13-18
dome, 15.3-21
don, 15.8-44
donate, 34.1-6
done, 15.3a-1
dong, 15.9-1
donkey, 33.1-6
doodle, 28.12-1
doom, 15.10-18
door, 18.16a-1
doozer, 26.12-6
dope, 16.8-5
dopey, 33.1-16
dorm, 18.20-14
dose, 19.12-6
doss, 19.11-1
dot, 20.9-3
dotage, 29.6-1
dote, 20.11-2
dotty, 33.13-26
double, 28.13-1
doubt, 21.13-2
douche, 21.15-2
dough, 21.16-1
dove, 22.8-8, 22.9-1
down, 23.33-29
downy, 33.21-1

dowry, 33.21-4
dowse, 23.33-37
doze, 26.6-3
dozy, 33.6-6
drab, 18.1-25
dradge, 21.29-5
draff, 18.1-29
drag, 18.1-26
drain, 18.10-5
drainage, 29.16-1
drake, 18.2-12
dram, 18.1-27
drank, 18.1-28
drape, 18.2-13
drapery, 33.32-9
drat, 20.1-15
draw, 23.29-19
drawl, 23.29-35
drawn, 23.29-47
dray, 25.19-26
dread, 27.1-8
dream, 18.12-10
dreamt, 27.1-54
dreamy, 33.16-11
drear, 18.23-11
dreary, 33.28-4
dredge, 21.30-9
dree, 18.11-11
dreg, 18.4-6
drench, 18.4-7
dress, 19.4-16
dressy, 33.11-5
drew, 23.31-9
drib, 18.5-23
dribble, 28.3-3
drift, 20.7-30
drill, 18.5-24
drink, 18.5-25
drip, 18.5-26
drive, 22.6-14
drizzle, 28.3-30
drogue, 21.25-4
droll, 20.30-2
drone, 18.9-9
drool, 18.15-5

droop, 18.15-10
droopy, 33.18-6
drop, 18.7-8
dross, 19.11-6
drought, 21.13-11
drove, 22.8-9
drown, 23.33-35
drowse, 23.33-39
drowsy, 33.21-2
drudge, 21.33-9
drug, 21.2-56
druid, 21.11a-3
drum, 21.2-90
drupe, 21.5-17
dry, 25.16-7
dub, 21.2-3
duchy, 33.14-1
duck, 21.2-18
duct, 21.2-30
dud, 21.2-33
dude, 21.4-4
due, 21.6-4
dug, 21.2-49
duke, 21.4-7
dull, 21.2-67
duly, 33.7-1
dumb, 21.2-92
dummy, 33.14-34
dumpy, 33.14-10
dune, 21.4-13
duopoly, 33.38-13
dupe, 21.4-16
duplicate, 34.10-5
dusky, 33.14-17
dusty, 33.14-20
duty, 33.7-2
dwarf, 23.19-8
dwell, 23.6-16
dwindle, 28.3-48
dye, 25.17-2
dynamic, 30.1-7
dynamics, 30.1-8
dyne, 25.18-2

E

each, 12.9-5
eagle, 28.10-1
ear, 18.23-1
earl, 18.24-1
early, 33.29-2
earn, 18.24-3
earnest, 20.26-1
earnings, 19.25-1
earth, 20.26-2
earthen, 20.26-3
earthling, 20.26-4
earthly, 33.29-3
earthy, 33.29-1
ease, 19.15-12
east, 20.14-16
easy, 33.16-14
eat, 20.14-1
eaten, 27.5-24
ebb, 5.5-1
ebony, 33.36-1
ecology, 33.38-11
economics, 30.1-47
Ed, 5.5-2
edge, 21.30-1
edition, 35.8-1
educate, 34.3-1
eel, 12.7-1
eery, 33.28-6
effectual, 41.7-5
efficient, 35.18-3
egg, 7.3-1
egoism, 46.1-14
egotism, 46.1-15
Egyptian, 35.14-3
eight, 27.3-8
eighteen, 27.3-10
eighteenth, 27.3-11
eighth, 27.3-9
eighty, 27.3-12
either, 27.2-4
ejaculate, 34.2-17
el, 12.4-1
elaborate, 34.14-6, 34.2-18

elate, 34.1a-2
elbow, 23.32-2
electrician, 35.15-12
elementary, 33.34-5
elevate, 34.3-2
elf, 12.4-6
elitism, 46.1-16
ell, 12.4-7
elm, 13.4-5
elope, 16.8-8
em, 13.4-1
embassy, 33.36-2
embezzle, 28.2-22
embolism, 46.1-11
embrasure, 39.16-1
emergency, 33.44-2
emission, 36.3-3
emollient, 37.2-13
emotion, 35.9-4
empathy, 33.36-3
empire, 18.27-7
employ, 25.21-11
emu, 21.1-4
emulate, 34.3-3
emulous, 38.5-1
emulsify, 33.51-3
emulsion, 36.4-1
en, 14.4-1
encephalitis, 42.1-2
enclosure, 39.16-7
encourage, 29.15-2
end, 14.4-14
endanger, 31.3-2
endeavor, 27.1-59
endow, 23.33-17
endure, 39.3-1
energetic, 30.1-19
energy, 33.36-4
engineer, 18.25-9
engross, 19.11a-6
enlighten, 27.5-27
enormous, 38.18-2
enough, 21.17-5
enrapture, 39.18-4
ensure, 39.8-3

enteritis, 42.1-18
enthusiastic, 30.1-12
entourage, 29.20-9
enumerate, 34.10-2
enzyme, 26.5-3
epicure, 39.2-3
epilogue, 21.26-6
equal, 41.1-1
equate, 23.5-11
equinoctial, 40.6-1
equipage, 29.2-6
equivoque, 21.20a-1
er, 18.18-1
erase, 19.3-12
eraser, 19.3-13
erasion, 36.5-3
erg, 18.18-13
ergonomics, 30.1-52
erode, 18.9-3
err, 18.18-4
eruption, 35.5-12
escalate, 34.3-4
esophagitis, 42.1-11
especial, 40.3-2
espionage, 29.20a-1
essential, 40.3-25
estimate, 34.3-5
etch, 20.5-57
eternity, 33.44-1
ethnicity, 33.37-4
ethnogeny, 33.38-21
ethnography, 33.38-23
ethnology, 33.38-22
euphemism, 46.1-26
evaluate, 34.2-19
evasion, 36.5-4
eve, 22.4-1
eventual, 41.7-4
ever, 22.3-7
evoke, 22.8-3
exact, 24.14-1
exalt, 24.14-2
exceed, 24.8-1
excel, 24.8-2, 28.16c-2
except, 24.8-3

G

gab, 7.1-3
gabble, 28.1-3
gabby, 33.10-1
gable, 28.6-4
gad, 7.1-4
gadget, 21.29-6
gaff, 7.1-5
gag, 7.1-6
gage, 7.2-3
gaggle, 28.1-13
Gail, 12.8-7
gaily, 33.15-4
gain, 14.8-3
gait, 20.12-3
gal, 12.2-15
galaxy, 33.35-7
gale, 12.3-4
gall, 12.10-5
gam, 13.2-5
gamble, 28.1-33
game, 13.3-4
gang, 14.2-30
gap, 16.2-12
gape, 16.3-9
gar, 18.17-5
garage, 29.20-1
garb, 18.17-12
garbage, 29.12-2
garble, 28.14-1
garden, 27.5-36
gargle, 28.14-2
garth, 20.19-11
gas, 19.1-3
gash, 19.1-64
gastritis, 42.1-14
gastroenteritis, 42.1-19
gastronomy, 33.38-17
gat, 20.1-5
gate, 20.3-15
gaud, 21.12-12
gaudy, 33.19-2
gauge, 21.12b-1
gaunt, 21.12-27

gauss, 21.12c-1
gauze, 26.10-1
gauzy, 33.19-3
gave, 22.2-6
gawk, 23.29-27
gay, 25.19-6
gaze, 26.2-3
gazette, 44.1-2
gear, 18.23-4
gee, 7.4-1
geek, 11.6-2
geese, 19.14-9
gel, 12.4-2
geld, 12.4-4
gem, 13.4-3
gemel, 28.16a-4
gene, 14.5-2
generate, 34.3-12
gent, 20.5-25
gentle, 28.2-16
gentleman, 28.2-17
gentlemen, 28.2-18
geography, 33.38-19
geology, 33.38-18
geometrician, 35.15-13
geometry, 33.38-20
germ, 18.18-20
gestate, 34.1-16
gesture, 39.18-15
get, 20.5-2
geyser, 25.20a-2
ghost, 20.9b-3
gib, 9.2-6
gibe, 9.3-6
giddy, 33.12-16
gift, 20.7-26
gig, 9.2-15
giggle, 28.3-13
gigue, 21.24-2
gild, 12.5-2, 23.27a-2
gill, 12.5-10
gilt, 20.7-34
gin, 14.6-5
ginger, 31.3-4
gingivitis, 42.1-5

gink, 14.6-33
gird, 18.19-5
girl, 18.19-11
girt, 20.21-4
girth, 20.21-10
gist, 20.7-55
give, 22.6a-1
glacial, 40.1-7
glad, 12.2-11
glade, 12.3-10
glance, 14.2-23
gland, 14.2-15
glare, 18.22-12
glass, 19.1-31
glaze, 26.2-9
gleam, 13.8-5
glean, 14.10-7
glee, 12.7-7
gleet, 20.13-9
glen, 14.4-8
glib, 12.5-18
glide, 12.6-6
glint, 20.7-49
glisten, 20.7-106
gloat, 20.15-8
globalism, 46.1-23
globe, 15.3-2
gloom, 15.10-21
gloomy, 33.18-5
glory, 33.25-2
gloss, 19.11-5
glossary, 33.32-6
glove, 22.9-5
glow, 23.32-16
glue, 21.7-3
glum, 21.2-87
gnarl, 18.17-37
gnash, 19.1-70
gnat, 20.1-17
gnaw, 23.29-16
gnome, 15.3-23
gnu, 21.1-3
go, 15.1-4
goad, 15.5-2
goal, 15.5-10

I

lawn, 23.29-43

lax, 24.2-3

laxative, 24.2-4

lay, 25.19-16

layette, 44.1-11

laze, 26.2-6

lazy, 33.2-15

lea, 12.9-3

leach, 12.9-7

lead, 12.9-10, 27.1-3

leaf, 12.9-11

leafage, 29.18-1

leafy, 33.16-1

league, 21.23-1

leak, 12.9-12

leakage, 29.18-2

leaky, 33.16-2

lean, 14.10-4

leant, 27.1-51

leap, 16.11-14

leapt, 27.1-53

Lear, 18.23-6

learn, 18.24-4

lease, 19.15-7

leash, 19.15-19

least, 20.14-19

leather, 27.1-45

leatherette, 44.1-13

leave, 22.13-4

leaven, 27.1-49

lecherous, 38.5-2

lecture, 39.18-9

led, 12.4-15

ledge, 21.30-4

lee, 12.7-5

leech, 12.7-10

leek, 12.7-11

leer, 18.25-4

leery, 33.28-7

left, 20.5-13

lefty, 33.11-3

leg, 12.4-19

legendarily, 33.33a-2

legendary, 33.33-9

leggy, 33.11-6

legislate, 34.3-13

legislature, 39.18-19

lei, 27.3-1

leisure, 39.16-5

lend, 14.4-17

lenient, 37.2-6

lent, 20.5-26

lesion, 36.6-1

less, 19.4-11

let, 20.5-4

level, 28.16a-5

leverage, 29.2-8

levigate, 34.3-19

levitate, 34.3-20

levity, 33.36-6

levy, 33.4-2

lewd, 23.31-1

ley, 25.20-5

liberalism, 46.1-17

liberate, 34.4-7

library, 33.32-10

lice, 12.6-3

lick, 12.5-14

lid, 12.5-17

lie, 20.31-4

lieu, 21.9-1

life, 12.6-4

lift, 20.7-27

light, 20.35-8

lighten, 27.5-26

like, 12.6-5

lilt, 20.7-38

lily, 33.5-18

limb, 13.5-6

lime, 13.6-2

limp, 16.5-20

limy, 33.5-4

linage, 29.3-1

line, 14.7-4

lineage, 29.4-2

ling, 14.6-26

linger, 31.4-3

lingo, 15.1-10

lingual, 41.2-1

linguistic, 30.1-35

linguistics, 30.1-36

link, 14.6-36

linkage, 29.4-13

lint, 20.7-45

lion, 32.1-1

lip, 16.5-13

liquidate, 34.4-9

lisle, 28.7-2

lisp, 19.9-46

list, 20.7-56

listen, 20.7-105

lit, 20.7-6

literary, 33.33-16

literate, 34.16-3

literature, 39.18-32

lithe, 20.8-23

lithography, 33.38-26

lithology, 33.38-25

litigate, 34.4-8

litigious, 38.2-4

little, 28.3-23

live, 22.6-11, 22.6a-2

liver, 22.5-9

livid, 22.5-6

load, 15.5-3

loaf, 15.5-5

loam, 15.5-12

loan, 15.5-14

loath, 20.15-19

loathe, 20.15-20

lob, 15.8-6

lobby, 33.13-10

lobe, 15.3-1

local, 28.16-18

localism, 46.1-22

locate, 34.1-7

lock, 15.8-22

loco, 15.2-5

locomotion, 35.9-5

lode, 15.3-8

lodge, 21.32-4

loft, 20.9a-5

lofty, 33.13a-3

log, 15.8-35

logic, 30.1-41

restriction, 35.3-6
resuscitate, 34.6-6
retardation, 35.6-20
retch, 20.5-60
retire, 20.28-2
retortion, 35.12-10
retrieve, 22.15-7
reveal, 22.13-2
reverential, 40.3-24
reverse, 22.19-10
reversion, 36.11-6
revert, 22.19-14
review, 23.30-17
revise, 22.6-19
revision, 36.7-9
revive, 22.6-18
revoke, 22.8-4
revolve, 22.7-4
revulsion, 36.4-4
rex, 24.3-2
rheum, 21.9-3
rheumatology, 33.38-39
rho, 18.8-3
rhyme, 25.18-7
rib, 18.5-1
rice, 18.6-1
rich, 18.5-2
rick, 18.5-3
rid, 18.5-4
ridden, 27.5-9
riddle, 28.3-9
ride, 18.6-2
ridge, 21.31-3
ridgy, 33.12-3
ridiculous, 38.6-13
rife, 18.6-3
riff, 18.5-5
rifle, 28.7-6
rift, 20.7-28
rig, 18.5-6
right, 20.35-12
rigid, 18.5-12
rile, 18.6-4
rill, 18.5-7
rim, 18.5-8

rime, 18.6-5
rimy, 33.5-5
rind, 23.27-12
ring, 18.5-9
ringer, 31.1-8
rink, 18.5-10
rinse, 19.9-20
riot, 32.1-3
rip, 18.5-11
ripe, 18.6-6
ripple, 28.3-18
rise, 19.10-17
risk, 19.9-39
risky, 33.12-11
rite, 20.8-5
ritual, 41.7-9
ritzy, 33.12-12
rive, 22.6-10
river, 22.5-8
roach, 18.13-1
road, 18.13-3
roam, 18.13-4
roan, 18.13-5
roar, 18.29-4
roast, 20.15-15
rob, 18.7-1
robe, 18.9-1
robotic, 30.1-45
robotics, 30.1-46
rock, 18.7-2
rocky, 33.13-2
rod, 18.7-3
rode, 18.9-2
roe, 18.9-13
rogue, 21.25-2
roil, 18.14-1
roll, 20.30-4
romantic, 30.1-6
romp, 18.7-4
rondel, 28.15-13
rood, 18.15-1
roof, 18.15-3
rook, 18.16-1
room, 18.15-6
roomy, 33.18-4

roost, 20.17-8
rooster, 20.17-9
root, 20.17-15
rope, 18.9-5
roque, 21.20-1
rose, 19.12-13
rosette, 44.1-20
rosy, 33.6-4
rot, 20.9-10
rotary, 33.32-12
rotate, 34.1-11
rote, 20.11-5
rotten, 27.5-17
rouge, 21.15-3
rough, 21.17-3
roulette, 44.1-27
round, 21.13-20
rouse, 21.13-37
rout, 21.13-41
route, 21.13-42, 21.15-4
routine, 21.15-11
row, 23.32-9, 23.33-5
rowdy, 33.21-3
Roy, 25.21-6
rub, 21.2-7
rubble, 28.5-2
rube, 21.5-7
ruby, 33.9-3
ruddy, 33.14-27
rude, 21.5-8
rue, 21.7-4
ruff, 21.2-42
ruffle, 28.5-10
rug, 21.2-54
ruin, 21.11a-2
rule, 21.5-9
rum, 21.2-84
rumble, 28.5-40
rummage, 29.11-2
rummy, 33.14-37
rumple, 28.5-45
rune, 21.5-10
runny, 33.14-44
rupture, 39.18-39
ruse, 21.5-11

國家圖書館出版品預行編目(CIP)資料

美語發音寶典 第一篇:單音節的字 新版 / 陳淑貞著
--修訂初版-- 臺北市:瑞蘭國際, 2023.08
448面;17×23公分 --(繽紛外語;125)
ISBN:978-626-7274-49-1(平裝)
1. CST:英語 2. CST:發音

805.141   112012869

https://goo.gl/3oF4fH

讀者服務網站
Facebook「美語發音寶典
讀者園地」社團專供本書
讀者交流學習心得,作者
陳淑貞也會參與線上互動。

繽紛外語 125

美語發音寶典　第一篇:單音節的字 新版

作者|陳淑貞
責任編輯|葉仲芸、王愿琦
校對|陳淑貞、葉仲芸、王愿琦

美語錄音|陳淑貞
錄音室|采漾錄音製作有限公司
封面設計|余佳憓、陳如琪・版型設計|劉麗雪・內文排版|陳如琪

瑞蘭國際出版

董事長|張暖彗・社長兼總編輯|王愿琦
編輯部
副總編輯|葉仲芸・主編|潘治婷
設計部主任|陳如琪
業務部
經理|楊米琪・主任|林湲洵・組長|張毓庭

出版社|瑞蘭國際有限公司・地址|台北市大安區安和路一段104號7樓之一
電話|(02)2700-4625・傳真|(02)2700-4622・訂購專線|(02)2700-4625
劃撥帳號|19914152 瑞蘭國際有限公司
瑞蘭國際網路書城|www.genki-japan.com.tw

法律顧問|海灣國際法律事務所　呂錦峯律師

總經銷|聯合發行股份有限公司・電話|(02)2917-8022、2917-8042
傳真|(02)2915-6275、2915-7212・印刷|科億印刷股份有限公司
出版日期|2023年08月初版1刷・定價|550元・ISBN|978-626-7274-49-1

◎ 著作權所有・翻印必究
◎ 本書如有缺頁、破損、裝訂錯誤,請寄回本公司更換

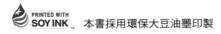 本書採用環保大豆油墨印製

瑞蘭國際